講談社文庫

空白の家族

警視庁犯罪被害者支援課7

堂場瞬一

講談社

目次

空白の家族

警視庁犯罪被害者支援課7

第一部　誘拐

1

「ですから、七割が同じ反応を示しているんです。七割って、統計学的には極めて重大な意味がある数字ですよ、村野さん」

「ああ、分かった、分かった」

またこういう話か。面倒臭くなって、私はそっぽを向いて掌をひらひらと振った。半年前に被害者支援課に異動してきた川西真守は何かと理屈っぽく、すぐに数字を持ち出す癖がある。

長くこの課にいた長住光太郎がトラブルを起こして異動になり、その後釜に入ってきたのが、理屈先行で動きの鈍い川西……人事は常に上手くいかないものだ。使えない人間が去ると、その後に来るのはもっと使えない人間と決まっている。

長年支援課の指揮を執ってきた課長の本橋怜治も去ってしまったのは痛かった。本橋は、私にとっては理想的な課長だったのだ。支援課は捜査担当部署とよくぶつかるのだが、その際は間に立ってクッション役になってくれた。さらりとしていて言葉遣いも丁寧なのに、私たちが躊躇っている時には「思い切りやれ」と背中を後押ししてくれる胆力もあった。

本橋の異動を聞いた時、長任の不祥事の責任を取らされたのかと私は青褪めたが、所轄の署長への栄転だったのでほっとした。責任を問われたら、絶対に署長にはなれない。

しかし後任課長の桑田敏明がまた、使えない男で……桑田は、主に交通規制課や交通管制課で行政的な仕事に関わってきたせいか、現場をあまり知らない。そのためか、課長へ昇進しての異動だったのに張り切ることもなく、何とか穏便に任期を過ごしたいと思っている。異動してきた時の最初の挨拶を聞いた瞬間、私は溜息をついた。

「まあ、とにかくあまり面倒を起こさずに行こう」

その時桑田は、一瞬私の目をはっきり見た。本橋と桑田の間でどんな引き継ぎがあったかは分からないが、この男に「厄介者」として認識されていることを私は意識した。確かに、被害者や被害者家族を守るために、捜査部署と本気で喧嘩したことも一度や二度ではないのだが。

桑田は、同じく新しいメンバーになった川西に対して、「これまでのケースのデータベース化」と「それを活かしたマニュアルの大幅なアップデート」を命じた。支援課の被害者対策マニュアルは、発足当初からずっとこの課にいる松木優里（まつきゆり）──警察で私の同期でもある──がまとめて、ことあるごとに更新されてきた。しかしこの作業は終わることなく、マニュアルは分厚くなるばかりで使いにくくなっている。

川西はマニュアルを読んで、「分類できるはずです」「そろそろ整理しないと、無駄ばかり」とやけに自信たっぷりに主張している。どうもこれまでのキャリアが影響している様子だ。情報処理の専門学校を出て、二年ほどIT系企業に勤めた後で突然進路変更し、警視庁の職員になったのだ。勤めていた会社が倒産の憂き目にあったので、安定した公務員を選んだ、というのが本人の説明である。それは分からないでもないが、IT畑を歩いてきたせいか、人間の行動も完全に数値化できると信じている節がある。私も、ITの有用性を否定するわけではないし、実際に犯罪予防、そして捜査のためにもビッグデータの活用は重要だ。しかし、それぱかりに拘泥（こうでい）すると、現実が見えなくなる。

「一日中パソコンに齧（かじ）りついていないで、たまには現場で仕事をしてみろよ」私は思わず皮肉を吐いた。

「僕は刑事じゃないですよ」

確かに川西は、警察官ではなく職員採用であり、ここへ来る前には、総務部の文書課、情報管理課で仕事をしてきた。いわば、内勤専門。しかし今は支援課の一員なのだから、外へ出ずに仕事を済ませるわけにはいかない。特に私たちが所属する支援係は、どうしても現場を踏む機会が多くなる。このところ出動はなかったが、いざとなったら川西も現場に出なければならない。その心構えを説こうとすると、彼はいつも露骨に嫌そうな表情を浮かべ、何だかんだと理屈をつけて逃げ出してしまうことも多かった。

「あのさ、とにかくもう少し――」

「ちょっと出てきます」

川西が立ち上がる。ひょろりとした長身が際立つ――百八十センチで、体重はたぶん六十キロ台だ。髭の薄いつるりとした顔は、いかにも最近のイケメンという感じで、表情を見ただけでは何を考えているか分からないタイプである。私がいつも苛つくのは、ネクタイの結び方が下手なことだ。大抵、短か過ぎるか長過ぎる。私が制服警官から所轄の刑事になった時に、やけに服装に厳しい先輩がいて、ネクタイの結び方についてまで散々指導されたのが身に染みついているのだ。いわく、結んだ先がベルトに触れるか触れないかぐらいの長さがベスト――靴の磨き方も教えられたが、こちらは忘れてしまった。

「おいおい」私は怒るよりも呆れてしまった。

「文書課に呼ばれているので」

川西がさっと一礼し、部屋を出て行った。説教が中途半端に終わったので、私はむっとして腕組みをした。

「また空振りね」優里がからかうように言った。

「何なんだ、あいつ」

「しょうがないでしょう」優里が肩をすくめる。「人それぞれなんだから」

「支援課へ来るにしても、他の係に行った方がよかったんじゃないか？　指導係とか」支援課の大事な仕事の一つが、所轄の初期支援員を始めとする一般警察官に対する、被害者支援教育だ。現場の警察官は、事件の解決や事故処理を急ぐあまり、しばしば犯罪被害者の立場を軽視してしまう。平然と傷つけるようなことを言って、問題になることも少なくない。それ故、刑事の研修も支援課の大事な仕事なのだ。ただ、実際に被害者支援の経験が少ない人間に、他の警察官の指導はできない。

「それを決めるのは私たちじゃないから。少なくとも、自分の仕事をきちんとやろうとしているところは評価できるでしょう」

「自分の殻に閉じこもってる、とも言えるんじゃないか」

「何もしないよりはましだと思うけど」

優里は、川西をあまり非難しない。元々彼女は、警察に入ってからずっと支援課にいるので、一般の部署でありがちな、厳しい先輩後輩のやり取りには慣れていないのだ。後輩の中には、しっかり鍛えられて頼もしくなった人間もいるのに……その一人、安藤梓が、暗い顔つきで部屋に入って来た。手に負えない重大な事件に出くわした様子で、私は向かいの席に腰を落ち着けようとした彼女にすぐ声をかけた。

「どうした」

「誘拐みたいです」梓が小声で答える。

「何だって？」私は思わず立ち上がりかけて、ゆっくりと腰を下ろした。焦るな……どんなに大きな事件でも、要請がない限り私たちは出動できない。「どこだ？」

「渋谷西署管内ですね」

文字通り、渋谷区の西部を管轄する署だ。本町、幡ヶ谷、笹塚、初台など京王線沿線の地域。かなりの高級住宅街ではあるが、誘拐とはすぐに結びつかなかった。最近、誘拐は「流行らない犯罪」なのだ。

「どこで聴きこんできた？」

「今、広報課に投げこみをお願いしてきたんですけど、ばたばたしてました」

広報課の主な仕事は、記者クラブとのつき合いだ。事件・事故が起きた時には取材対応の一線に立ち、現場が混乱しないように仕切る——それが一番大きな仕事なのだが、警察からマスコミに伝えるのは事件・事故だけではない。警察業務の中には行政的な仕事もたくさんあり、そういう情報も広報課が発信するのだ。犯罪や事故の統計などが主だが、支援課も時に、被害者支援の啓蒙活動などについてプレスリリースを行う。今回も、彼女はそのために広報課に行っていたのだろう。

「詳細は?」

「詳しいことはまだ分かりません。同期がいるので、誘拐だということだけは教えてもらったんですけど」

私は一瞬、頭の中で自分なりの名簿をひっくり返した。渋谷西署に知り合いは……いない。所轄へ赴くことも多いので、自然に顔見知りが多くなるのだが、何しろ都内には百二も警察署がある。

しかし、広報課にはすぐに話ができる相手がいた。受話器を取り上げようとすると、優里に忠告される。

「状況が分からないんだから、こっちからは首を突っこまない方がいいわよ」

「まず、その状況を把握しないと」私は優里の忠告を無視して受話器を取り上げ、広報課の内線番号を回した。第二係——記者クラブ加盟各社への対応が仕事だ——の係長・柴崎が、所轄時代の先輩なのだ。

「村野? 今、忙しいんだけど」柴崎の声には焦りがあった。

「誘拐ですよね」私はずばりと聞いた。

「何だ、もう知ってるのか」柴崎が声を潜める。

「ええ。どういう状況なんですか？」

「それをお前に説明している時間がない」

柴崎が電話を切りそうになったので、私は慌てて「ちょっと待って下さい」と声を張り上げた。

「うちにも話が回ってくるかもしれないじゃないですか」

「話が回ってきた時に確認すればいいじゃないか。これから報道協定もあるし、広報は大変なんだぞ」

「それは分かりますけど――」

「お前らは捜査を担当するわけじゃないだろう。切るぞ」

柴崎は本当に、すぐ電話を切ってしまった。私は思わず受話器を睨んだが、機械に当たっても仕方ないと思い直し、ゆっくりと置いた。

「ほら、人の仕事を邪魔するから」優里がからかうように言った。

「こっちだって、仕事で電話してるんだ」

「村野はせっかち過ぎるのよ」

「分かるけど、のんびり構えて、向こうからの電話を待ってるわけにはいかないじゃないか」情報は、常に徹底的に収集しておきたい。発生からかなり時間が経ってから要請がくることも多いので、新聞を丁寧に読みこみ、スクラップしておくのも支援課の大事な仕事だ。いざという時に「何だっけ」では済まされない。ましてや今回は誘拐事件――極めて重大かつ状況が切迫した事件なのだ。

さて、どうするか。思い切って渋谷西署に電話を突っこみ、副署長辺りに聞いてみるべきだろうか。そう思った瞬間、私の前の電話が鳴った。反射的に手を伸ばして摑み、「支援課です」と大きな声でぶっきらぼうに答えてしまう。

「渋谷西署刑事課です」

おっと……誘拐の現場になっている所轄だ。早くもヘルプの要請だろうか。

「支援課、村野です」私は声を抑えて名乗った。

「刑事課係長の秦だけど、ちょっといいかな」

「誘拐の件ですか」

「早いな……」秦が疑うように言った。「そんなに話が広がってるのか?」

「うちはいつも情報収集しています。何かお手伝いできることでも?」

「いや、ご家族に関しては問題ない。もう、うちの刑事を家に潜りこませている」

「さすがですね」私はすかさず持ち上げた。

誘拐事件には、典型的なパターンがある。まず、誘拐犯から家族に脅迫電話がかかってくる。大抵は「誘拐した」事実を告げて、身代金の額などを指定して、通話は短く終わる。この段階で、具体的な受け渡し方法まで一気に指示することは稀だ。そして犯人が「警察には言うな」と言っても、家族はまず間違いなく警察に通報する。

　ここからが難しいところだ。今は携帯電話で連絡が取れるとはいえ、警察は常に家族と一緒にいるようにしなければならない。犯人側の要求を記録し、いち早く対応するためには、自宅の電話などにしかけをする必要もある。そのために、どうやって自然に警察官を自宅に忍びこませるかが最初のポイントになる。犯人がどこかから家の動きを見張っている可能性があるので、とにかく自然に、怪しまれない方法で家に入らねばならない。

　しかし今回は、そこまで気を遣う必要はないようだった。

「自宅はマンションだ」

「ああ……そうなんですね」マンションなら人の出入りが多い。普通の背広姿の人間が頻繁に出たり入ったりしても、まったく怪しく見えないはずで、二人、三人と刑事を送りこむのも難しくないのだ。

「取り敢えず、ご家族にはきちんと対応している。ただし、事情がややこしくてね」

「どういうことですか？」

「誘拐されたのは、橘愛花という十歳の小学生だ」

「十歳——四年生ですか？」

「ああ。名前を聞いて分からないか？」

「橘愛花、ですか……」私はまったくピンとこなかった。

しかし、前の席に座る梓が素早く反応した。小さな付箋に殴り書きして私に寄越す。「子役」と書いてあった。

「タレントさんですか？」

「そうなんだ」

犯人は、それが分かっていて誘拐したのだろうか。子役だからと言って、親から大金を巻きあげられるとは限らないだろうが……それに有名人を誘拐すると、いろいろ面倒な問題も生じる。そもそも愛花というのは、どのレベルの有名人なのだろう。

「子役タレントが誘拐された――分かりました。確かに厄介そうな話ですが、うちとしては何をお手伝いすればいいんですか？」

「被害者家族については、うちで何とかする。むしろ、家族を担当する警察官は少ない方がいい。家族と信頼関係を築かなければならないし、そのためにはあまり多くの刑事が出入りするとまずいだろう」

「分かります」穏やかな生活を営む家庭に、強面の刑事が何人も出入りしていたら、事件で緊張を強いられている家族の精神状態はますます悪化する。

「うちの交通課にいる初期支援員の女性警官を、家に送りこんでおいた。しっかり仕事をする人間だから、問題ないだろう」

「正しい対応ですね」上手く行っているなら、秦はどうして電話してきたのだろう？

「それで、どうして支援課に……」

「さっきも言ったけど、ちょっとややこしい状況なんだよ」

「具体的にお願いします」少し話が長過ぎる、と私は苛立った。

「親は離婚して、被害者は母親、それに祖父母と一緒に暮らしている」

「なるほど」今時、特に珍しくはない家族構成ではないか。この係長が何を心配しているのか、私にはさっぱり分からなかった。

「父親の名前は仲岡泰治。この名前に心当たりはないか？」

今度はすぐにピンときた。鼓動がわずかに速くなる。古い事件だし、自分が全面的に担当したわけでもないが、それでも記憶は鮮明だった。

「仲岡は、十年前に摘発された未公開株詐欺事件の犯人です。逮捕された後に離婚したはずですが……」私は説明した。

「そういうことのようだが、うちも家族から簡単に話を聴いただけで、まだ事情がよく分からない」

「まさか、仲岡の一件と今回の事件が関係しているんじゃないでしょうね？」

「そういうことはないと思うが……念の為だ。家族が二つあるような形だし、そっちも早く知っておいた方がいいんじゃないかと思ってね」

「助かります。そういうややこしい話だと、後になって急に言われても困りますから……ええと、申し訳ないですけど、これからそちらにお伺いしてもいいですか？」

「構わないけど、俺が相手できるかどうかは、分からないぞ。刑事課は今、総出だからな」

「何とかしますよ。副署長に話を聴いてもいいですし」

「ああ、できればそういうことで——お願いばかりで申し訳ないが」

「とんでもない。こっちも助かります」

電話を切って、私はすぐに上着を手に取った。優里が不審げな視線を向けてくる。

「所轄へ行くの？」

「ああ」

「早過ぎない？」

「いや、かなり面倒な状況になるかもしれないんだ」秦の電話は正式な「要請」ではないが、早めに情報収集しておかないと、いざという時に出遅れる恐れがある。

「私も行きます」梓が立ち上がった。

これが何とも頼もしい。所轄から引き抜いてきた当初、彼女は支援課の仕事に戸惑いも見せていたが、今はすっかり馴染(なじ)んで、強力な戦力になっている。何より、現場に出ることを厭(いと)わない。この辺は、川西にも見習って欲しいところだが、人のやり方を見て自分にも取り入れるという考えは、あの男にはないようだ。一々マニュアル化してやらないと動かない。

「川西が戻って来たら、待機するように伝えておいてくれないか？」優里に声をかける。

優里がちらりと壁の時計を見た。釣られて私もそちらに目をやる。午後四時、正規の勤務時間はあと一時間ほどだ。これから所轄へ移動するだけでも、五時になってしまうだろう。今日は間違いなく残業になるのだが、川西は、勤務時間を過ぎても面倒臭がらず仕事をするタイプではない。

「そういう厄介なことは、私に任せるわけね」優里が溜息をついた。

「頼むよ」私は彼女に向かって手を合わせた。「この課の主は君なんだから」

「村野の都合によってそうなるわけね」

言い返すこともできない。

2

警視庁本部から渋谷西署までは遠くない——東京メトロの霞ケ関駅から丸ノ内線で新宿三丁目駅まで出て、都営新宿線に乗り換えれば、最寄駅の初台まで三十分もかからないのだ。初台駅から近いのもありがたい。私はかつて遭遇した事故のせいで、今でも疲れると右足を引きずることがある。基本的に長い距離を歩くのは苦手なのだ。いつもは歩くのもリハビリだと思うことにしているが、今日は時間が惜しい。

　電車の中では情報収集に努めた。誘拐された橘愛花については、情報が溢れている。私が知らなかっただけで、かなりの売れっ子のようだ。私は橘愛花の名前を出さずに、梓に訊ねた。

「有名な子なんだな」

「そうですね。赤ちゃんの頃からＣＭに出ていたそうですけど、最初に評判になったのは五年ぐらい前かな……『パパ友』ってドラマ、知りません？」

「いや」タイトルを聞いたこともない。

「簡単に言うと、シングルファーザーの子育て奮戦記です。その娘役だったんですけど、ほぼ主役ですよね」

「五年前というと、五歳の時か」

「そうですね」

「君、観てたのか？」

「観てました。面白かったですよ。当時は『天才子役登場』なんて言われてました」

「ふうん……」

五年前の梓は、まだ所轄の若手だった。こういう家族向けのドラマを観ているような余裕があったのだろうか？　その疑問を素直にぶつけると、梓は少し照れたように笑って「昔からテレビっ子なんです」と打ち明けた。

「そうか。今もドラマに出てるのか？」

「このクールは出てないと思いますけど……何だか信じられません」

「所轄がちゃんと動いているということは、間違いなく本物だよ」

おっと……これ以上突っこんだ話をすると、周りの人に感づかれてしまう恐れがある。誘拐事件に関しては、何より機密保持が大事だ。担当する刑事は、自分の家族にも事情を話さないのが鉄則になっている。どこから情報が漏れるか分からないからだ。

私はスマートフォンで、橘愛花に関する情報を収集し続けた。写真を見ると、記憶にかすかに触れる。そうか、ＣＭにも出ていたのか。そういうところで、私も見ていたのだろう。

画像検索してみると、梓が言う通り、出世作だという「パパ友」関連の画像が多い。賢そうな子だな、というのが私の第一印象だった。もちろん、子どもらしい愛くるしさが前面に出ているのだが、それに加えて少し大人っぽい雰囲気もある。子育てに右往左往するシングルファーザーを、むしろ子どもが支えている――そんな内容だったら、ぴったりの配役ではないだろうか。

次第に、この件の重大さが分かってきた。同時に、背景の奇妙さも。

愛花の父親・仲岡は、一種の「山師」だった。元々の商売は、飲食店のプロデュース業。それが十年前、大規模な詐欺事件の犯人として逮捕された。しかし本人は、実刑判決を免れている。

私自身は当時、所轄の強行犯係にいたのだが、被害者が多数出た大規模な詐欺事件ということで、その署に設置された捜査本部の手伝いをしていた。ただの手伝いだったのだが、飄々（ひょうひょう）とした——いい加減な仲岡の態度は強く印象に残っている。

一言で言えば「ふざけた野郎」。

いや、警察的に言えば「ありがたい相手」であった。仲岡は逮捕されるや、あっという間に詐欺事件の全容を語り始め、警察が摑んでいなかったメンバーの名前まで進んで明かしたのだ。これで捜査が一気に進み、全体像の解明に役立った。これだけ話した容疑者に対しては、警察としても「協力的だった」という意見書をつけざるを得ない。これが、執行猶予判決の一因になったのは間違いないだろう。

強行犯係として、私は犯罪容疑者について、自分なりのイメージを持っていた。人を殺したり傷つけたりする場合には、だいたいやむを得ない事情がある。人を殺していいわけがないが、同情すべき点も少なくない——しかし、詐欺を企（たくら）むような人間は、全員が「確信犯」である。動機はとにかく「金」。悪いことをやっていると意識しながら犯罪に手を染めるのだから、たちが悪い。その中でも、仲岡は最低のクズ野郎だった。慇懃無礼な態度で、平然と仲間を売る。そこには、自分の心証だけはよくしておきたいという計算があったはずだ。警察としては、それを分かった上で彼の証言に頼った——私も何度か話したことがあるのだが、話す度に印象は悪くなる一方だった。愛想の良さは、むしろ狡猾さを裏づけるものに思えた。先輩刑事は、事件の全体像を把握することを優先して仲岡と対峙していたが。

「村野さん？」梓が声をかけてきた。

「あ？　ああ——」

「どうしたんですか、ぼうっとして」

「後で詳しく話すよ。この件にはちょっと因縁があってね」

「そうなんですか？」

「嫌な想い出だ」

「興味ありますね」

「ここじゃまずい」私は首を横に振った。電車の中はそこそこ混んでおり、誰に聞かれているか分かったものではない。

「そうですね」

初台駅に着いて、署に急ぐ。十月、昼間はまだ秋というより夏のような陽気なのだが、今は少し気温が下がって過ごしやすくなっている。しかし、甲州街道の交通量は凄まじく、空気が淀んでいるのが鬱陶しかった。

署に着くと、まだ当直の交代時間前だった。普段と変わった様子はない。一般の人だったら何も気づかないだろう。しかし私は、微妙にピリピリした空気が流れているのを感じ取っていた。普通の事件の時のように、記者が殺到しているわけではない――既に報道協定が結ばれたかどうかは分からないが、現地の所轄での取材もご法度になるはずだ――が、やはり誘拐事件を抱えた署は、平常運転というわけにはいかない。

副署長の増井に挨拶すると、渋い表情で迎えられた。

「話は秦から聞いてるけど、こちらで話せることは何もないよ」

「そう言わず、詳細を教えて下さい」私は食い下がった。「こちらでも状況を把握しておきたいんです。被害者家族――離婚した父親が、面倒な人間じゃないですか」

「ああ、仲岡さんね」増井の表情がさらに歪む。「確かに、面倒な奴だとは聞いてる」

「昔、所轄にいた時に、仲岡さんが絡んだ詐欺事件の捜査をしていたんですよ」

「なるほど」増井がかすかに顔を緩ませた。「まあ、座れよ。俺が知ってる限りの状況は話すから」

副署長席の前は、小さな応接セットになっている。副署長は所轄の広報担当なので、基本的にここで新聞記者などの相手をするのだ。応接セットの方が低いので、何だか見下ろされている感じになるが、これは仕方あるまい。

「仲岡さんは、何か言ってきてるんですか？」

「ああ」増井がまた顔をしかめた。「どこで嗅ぎつけたのか知らないが、ついさっき、こっちにも電話が入ってきたよ」

「話の内容は？」その電話がきっかけになって、刑事課係長の秦は支援課に情報を入れてきたのだろうか。

「もちろん、情報を教えて欲しいと」

「教えたんですか？」

「その判断が難しかった」増井が右手で顎を擦った。一日に二回髭を剃らなければならないタイプらしく、顔の下半分は既にうっすらと黒くなっている。「被害者の家族――母親からは、仲岡さんには教えないで欲しいと真っ先に言われたんだ。その事情を話して、何とか電話は切ったんだけどな。離婚した時に、相当な悶着があったようだな」

「本人は例の詐欺事件で逮捕されていて、裁判中に離婚が成立したんですよ」

そう、思い出した――娘の愛花が生まれたばかりで、常に飄々としていた仲岡も、娘の話が出た時だけは暗い表情を浮かべたものだ。普段話している時は、どこか嘘っぽい感じがしたのだが、家族については真剣に考えていたのだろう。それを考えると、今回、警察に必死で確認の電話を入れてきても不思議ではない。

「今でも関係は悪いんですね」

「そりゃそうだろうよ」増井がうなずく。「仲岡さんがいきなり逮捕されて、家族も大迷惑を被ったはずだ。子どものためにも旦那を排除したいと考えるのは自然だろう」

「ですよね……」

「憎んでるだろうな。十年経っても、憎しみが消えるわけじゃない」

「一方で、仲岡さんの方は今でも娘に未練たっぷり、というわけですか」

「そういうことだと思う――おいおい」増井が腰を浮かしかけた。表情がまた険しくなっている。「もしかしたら、本人のお出ましじゃないか?」

私は座ったまま振り返った。警務課の入り口のところで、一人の男が何か必死に訴えている。その顔には、間違いなく見覚えがあった。長身、面長な顔立ちに大きな目。今年確か、四十五歳になる――実年齢よりも老けて見えるのは、逮捕から裁判と苦労を重ねたからだろうか。髪にも白いものが混じっていた。

老けてしまった責任は、全て本人にあるのだが。

私は増井に顔を向けて「間違いなく本人です」と告げた。増井が腰を浮かしたまま、周囲を見回す。煩(うるさ)い新聞記者がいないか、確認しているのだろう。考えてみれば、報道協定が結ばれても、記者が当該の署に行ってはいけないという決まりはない。警察(サツ)回りは定期的に署に顔を出すものだし、他の事件の取材もあるだろう。

「引き受けますよ」私は立ち上がった。

「いいかい？」

私は無言でうなずいた。何となく、仲岡に関しては自分に責任があるような気がしている。そもそも所轄の知能犯係と本部の捜査二課の手伝いをしただけなのだが、仲岡が起訴される前に私は本部の捜査一課に異動になり、「中途半端な状態で抜けてしまった」感覚が強かったのだ。やはり事件は、発端から起訴――できれば判決が出るまで見届けてこそ「自分がやった」という実感が持てる。途中で抜けてしまった事件に関しては、最終的に捜査が百パーセント上手くいっても、もやもやした感覚が残るものだ。

「村野さん、いいんですか？」梓が心配そうに言った。

「被害者家族だろう？　うちの出番じゃないか」

「でも……」

梓の懸念を無視して、私は増井に「どこか部屋を貸してもらえませんか？」と頼んだ。「説得してみます」

「だったら、交通課の取調室が空いてるはずだ」

「いいんですか？」普通、被害者家族に署で話を聴く時は、なるべく明るく広い部屋を使う。警察署には狭苦しく暗い部屋が多いのだが、そういうところで警察官と向き合っていると、相手は嫌な気分になるものだ——もっとも私は、仲岡をいい気分にさせておくつもりはなかったが。

「あんたがよければ、俺は構わないけどね」

「いいですよ。じゃあ、部屋をお借りします」

答えると、梓が疑わし気に私を見た。いいんですか？　彼女の懸念がひしひしと伝わってきたが、私は首を横に振った。ふと、彼女がいつも大きなトートバッグに必ずペットボトルの水かお茶、飴やチョコレートを入れているのを思い出す。水は被害者の気持ちを落ち着かせ、甘いものは心と体の疲れを癒す。それでずいぶん、被害者家族といい関係を築いてきたのだが……。

「今日は水も飴もなしだ」私は先に忠告した。

「え？」

「そういうのを渡すべき相手じゃない。一切気は遣わないでいいから」

「村野さん、それじゃ、私たちが出てきた意味がないですよ」梓が怪訝そうな表情を浮かべた。

「とにかく、いいんだ」

私はどうしたいのだろう？　自分でも分からなくなっていたが、引き受けてしまった以上、話はしなければならない。

警務課の入り口で、若い警官と話している――私の感覚では「揉めている」だ――仲岡の前に立った。

「仲岡さん」

「ああ……村野さんでしたね。村野秋生さん」

私は、内心の動揺が表に出ないように、ぐっと唇を噛み締めた。この男とは、十年前にほんの数回接触しただけである。しかも私自身は取り調べの担当でもなく、交わした会話は雑談レベルだ。小さな接点しかない人間を十年経っても覚えていて、すぐに名前が出てくるだろうか。もしかしたら、詐欺師とはそういうものかもしれない。そうすることが必要だと判断した情報はすぐに頭にインプットして、絶対に忘れない。そうすることで、次の金儲け――犯罪につなげるのではないだろうか。

「状況は聞いています。部屋を用意したので、そちらで話をしませんか？」

「あなたが担当なんですか？」

「事件の担当ではありませんが……詳しいことは後で話します。それより、ここで話

していると まずいんですよ。いろいろな人が来ますから」
そう、誘拐事件が表沙汰になることが心配なのだ。警務課は交通課と隣り合ってい
る。交通課には外部の人が頻繁に訪れるので、こんなところで大声を上げていたら、
関係ない人たちに丸聞こえになってしまう。
私は仲岡を、交通課の取調室に誘導した。そこが取調室だということは仲岡にはす
ぐに分かったようで、一瞬、入り口で躊躇いを見せる。十年前、取り調べで散々嫌な
思いをさせられた記憶が蘇ったのかもしれない。
中に入ると、私は梓に目配せして、ドアを閉めるように指示した。私は仲岡と向き
合って座り、梓は記録担当の警察官がつく別のデスクの前に腰を下ろした。
「どうしてあなたがここにいるんですか」仲岡はそこにやけにこだわった。
「私は今、犯罪被害者支援課にいます」
「支援課……」
「事件や事故の被害者、あるいは被害者家族をサポートするのが仕事です。今回は誘
拐事件——重要な事件なので担当しています」まだ正式に決まったわけではないが。
「ずいぶん変わった仕事ですね」
「変わっているかもしれませんが、重要な仕事です」
私はできるだけ重々しく見えるように、ゆっくりとうなずいた。しかし仲岡はこと

さら気にする様子もない。慇懃無礼で、どこか人を馬鹿にした本音が透けて見える。

十年前と同じだった。

「あなたは今、何をしているんですか」私は訊ねた。

「普通に商売をしてますが、今はそれは関係ないでしょう」仲岡が急に嚙みつくような口調になった。「娘が誘拐されたんですよ？　黙って見ていろっていうんですか！」

「そもそもこの件、どこで知られたんですか？　奥さん――元奥さんは、あなたには教えて欲しくないと真っ先に言われたそうですが」

「女房――元妻からは何の連絡もありませんよ」仲岡がすっと目を逸らした。

「だったら誰から聞いたんですか？」

仲岡が咳払いした。一瞬言い淀んだ後、一転して静かな声で話し出す。

「娘が――愛花が芸能活動をしているのは知ってますか？」

「売れっ子の子役なんですね。私は芸能情報に疎いので、詳しくは知りませんが」

「娘を芸能人――女優にしたいというのは、昔からの私たちの願いだったんですよ」

「私たちというのは、あなたと元奥さんですか？」

「そうです」仲岡がうなずく。「実際、〇歳から芸能活動を始めている――生まれて半年後に、初めてＣＭに出たんです」

子役ならぬ赤ちゃんタレントか。ＣＭなどで、一定の需要があるのはよく分かる。

しかし、子どもを芸能界に入れたがる親というのはどういうメンタリティの持ち主なのだろう。自分の子どものルックスによほどの自信があるのか、子どもを使って金儲けしてやろうと山っ気たっぷりなのか。仲岡の場合、後者ではないかと思えた。

「十年前にああいうことがあって、結局私と妻は離婚しました。でも、娘は順調に芸能活動を続けて……私は陰ながら、ちゃんと見守っていたんですよ」

よく無事に続けられたものだ、と私は皮肉に思った。父親が詐欺事件で逮捕された——そういう子役は、使いにくいのではないだろうか。子どもには何の罪もないとはいえ、万が一父親がしゃしゃり出てきたら面倒なことになる、と考えるのが普通だろう。テレビや映画の関係者は、そういうことに関してはきちんとリスクヘッジするはずだ。

「あなたの娘さんだというのに、よく使ってもらえましたね」

私は強烈な皮肉をぶつけたが、仲岡は平然としていた。昔からこうだった——皮肉や軽い脅しぐらいでは、まったく動揺しない。

「それは、私の力です」

「あなたの力？　あなたに何の力があるんですか」

「娘の事務所の社長が、古くからの知り合いなんです」

「あなたが犯罪者でも、娘さんを使い続けたわけですか」

皮肉の二発目。しかし仲岡は、これも受け流した。ゆっくりと両手を組み合わせると、私の目を真っ直ぐ見て続ける。

「娘をＣＭに使ってくれるように頼みこんだのは私たちですけど、それがきっかけで、社長は娘を高く評価してくれましてね。将来までずっと面倒を見たいと言ってくれたんです。私が逮捕された時はすぐに面会に来て、離婚するように勧めました」

「いきなり？」

「そうです。社長は、私を切っても、愛花を芸能界で成功させたいと思ったんですよ。私はその条件を受け入れました。愛花に迷惑をかけるわけにはいきませんからね」

「そこまであっさり、離婚を決めたんですか？」

「社長が、責任を持って私を『隠す』と言ってくれましたからね」

「隠す？」

「今は芸能人だって、家族の情報はある程度公開します。特に子役の場合は、両親がどんな人間なのか、必ず詮索されますからね。そこを上手く対処する、私の名前は絶対に表に出ないようにすると、保証してくれました」

「いくら芸能事務所の社長だからって、そこまでは情報をコントロールできないものじゃないですか」

「しかしあなたは、愛花の父親が私だと知ってましたか？」

そもそも橘愛花という子役を認知していなかった——しかしこのまま彼の話術にはまるのも悔しく、私は一気に話題を変えた。

「その社長さんから、今回の誘拐の話を聞いたんですね？」

仲岡が無言でうなずく。組み合わせていた手を解き、そっと腿に置いた。

「元奥さんにはすぐに連絡したけど、情報提供を拒否された。違いますか」

再度のうなずき。今度は少しだけ表情が硬くなっていた。

「で、慌てて警察に駆けこんできたということですね」

「仰る通り」

「一概には言えませんが、たとえ離婚していても、私たちはあなたを犯罪被害者の家族と考えます」

「そうでしょう？」仲岡がテーブルの上に身を乗り出した。「だから私にも、情報を知る権利があるはずだ」

「原則は今言った通りですが、実際は状況によって変わります。あなたが離婚してから、ほぼ十年経っている。そして奥さんの方では、あなたと情報を共有したがっていない。そして今、実際に親権を持って愛花ちゃんを育てているのは奥さんでしょう？こういう状況を考慮すると、あなたはこの件には関わらない方がいいと思います」

「親なのに？」

「親でも、です。この場合、娘さんの救出が何よりも重視されます」

「私では何の力にもならないと？」仲岡が目を剝いた。

「なりません」私は断言した。単なる事実の指摘なのだが、薄暗い快感を覚えていた。十年前に中途半端にしか攻められなかった男に、今になって意地悪をしている——警察官として褒められたことではない。「特に、警察署に顔を出されると困ります。誘拐事件の捜査には、秘密が何より大事なんです。誘拐の事実が表に出ると、犯人が何をするか分かりませんから、とにかく極秘に捜査を進めなければなりません。あなたが警察の窓口で騒いでいると、誰に聞かれるか分かったものじゃないんです。今は、SNSであっという間に情報が拡散してしまう恐れもあるんですよ」

仲岡が唇を嚙んだ。軽率な行動を反省したかもしれないが、彼は引かなかった。

「私は親だ」しっかりした口調で反論する。「たとえ離婚していても、子どもは子ども——私の子どもです。その子どもが危ない目に遭っているんですよ？　情報を知る権利ぐらいはあるでしょう」

正論と言えば正論——私はしばし黙りこんだ。仲岡は間違いなく悪人だが、子どもを思う気持ちまでは否定できない。それにこの十年で、彼はすっかり気持ちを入れ替えて更生したかもしれないではないか。

「この件は持ち帰ります」私は結論を出した。「特殊なケースですから、私一人では判断できません。どうするか決めて、すぐに結論をお伝えしますので、取り敢えず今はお引き取り願えますか」

仲岡がぐっと唇をひき結んだ。顔は赤くなり、怒りがじわじわと伝わってくる。しかしそれは唐突にすっと引き、顔色は平常に戻った。ジャケットの懐に手を突っこみ、上等そうな革の名刺入れを取り出す。名刺を一枚抜いてそっとテーブルに置くと、私の方に向かって指先で押し出した。私は素早く名刺を手に取り、情報を確認した。

名前と「ＴＮコープ」の社名がある。「ＴＮ」は本人の頭文字から取ったものだろう。社名を見ただけでは、何の会社かまったく分からないが、どうせろくでもない会社だろうと私は想像した。もしかしたら、会社を隠(かく)れ蓑(みの)にして、また何か悪さをしているのかもしれない。

「どういう会社ですか？」

「飲食店です。店を何軒かやっています」

「昔と同じような仕事ですか」

「そうですね」

「会社の住所は、ご自宅ですか」

「自宅兼会社です。会社そのものは私一人でやっているので……それぞれの店は店長に任せています」

名刺をひっくり返すと、ずらりと店の名前が並んでいた。うどん専門店もあれば、クラブもコーヒーショップもある。業態を固定せず、かなり手広く経営しているようだ。

何だか気に食わない。彼は実刑判決を受けたわけではないが、裁判では有罪になっている。一度は金も名誉も失ったはずで、わずか数年でここまでまともにビジネスを成功させたのは、意外としか言いようがなかった。何か違法な手を使っているのでは、と疑ってしまう。

「携帯では必ず連絡が取れます。今後どうするか決まったら、すぐに連絡して下さい」仲岡が立ち上がる。ドアの方へ向かうかと思いきや、しばらく狭い室内を見回していた。「取調室というのは、どこでも同じようなものなんですね。規格でもあるんですか？」

「特にそういう決まりはないです」

「そうですか……できれば、こういう場所とはもう縁なく生きていきたいものですけどね」

それはあんたの心がけ次第だ――私はまた皮肉を呑みこんだ。そのうち、呑みこんだ皮肉で腹が一杯になって、爆発してしまうかもしれない。

3

課長の桑田に電話で報告すると、即座に「被害者対応だ」と命じられた。放っておけばいいのに……しかし桑田は、「トラブルを防ぐためだ」とつけ加えた。放っておいて仲岡が騒ぎ出したら、捜査自体に大きな影響が出かねないから、「余計なことをさせないため」にくっついているのが得策だと判断したに違いない。

桑田にしては珍しい積極策だが、一理ある。いきなり警察に押しかけてくるような人間だから、今後も頭に血が昇ったら何をしでかすか分からない。相変わらず慇懃無礼な態度ではあったが、娘のことになると冷静ではいられないだろう。

「この際、川西にも担当させたらどうですか？」私は提案した。「いい機会ですよ」

「あいつにできるかね」桑田が疑義を呈する。「そういう仕事のために、支援課に来てもらったわけじゃないぞ」

「しかし、いずれはやらなくちゃいけないことです。それに、支援課にいるのに、被害者支援の仕事を経験しないのはもったいないでしょう。もちろん我々もフォローしますから、実地研修ということでどうですか？」

「それは分かったが、お前はこの件から外れてくれ」

「はい？」私は思わずスマートフォンをきつく握り締めた。

「お前、仲岡さんとはいろいろ因縁があるそうじゃないか」

「因縁じゃないですよ。単なる刑事と容疑者の関係です」

「それが問題なんだ。仲岡さんの前科については俺も聞いた。仲間を全員売って、自分だけは実刑判決を免れた――まあ、ろくでもない野郎だよな」

「課長……犯罪被害者の家族ですよ」私は忠告した。

「ああ」桑田が咳払いした。「分かってる。いずれにせよ、向こうもお前が出てくるのは嫌なんじゃないか」

「否定はできません」先ほどの刺々しいやり取りを思い出す。「正直俺も、冷静でいられる自信はないです」

「だったら今回は外れろ。何も、全部お前が背負いこむことはないんだから。他のメンバーを信用して任せればいい」

「信用してますよ……とにかく、川西にはやらせてみて下さい。これもいい経験ですから」

「打診してみる。ただし、明日だ」

「あいつ、もういないんですか？」

午後五時半。確かに勤務時間は過ぎているが、優里が緊急事態だと説明したはずだ。それを無視して帰ってしまったのか？　桑田への報告を終えると、私はすぐに優里に電話をかけた。彼女はすぐに反応した——本当は彼女こそ、定時に帰らないといけないのだ。二人の子の母親でもあり、まだまだ家の仕事も忙しい。

「待機するように言ったのよ」言い訳する優里の声は暗かった。

「それを無視して帰ったのか？」

「時間だからって……あの子、働き方改革は完了したと思ってるのね」

最近は、勤務時間についても何かと煩く言われる。何もなければ定時退庁だが、今は非常時だ。川西は、あまりにも意識が低過ぎる。かといって、今から摑まえて説教するのも時間の無駄だ。明日、桑田からしっかり言ってもらうしかない。とはいえその桑田が、川西は支援係本来の仕事をする必要はないと思いこんでいるのだから、期待できそうにない。

まったく、冗談じゃない。

「取り敢えず、安藤には頼もうと思う」

「こっちは芦田さんが待機してるから」

係長の芦田浩輔がいれば、まず問題なく支援活動は動き出す。

「君は無理するなよ。家のこともあるんだから」

「家のことは何とでもなるけど、今回は芦田さんが仕切るわ」

「分かった」

電話を切り、私は一つ深呼吸をした。何だか全てが滑って、上手く動かない感じがする。取り敢えず私にできるのは、自分は関わらずに仲岡に対する支援体制を整えることだ。今晩中に筋道をつけてしまえば、明日以降の仕事はそれほど難しくないだろう。もしかしたら今日中に、事件は解決してしまうかもしれないし。誘拐事件は、だいたい短時間で解決に向かうものだ。それも犯人逮捕、人質解放というハッピーエンドで——長引く場合は、だいたい最悪の結末が待っている。

今はそちらの可能性は考えないようにした。

「もう少し、ここで情報収集していこう」私は梓に話しかけた。

「仲岡さんに対する支援方針は決まったんですか？」

「ああ。俺は外された」

梓が一瞬目を見開いたが、すぐに納得したようにうなずいた。

「でしょうね」

「何だよ、それ」

「村野さん、さっき、明らかに変でしたよ」

「どこが」むきになって私は聞いた。

「仲岡さんに食ってかかってたじゃないですか。まるで挑発するみたいな感じで」

「そんなことはない」そうだったと自分でも分かっていたが、一応否定した。

「因縁の相手だってことは分かりましたけど、やっぱり今回は外れた方がいいです」

「俺だって願い下げだ」

「やっぱり嫌いなんじゃないですか」梓が丸い顔に笑みを浮かべた。「じゃあ、いいですよね？　ウィン-ウィンみたいなもので」

「それは、こういう時に使う言葉じゃないと思うけどな。とにかく、事件の詳細を聞いてから、仲岡――さんに連絡してくれ。必要なら、今夜にでも会うように」

「分かりました」梓は一気に気合いが入ったようだった。それがいつまで持つか――仲岡というのは、とにかく人を苛立たせるのが得意な男だ。その態度や言葉遣いが、いつの間にかこちらの神経を侵食してくる。気が合わない人間は私だけではないはずだ。


誘拐事件の全容を把握するために、私は副署長の増井ともう一度話した。認知は今日――水曜日の午後。一一〇番通報があった正確な時間は、午後三時十五分だった。

「この時間だと、学校からの帰りですか？」私は手帳を広げた。

「ああ」副署長の増井が認めた。

「帰宅は一人で？」

「そうだよ」

「タレントさんなのに？」小学生の売れっ子子役だったらマネージャーが、そうでなくても親が送り迎えぐらいするのではないだろうか。

「仕事をしている時はタレントさんだけど、そうじゃない時は普通の小学生、ということだよ。その辺は、親御さんもきちんと線引きしているようだ」

「学校は普通の小学校ですか？　名門私立とかではなく？」

「父親が前科者というのは、名門私立に入学するために、大きなマイナスだろうな」増井が皮肉っぽく言った。「近所の、普通の公立の小学校だ。そういう学校へ毎日送り迎えするのは変だろう」

「学校では問題はなかったんですか？　ストーカーなんかの心配もありそうですけど」

「そこまで調査は進んでいないが、問題があったとは聞いていない。とにかく、普通に帰るはずの時間に帰って来ないで、三時過ぎには脅迫電話があった」

「その十五分後に一一〇番通報ですか……早いような気がしますが」

「早いか遅いかは判断しにくいけど、家族が焦るのは当然だろう」

自宅の固定電話にかかってきた電話を受けたのは、母親の朱美（あけみ）だった。最初は疑心暗鬼だったが、愛花の今日の服装、それにランドセルの中身まではっきりと指摘されたので、本物の誘拐だと慌てたようだ。服装だけならともかく、ランドセルの中身までは、実際に見てみないと分からない。娘が誘拐犯と一緒にいるのは間違いない――犯人は身代金五千万円を要求し、明日までにもう一度連絡する、と伝えてきた。

声を聞いた限り、犯人は若い男のようだったというが、この辺ははっきりしない。声はいくらでも変えられるし、そもそも録音が残っていないので、検証のしようがない。最初の印象だけが頼りだった。

「五千万ですか」手帳に情報を書きつけながら、私は訊ねた。「払える額なんですかね？」

「家族の財政状況は確認中だ。いずれにせよ、決して安い金額じゃない」

「五千万円は大金ですよ」都内でも、場所によっては一戸建てが買える金額だ。「でも、子役とはいえタレントさんだから、それぐらいは払えるんですかね」

「どうかな」増井が首を傾げる。「子役のギャラの相場は知らないが、そこまで金持ちってわけじゃないだろう。アメリカじゃないんだから」

「家族構成は……」私は手帳のページを戻して確認した。「母親とその両親――祖父母と一緒ですよね。主な収入源は、愛花ちゃんのギャラだったんでしょうか」

「いや、祖父の橘さんが、テレビの制作会社をやっているそうだ」

「じゃあ、愛花ちゃんのタレント活動も、そういう環境があってこそ始まっているんですかね」仲岡は、知り合いの社長の力添えと言っていたが……元々タレント活動に向いた環境で生まれ育ったのは間違いないだろう。

「その辺も調査中だ。誘拐事件の捜査だと、状況をじっくり全部調べ上げるような余裕はないいんだよ。それはあんたにも分かるだろう？　昔、一課にいたそうじゃないか」

「特殊班にいたわけじゃないですし、誘拐事件の捜査は一度も経験していません」言いながら、私は納得していた。誘拐事件で一番怖いのは、警察の動きを犯人側に知られることである。表立って動けないから、捜査には何かと足かせがあるのだ。

「最近は、誘拐も珍しい犯罪になったからなあ」増井がうなずく。

「そうですね……犯人の狙いは、もしかしたら祖父の金でしょうか？」番組制作会社はいろいろ大変だと聞いているが、何と言ってもテレビの仕事である。間違いなく巨額の金が動くはずだし、犯人がそこまで計算に入れて誘拐を企てたとしてもおかしくはない。

「その可能性もある」増井が認めた。

「恨みの線はどうですか？」

「一度にあれこれ突っこまないでくれよ」増井が苦笑する。「まず、自宅に脅迫電話がかかってくるのに備えて、必要な機材をセット——その他にもいろいろやることがある」

「分かります」

「支援課とシームレスに情報共有するわけにはいかないけど、聞いてくれればいつでも教えるよ。家族に対する支援で、助けてもらうことがあるかもしれないしな」

増井の態度はましな方だと思う。現場で、捜査の最中にある刑事は、被害者支援のことなど考えている暇はないだろう。

「ご家族はどうですか？」

「今のところは、気丈に振る舞っている。ただし、時間が経つとどうなるか分からない」

「その場合は、うちの出番ですね。いつでも声をかけて下さい。で、仲岡さんのことはうちで引き受けます」

「上手く抑えこんでくれよ。引っ掻き回されたらえらいことになる」

「分かってます」私は素早くうなずいた。「副署長、今日は泊まりこみですか？」

「しばらく様子を見てから決めるよ。官舎がすぐ近くだから、夜中になっても動きがなければ、帰るかもしれない。いずれにせよ、短時間の勝負になると思うけどね。犯人だって、長引かせたくはないだろう。人質を監禁しておくだけでも、相当な労力が必要だ」

だからすぐに殺してしまったりするわけだが——嫌な想像を、私は頑張って頭から追い出した。ともすれば悲観的になりがちなのが刑事という人種なのだが、いくら何でも悪い想像をするには早過ぎる。

仲岡への連絡を梓に任せ、私は本部に戻った。戻ってもやることがあるわけではないが、後輩がまだ動いているのに帰るわけにはいかない。働き方改革は、まだ自分の身には染みついていないようだな、と皮肉に考える。

この時間、支援課は無人になっている。まあ、しょうがない……ここにいてもやれることはないし、いざとなれば非常招集がかかるのだから、自宅待機も正しい選択だ。それに私の場合、本部よりも自宅の方が、現場に近い。

十年前の詐欺事件を思い出す。私にとっては「複雑怪奇」な事件だったが、知能犯係の先輩に言わせると「単純明快」。普段扱っている事件の種類がまったく違うとはいえ、蛸壺に入ってしまってはいけないな、と反省したのを覚えている。とにかく何でも、貪欲に吸収すること。捜査は経験すればするほど、刑事としての深みが出る。

詐欺事件の仕組みはこんな感じだった。仲岡たちはまず、実体のないペーパーカンパニーを作り、「この会社は必ず上場する」「絶対に儲かる」と勧誘して、被害者から未公開株の購入分として金を騙し取った。立件されただけでも被害者は百人以上、被害総額は五億円に上った。ペーパーカンパニーなので、当然上場の予定などなく、ただ金を騙し取るだけの架空の存在だったわけだ。被害者はほとんどが、六十歳以上の高齢者。勧誘は主に電話で行われたのだが、それで簡単に引っかかってしまったのが、私には理解できなかった。仲岡達のテクニックがそれだけ高等だったのかもしれない。

詐欺グループは総勢十人。逮捕された全員が、一種の「合議制」で犯行を進めていたようだ。闇サイトで最初にメンバーを集めたのは仲岡だったが、実際の犯行に際してはリーダー格だったわけではない。

それにしても、仲岡のメンタリティは理解し難い。

警察的には「仲間を売る」犯罪者はむしろ歓迎である。それによって芋づる式に共犯者が逮捕され、犯罪の全容が明るみに出るからだ。しかし、人としてはどうだろう？　結局仲岡は、自分だけが何とか実刑を免れるために仲間を売ったに過ぎない。いくら犯罪者でも、仲間を守る気概や仁義すらないのだろうか。しかも仲岡は、「主犯」とは言えないにしても、犯行のやり方をきちんと整備した人間なのだ。

私は本部の捜査一課に異動した直後に、ややこしい殺人事件の捜査に巻きこまれたので、その後の裁判などについては詳しくフォローしていなかったのだが、仲岡が法廷で仲間と対決したら、どんな状況になっていただろう。

しばらくぼんやりと過去に思いを馳せていたが、結局本部にいるのは無駄だと判断する。やはり帰宅して自宅待機にしようと思った瞬間、スマートフォンが鳴った。係長の芦田だった。

「今、仲岡さんの家にいるんだが」

「どんな様子ですか？」

「取り敢えず今は落ち着いている。この分だと、一人にしておいても大丈夫じゃないかな」

「そこの判断はお任せしますが……どの程度情報は伝えました？」

「一応、現段階で出せる情報は全部、安藤から説明させた」

「程々にしておいた方がいいですよ。これから何か新しい情報が入っても、あの人の耳には入れない方がいいかもしれません」

「そこはこっちで判断するよ。なあ、お前、ちょっと頑な過ぎないか？」

「頑になるのは当然です。彼は、信用できない人間なんですよ」

「安藤から聞いたけど、もう十年も前の話じゃないか。本人は今、ちゃんと商売もしているし、そこまで警戒しなくてもいいんじゃないか？」

「いや……」理屈では芦田の言う通りだ。更生してまともな人間になっていなければ、ここまで手広く商売ができるはずがない。

その資金はどこから出たのだろうと、私はすぐに疑ってしまう。仲岡たちは、詐欺で得た金をどこかに隠していたのではないだろうか。執行猶予判決を受け、いち早く社会復帰した仲岡は、その金を使って商売を始めたのかもしれない。悪事で稼いだ金に関しては、警察でも追いきれないことが多い。

「今夜はどうするんですか？」

「状況による」

「帰れなくなりますよ」芦田の自宅は千葉の奥の方にあり、片道一時間半もかかる。仲岡の自宅は中野(なかの)だから、そこにいられる限界は午後十一時ぐらいだろうか。

「一応今夜は、ここへ泊まることになってもいいと思っている。安藤一人を置いておくわけにはいかないからな」

「ですね……仲岡さんは一人暮らしなんですか？」

「同居人はいないようだ」

「だったらしょうがないですね」いかに刑事とはいっても、女性一人で一晩中対応させるわけにはいかない。

「今晩中にも動きがあるような話だったよな？」

「最初の脅迫電話では、犯人はそう言ったそうです。明日までにはまた連絡すると……ただ、具体的にどんな要求があるかは予想もできません」

「今晩か。実際は明日になるだろうな」芦田が妙に自信たっぷりに言った。

「どうしてですか？」

「どんな家でも、五千万円の現金を用意するのは大変だ。自宅にそれだけの額を置いている家なんかまずないし、銀行に十分な預金があっても、引き出すには時間がかかる。しかも夜の間は何もできない」

「犯人はそこまで読んでいる、と？」

「まともに考えられる人間なら、それぐらいはすぐに分かるだろう。すぐに寄越せなんて無理を言うわけがないよ。たぶん、明日の朝には、金の受け渡し場所と時間を指定してくるんじゃないかな」急に芦田の声が揺らいだ。「しかし、実際のところはどうなのかね。俺も誘拐事件の捜査経験はないからな」

「そもそも最近、絶滅寸前の犯罪ですからね」

「レッドデータに載っている動物みたいに言うなよ」

冗談かと思ったが、芦田がまったく笑わなかったので、私も黙りこんだ。いつもとはまったく違う緊張感に、二人とも支配されている。

「お前はどうするんだ？」

「誰か連絡役がいた方がいいと思うんですよね」そう考えると、本部に戻って来てしまったのは無意味だった。自宅待機も呑気過ぎる。「取り敢えず俺は、渋谷西署にいます」

「しょうがないな。特捜は、こっちにわざわざ連絡を入れてくれないだろうからな」

聞けば渋々教えてくれる——それが限界だろう。増井の顔を思い浮かべながら私は思った。

「じゃあ、何かあったら連絡してくれ。引き上げる時は、また連絡するよ」

「お願いします」

仲岡の支援からは手を引く——私はそのつもりだった。しかし、間接的に芦田たちをヘルプするのは問題ないだろう。いくら嫌いな男でも、見捨てるわけにはいかない。顔を見たり声を聞いたりしなければ、それほど不快な思いはしないはずだ。

再び初台駅に降り立ったのは午後八時過ぎ。まだ夕食も食べていないし、今夜は何時になるか分からないので、どこかで食事を済ませていこうと思ったが、適当な店が見つからない。初台といえば巨大な東京オペラシティが有名で、中には食事ができる店もたくさんあるのだが、そこで迷って時間を潰しているうちに、状況が動いてしまうかもしれない。甲州街道の北側、細い道を歩き出した瞬間にラーメン屋が目に入ったので、迷わずのれんを潜る。ラーメンという気分ではなかったのだが、選んでいる暇はない。

最近、あちこちで見かける鶏白湯ラーメンの店……淡白な鶏で出汁をとって、どうして濃厚なスープになるのか謎だったが、食べてみると確かに、上下の唇が貼りつくほど濃厚だった。夕飯としても十分。これで、徹夜になっても大丈夫だろう。

渋谷西署の庁舎に入ると、増井はまだ自席にいた。私を見ると、太い眉をクッと上げて疑念を表明する。私は副署長席の前のソファに腰を落ち着け、笑みを浮かべて見せた。

「何だい、もう再出動かい？」増井が苦笑する。

「ええ。副署長こそ、こんな時間に署にいていいんですか？　記者に見られたら怪しまれますよ」

「そう簡単には帰れないさ。交通課が半年に一度の特別警戒中でね——ということにしておいて、俺も居残りにしてる。それより、仲岡さんは？」

「うちの人間が二人、ついています」

「じゃあ、もう安心だな」

「一応、今は落ち着いているようです」

「そんなことぐらい、電話で言ってくれれば済むのに」

「一応、こっちもリアルタイムで状況を把握しておかないといけませんからね。こっちが知らない間に仲岡さんに情報が入って、勝手に動き出されたら困るでしょう？」

「そりゃそうだ。ま、せっかく来たんだし、お茶でもどうだい？」

「いただきます」

増井が、警務課に集まっていた当直の警官に指示すると、すぐに出がらしのお茶が出てくる。それでも、鶏白湯スープの濃厚さを洗い流すには十分だった。

「現段階では、動きはないんですね」

「ないな」増井がうなずく。「やっぱり、明日の朝が勝負だろう」

「そうなりますかね」私はうなずいた。「明日の朝、あるいは午前中に、身代金の受け渡し方法と場所を指示してくる――そんな感じじゃないですか」

「特捜もそう考えてる。ただし、本当にそうなるかは分からないけどな。こっちが予期していない時に、いきなり動き出すことも多いから」

「……というわけで、俺もここで夜明かしさせてもらっていいですかね」

「当直部屋は一杯だぞ」

「道場は、特捜の連中が雑魚寝ですよね」

「それに、あんたが特捜の連中に紛れこんで寝ていたら、俺が文句を言われそうだ」

「……ですよね。だったら、ここでも構いません」

「まあ……」増井がしばし思案した。「黙認ということにしておくよ。そんなソファで眠れるわけがないと思うけど」

私たちはしばらく雑談を続けた。具体的な動きがないのだから仕方がない——我ながら無責任だと思ったが、他にやることもなかった。上に詰めている特捜の連中は、もっとピリピリしているはずだ。その緊張感に身を浸したいと思ったが、こればかりはどうしようもない。私は捜査においては、あくまで部外者なのだ。

九時、十時とじりじり時間が進む。特捜に動きはなく、どこからも連絡が入らない。こういう状態だと、時間が過ぎるのがとにかく遅く感じられるものだ。

十時過ぎ、スマートフォンが鳴った。西原愛(にしはらあい)……かつての私の恋人だ。いろいろあって、今は民間の被害者支援センターの専従職員になっている。まさか、彼女にも誘拐の事実が漏れたのだろうか？　だとしたら非常にまずい。

私は増井に一礼して、席を立った。署の外に出ると、十月のひんやりした空気が肌にまとわりつく。甲州街道を走る車の騒音が邪魔だが、署の中にいたら愛とは話せない。

「今どこにいるの？」

「言えないな」

「誘拐でしょう？」愛が声を潜めて言った。

「それ、どこから聞いたんだ？」私は思わず問い詰めた。

「どこでもいいじゃない」

「松木だろう？」他に考えられない。私たち三人は同じ大学の同期で、特に優里と愛の関係は強固だ。二人の間に秘密はないと考えておくべきだろう。それにしてもこれはまずい。誘拐に関しては秘密厳守、家族にも漏らしてはいけないと徹底されているのに。

「絶対に口外しないでくれよ」

「私の口の固さは知ってるでしょう？」

「それは、まあ……」

「私の口から漏れることは絶対にないから、大丈夫。センターの人たちにも話さない」

「頼むよ、本当に」

「センターとして、何か準備しておくことはないのかしら」

「今のところは特にない。動きが止まってるんだ。そっちが実際に動き出すことがあるとしたら、事件が解決してからだよ」

「犯人が逮捕されるか、被害者が無事解放されるか――」

「そういうこと。それと、子どもの専門家が必要だと思う。被害者は十歳、小学四年生だ」

「PTSDになる恐れもあるわね」

「ああ。極秘に専門家をリストアップしておいてくれると助かる」

「分かった。それはこっちでやっておくわ。それよりあなたには、アドバイスは必要ない？」

「どうして？」優里はどこまで話しているのだろう。基本、二人の間に秘密はないとは言っても、喋り過ぎるにもほどがある。

「あなた、昔、仲岡っていう人に対して相当怒ってたじゃない」

「ああ……」そうだった。あの詐欺事件を摘発した時、私たちはつき合っていた。そして確かに、彼女に愚痴を零した記憶がある。「詐欺事件の捜査なんか二度とやりたくない」「あんなクソ野郎の相手をするのはごめんだ」。今思えば、一時的にヘルプしていただけなのに、ずいぶん大きな口を叩いたものだ。「昔の話だよ。それに俺は、仲岡さんのフォローはしていない」

「誰がやってるの？」

「主にダブルA」

安藤梓の頭文字を取ってダブルA。大リーグ好きな私が始めたジョークなのだが、優里は、「もうトリプルAにしてあげてもいいんじゃない？」とよく言う。実際、梓も支援課で十分な経験を積み、今や欠かせない戦力なのだ。

「梓なら大丈夫でしょう」愛は彼女を買っているし、梓の方でも愛を姉貴分と慕っている。

「ああ。だから俺は、仲岡さんにはノータッチ。何も問題ない」

「そう……」

「何だよ」嫌な感じの反応だ。愛は明らかに、言うべきことを言っていない。彼女が何を考えているか、何となく想像はできたが、気になった。

「無事に終わるといいわね。誘拐って、そんなに時間がかからないで解決するものでしょう？」

「統計的には」

「統計は馬鹿にできないわよ」

川西みたいなことを……一瞬むっとしたが、愛と口喧嘩しても仕方がない。電話を切って、私は副署長席に戻った。増井はいつの間にか、制服から背広に着替えている。

「帰るんですか？」

「一度引き上げることにした」増井はネクタイを掌で撫でつけた。「俺がここにいても、やれることはないからな。あんたも帰ったらどうだ？　何かあったら、サービスで連絡が入るようにしておいてもいいぞ」

「それはありがたいですけど……」芦田たちはまだ、仲岡の家にいる。二人を置いたまま、自分だけが帰るのは気が進まなかった。

その時ちょうど電話が鳴った。梓だった。

「今日は引き上げようかと思います」彼女の声の背後には、街の騒音が混じっている。話しやすいように、外へ出て来たのだろう。

「大丈夫そうか？」

「仲岡さん、今は落ち着いてますから。それに、私たちが家にいるのを嫌がっています」

「分かった」私は腕時計を見た。今出れば、芦田も遠い自宅へ無事に帰れるだろう。

「俺も、適当に引き上げる」やはり、副署長席の前のソファで仮眠とはいかないだろう。当直の署員にも迷惑をかけてしまう。当初の予定を全部変更することにした。

「何かあったらすぐに連絡をもらえるようにしてあるから」

増井に目配せすると、彼は首を横に振って苦笑した。緊張感がない——動きがないので、少し気が緩んできたのだろうか。

「何かあったら連絡を取り合うということで。取り敢えず、お疲れさん」

「お疲れ様です」

「あ、そうだ」ふと思いついて、梓を電話に引き戻した。

「どうかしましたか?」

「この件、西原に話したか?」

「話してませんよ」むっとした口調で梓が答える。「疑ってるんですか?」

「いや、そういううわけじゃないんだが……」私は言葉を濁して電話を切った。やはり犯人は優里だろう。しかしこの件に関しては、もう誰も責めないことにした。今更文句を言っても始まらない。これ以上話が広がらないのを祈るばかりだった。

4

翌朝、私は六時まで寝てしまった。こんなに熟睡するつもりはなかったのだが……慌てて、枕元に置いたスマートフォンを確認する。着信なし。どうやら昨夜は、まったく動きがなかったようだ。ベッドに腰かけたまま、渋谷西署に電話をかけ、副署長席につないでもらう。増井本人が電話に出た。

「早いですね」

「今、出て来たんだ。官舎へ帰っても眠れるもんじゃないよ」増井がぼやいた。「今のところ、犯人側からの接触はなしだ」

「今朝――今日の午前中が勝負ですね」

「そうだな……それよりあんた、今日はこっちへ来ないでくれよ」

「何でですか？」

「あんたがずっとここに居座ってると、やっぱり目立つんだよ。夜ならまだしも、昼間は困る。普通の業務もあるからな」

「まあ……そうですね」これは増井の言い分が正しい。それに昼間なら、本部にいても時間差なしで情報は取れるだろう。「だったら、本部で待機しています。何かあったら速攻で教えてもらえますか？」

「分かってるよ。あんたがここへ来さえしなければ、情報は流す」

自分はそんなに目障りだろうか、と首を傾げる。普段から、あまり目だたないタイプだと自任しているのだが。

さて――所轄に近寄れないとなると、今日は本部へ出勤だ。昨夜仲岡と一緒にいた芦田たちとは話をしなければならないが、彼らは今日、本部へ来るだろうか？　この時間に電話をかけるのはさすがに憚（はばか）られるので、梓にメッセンジャーで質問を投げかけておくことにした。

それを終えて、朝の準備を始める。普段より三十分ほど早い始動で余った時間を、膝のストレッチと強化運動に費やすことにした。重傷を負った膝が一番強張（こわば）るのは朝、そして歩き過ぎた時である。リハビリの筋トレは、膝の周囲の筋肉を強化するのが狙いなのだが、仕事を抱えた身としては、定期的にジムへ通うのはなかなか難しい。担当してくれているトレーナーは「不真面目だ」とよく怒るのだが、私には言い訳がある。常に足を引きずるほど悪くはないのだから、そこまで頑張ってリハビリに取り組む必要はない、私はアスリートではないのだ、と。もっとも、アスリートのリハビリはこんなものではないだろう。膝は怪我しやすい部位なのだ。十字靭帯断裂、膝蓋骨骨折——怪我からの復帰を目指すスポーツ選手の話を聞いていると、きつい練習よりもリハビリの方がよほど大変なようだ。

　パンツ一枚になり、ゆっくりとスクワットを始める。最初は浅く、続いて少し深めにゆっくり、リズミカルに。五十回繰り返した後は、尻が踵につくまでぐっと深く曲げる。できるだけ時間をかけて……曲げるのに三秒、戻るまで三秒。膝の奥に鈍い痛みを感じたが、我慢できないほどではない。だいたい医者も、この痛みには精神的な原因が大きい、と言っているぐらいなのだ。つまり「気のせい」。ただし、完治させるためには人工関節を入れる必要がある。

　深いスクワットを五十回終えると、額に汗が滲み始める。終わって今度は床に座りこみ、下半身のストレッチを始めた。両足の裏を合わせ、横に開いた膝を床につける。そのまま五秒キープして戻す——これを十回繰り返した。今度は両足を投げ出し、太腿の前側の筋肉に力を入れて十秒。力を緩めた後、同じ動作を十回繰り返してワンセットにする。これを三セット。

最後は、膝蓋骨を指先で前後左右に動かしてやる。関節ストレッチ——最初は、自分の力でまた膝が折れてしまうのではないかと怖かったが、最近慣れてきた。これをやっておくと、確かに調子がいい。

シャワーを浴びてすぐに髪の毛を乾かし、新しいワイシャツを羽織る。朝食は軽めに……昔から私はきちんと朝食を摂るように心がけてきた。とはいっても、ほぼ外食である。しかし最近は、朝飯を食べる店を探すのが面倒になり、自宅で食べるようにしている。トーストとバナナ一本、それに野菜ジュースが定番だ。栄養バランスを考えてもあまり褒められた朝食ではないが、取り敢えず腹が膨れれば、午前中の仕事はできる。

マンションを出た途端、メッセージの着信を告げる音がした。梓。午前七時を少し回ったところだが、もう準備万端なようだ。メッセージは短く「本部へ行きます」だけ。

それが正解か。支援課は、被害者に求められればいつでも、いつまでも側にいる。しかし相手が望まなければ引くのが常道だった。実際、横に他人がいない方が気持ちが落ち着く場合も少なくない。私たちは、初期の動揺、混乱した時期が過ぎると、一度身を引いて相手の出方を待つことが多かった。

とはいえ、仲岡のケースはそう簡単にはいきそうにないが。

八時前に本部に到着。すぐに芦田、続いて梓が支援課に入って来た。家が遠い芦田は、さすがに疲れた表情を浮かべている。

「お疲れ様です」思わず芦田に声をかけてしまった。

「まったくだ。歳だな」芦田が情けない声で言って、両手で顔を擦る。「全員揃ったら、取り敢えず打ち合わせにしようか」

「コーヒー、用意しますよ」

「私がやります」

梓が手を上げたが、私はうなずきかけてそれを制した。

「昨日は、君の方が働いてるから」

警察では、その部署で一番年齢が若い者が、先輩の分のお茶を全て用意するのが長年の伝統だったというが、最近はそれも崩れてきている。それぞれが好きな飲み物を買ってきて、勝手に飲むことが多い。支援課にはコーヒーメーカーがあり、飲みたい人間が自分で準備することになっている。

支援係五人と課長の分を用意し、コーヒーメーカーの横で待つ。ただコーヒーがぽとぽとと落ちてくるだけなのだが、それを見ていると妙に落ち着くのだ。

全員が揃い、課長の桑田もやって来たので、打ち合わせスペースに移動した。本来は四人がけのテーブルなので、二人が外へはみ出す格好になる。若い梓と川西が、自分の椅子を持ってきて座った。

「昨夜の状況を報告します」芦田が切り出す。「十時過ぎまでつき添いましたが、その時点では落ち着いた様子でした。しかし情報を知りたがっていることに変わりはなく、宥（なだ）めるのが大変でしたが」

「村野、捜査の方に動きは？」桑田が話を振った。

「今朝の段階では、まだ何もないようです。何かあれば、こちらにも連絡が入ってくる予定です」

「長引くかもしれないな」桑田が腕時計に視線を落とした。

「誘拐ですから、基本的には短期で決着がつくと思います」この素人（しろうと）が、と思いながら私は反論した。「今朝、遅くとも午前中には犯人側から何らかの形で接触があるはずです」

「どうしてそれが分かる？」

「犯人だって、いつまでも人質を監禁しておけないでしょう。間違いなく、負担になりますから。それに長引けば、警察が手がかりを見つけ出すかもしれないと考える。だから、一刻も早く決着をつけたいと焦っている——特捜も同じ考えのはずです」

桑田が肩をすくめる。どうでもいいと思っているようで、私はかちんときた。身を乗り出そうとしたのにいち早く気づいた芦田が、咳払いする。私はゆっくりと息を吐いて緊張を緩め、椅子に背中を押しつけた。

「それで、今日の動きですが……取り敢えず午前中に、もう一度仲岡さんの家を訪ねる予定です」芦田が説明する。

「それは芦田係長に任せていいな？」桑田が確認した。

「ええ。それと、川西もだ」

「え？」川西が甲高い声を上げた。「俺ですか？　現場？」

「そうだよ」

芦田が意外そうに言って桑田に視線を向けた。この件は課長も了解している——そもそも桑田が話すことになっていたはずだ。

「川西、少し現場で汗をかいてこい」しれっとして桑田が言った。急に方針を変えたのだろうか？

「そういう仕事をやるっていう話は聞いてませんよ」

川西が抗議したが、桑田は無視して指示を飛ばした。

「何でもやってみろ。いつも同じ仕事をしてたら、肩が凝るだけだぞ」

川西がむっとした表情を浮かべたが、桑田はまったくフォローしようとしない。何と言うか……この人も課長としては頼りない。川西が支援課に来る時には「データ整理だけしていればいい」と言い、今度はろくに説明もせずに現場に出そうとしている。一種の朝令暮改タイプで、言動の変化には気をつけないと、と私は自分を戒めた。

結局、仲岡の自宅には、芦田と川西が向かうことになった。他は待機……打ち合わせが終わってから、私は優里に声をかけた。

「もしかして、西原に話したか？」

「ごめん」優里が舌を出した。「向こうも対応が必要になるでしょう？　極秘扱いで話しておいたの」

「あまり感心できないな。昨夜、彼女から電話がかかってきたよ」

「そうなんだ」

「一応、原則通りに極秘扱いで頼むよ」

「了解」優里がさっと敬礼してみせた。

これで朝の仕事は一段落……私は自席について、渋谷西署に電話をかけた。副署長の増井が鬱陶しそうな声で応答する。

「そう何度も何度も電話されても……何もないよ」

それだけ言って電話を切ろうとしているのは明らかだった。実際に何もないのだろう。忙しい副署長をいつまでも摑まえておくわけにもいかず、私は丁寧に礼を言って電話を切った。しばし考えた末、捜査一課の強行犯係に電話を入れる。

「捜査一課」深みのある、落ち着いた声。

「大友さん？　村野です」

「あの件だね？」

大友鉄は勘が鋭い。私が電話しただけで、用件を察したようだった。

「あの件です」

「こっちには詳しい情報がない。特殊班がかかりきりで、話が流れてこないんだ」

「……ですよね」先輩であり、私が密かに「師匠」と呼んでいる大友は、何かと情報通なのだが、嘘をついているとは思えない。同じ捜査一課の中でも、箝口令が敷かれているのだろう。

「ただ、そろそろ支援課に正式要請が入るかもしれないぞ」

「ご家族の関係ですね？」

「ああ。一晩経って、精神的にかなり不安定になっているそうだ」

「何だ、情報は摑んでるじゃないですか」

「正式な情報じゃないよ」大友が咳払いした。「あくまで噂だ。ただ、家族が大変なのは間違いない。宙ぶらりんの状態に置かれてるんだから」

「ですよね。それより大友さん、愛花ちゃんの祖父の会社について、何か知りませんか」

「いや」短い否定。

「テレビ番組の制作会社をやっているそうですけど」私はつい訊ねた。大友は学生時代に芝居をやっていて、その関係なのか、芸能関係にも多少詳しい。

「テレビの方は、あまり知らないんだ。申し訳ない」大友が謝った。

「いえ、とんでもないです。ちょっと疑問に思ってることがあるだけです」

「何だ？」

「制作会社って、儲かるんですかね？　愛花ちゃんが狙われた理由が本当に金だとしたら——金があるところを狙うのが、犯人としては普通の感覚だと思いますけど」

「忙しいだけで儲からない、とはよく聞くけどね。今、テレビ局はどこも、予算縮小で大変なんだ。番組制作の予算が削られれば、そのまま制作会社が使える費用、それに懐に入る金も減る。派手な世界に見えるけど、下請けの人たちは相当悲惨らしいよ」

「経営者でも、ですか？」

「経営者だけが儲かってる感じでもないだろうね。ちょっと調べてみるよ」

「いいんですか？」

「今、何もなくて暇だから。君の役に立つなら、電話の一本や二本かけるぐらいは何でもない。しかし、君も何かと忙しいよな」

「いや……」私は口を濁した。忙しいと言えば忙しいが、誘拐の被害者支援では主流から外れたという意識が強い。

「何も聞いてないのか？　昨夜、火事があったんだ」

「火事、ですか」まったく覚えがない。昨夜から忙しくて、きちんとニュースをチェックしている暇もなかった。

「杉並でマンション火災があって、一人亡くなってる。ちょっと厄介そうな話だぞ」

「どこの管内ですか？」

「杉並中央署」

「分かりました」電話してみます、とは言えない。支援課の仕事は押し売りではないのだ。向こうから何か言ってこない限り、余計なことはしない。それにそもそも、火災で厄介なことになるとは思わなかった。大友は大袈裟に言っているだけではないか？

　電話を切ると、ちょうど芦田と川西が出かけるところだった。川西は相変わらずむっとした表情……ふと、彼のネクタイが気になった。ピンクなのだ。

「川西」呼びかけると、川西が不機嫌な表情のまま振り向いた。

「何ですか？」

「ネクタイがどうかしました？」川西が胸に手を当てた。

「色が派手過ぎる」

「は？」

「俺たちは何でも地味なのがいいんだ。気持ちが落ちこんでる時に、派手なネクタイを見ると不快になる人もいるから。それなら外していった方がいい」

川西が何か言いかけたが、結局無言のまま、私のアドバイスを無視して部屋を出て行った。

「人の話を聞かないタイプね」優里が呆れたように言った。

「しょうがないか。本人はあくまで、内勤のつもりでここへ来たんだから」

「そのうち慣れるでしょう」

「それならいいんだけど」

私は肩をすくめた。その瞬間、目の前の電話が鳴る。素早く手を伸ばして受話器を取り上げると、暗い声が耳に飛びこんできた。

「杉並中央署の佐古（さこ）ですが」

「はい、支援課の村野です」佐古という少し変わった名前には聞き覚えがあった――刑事課長だ、と思い出す。一度も面識はないが、たまたま異動の告知を見ていたのだと思う。「刑事課長……ですよね？」

「ああ。申し訳ないんだが、ちょっとヘルプをお願いできないだろうか」

「火事の件ですか？」大友の予感は早くも当たったわけだ。

「何だ、知ってたのか」

「一応、都内の事件・事故は全部チェックしています」大友に教えてもらったことは伏せておこう。支援課は常にきっちり情報収集しているというイメージを与えたい。

「今日の午前二時に、うちの管内でマンション火災があって、六十二歳の一人暮らしの女性が亡くなった」

「はい」概要を聞いただけでは、自分たちの出番とは思えない。

「家族関係がちょっと厄介なんだ」

「どういう風に厄介なんですか？」

「無関心と言ったらいいかな」

「無関心？」私は受話器を握り直した。家族の関係は様々だ。強い愛情で結ばれていることもあるし、それが反転して猛烈に憎しみ合うようになることもある。しかし「興味がない」？

「旦那は摑まえたんだが、関わりたくないようなんだ」

「一人暮らしじゃないんですか？」

「別居中らしい」

「他に家族は？」

「息子が二人いる。今連絡を取ろうとしているんだが、とにかく旦那が非協力的で、連絡先もまだ分からないんだ」

「遺体はどうなってるんですか？」

「勝手に埋葬してくれ、とまで言っている」

「それは極端過ぎる反応ですね。被害者の名前を教えて下さい」私は手帳を広げた。

「鹿島陽子さん、六十二歳。ご主人は鹿島政康さん、六十三歳だ」

「ご主人とは、連絡は取れてるんですよね？」

「ああ」

「署にいるんですか？」

「いや。こちらに来てもらうよう頼んだんだが、拒否された」

「奥さんの遺体も確認しようとしないんですか？」

「そうなんだよ」

「苗字が同じということは、離婚はしていないけど別居状態ということですかね」

「そういうことらしい……らしいばかりで済まないんだが、とにかく一番詳しく事情を知っている旦那が事情聴取を拒否しているから、話がまったく進まないんだ。勤務先にうちの刑事を派遣したんだが、会うことすら拒否している」

それはあまりにも情けないのではないか？　もちろん家族は犯罪者ではなく、警察の事情聴取を拒否する権利もある。しかし別居しているとはいえ、妻が亡くなったのに一切協力しないとはどういうことだろう。夫婦関係が完全に破綻して、憎んでいる――いや、もはや無関係とさえ思っている可能性もある。それでもこの場合は、何とか話を聴かねばならない。警察の基本の基本だが、説得もできないのはあまりにも力不足だ。佐古は、経験の少ない若い刑事を派遣してしまったのでは、と私は想像した。

「とにかく行ってみます」所轄の力不足ではあるが、頼まれた仕事は拒絶できない。

「会社の方でいいですか？」

「頼めるかい？」

「もちろんです。これはうちの仕事ですよ。場所はどこですか？」

「赤坂（あかさか）なんだ。小さい不動産屋に勤めている」

「間違いなく会社にいますか？」

「三十分前にはいた」

私は住所を確認し、手帳を閉じて「三十分以内には行きます」と宣言した。

「申し訳ないな。頼むよ」

「場合によっては、そのまま家族の支援に回りますから。現場でやってみて、まず状況を説明します」

私は課長室のドアをノックし、桑田に報告した。桑田はうなずきもせずに聞いていたが、私が話し終えると「頼むぞ」とだけ言って書類に目を落としてしまった。こういう時、本橋が懐かしくなる。本橋は、現在の支援課の基礎を作った人と言っていい。どんなに些細な仕事でも、必ず自分なりに咀嚼して的確なアドバイスをくれた。今、アドバイスが欲しいわけではないが、桑田が「どうでもいい」と思っている様子なのが不安になる。課長が自分の課の仕事を重視していないと、それは部下にも伝染するのだ。これは特に、川西に悪影響を与えるだろう。

「ちょっと赤坂まで行ってくる」私は優里に簡単に事情を説明した。

「一緒に行かなくて大丈夫？」

「誘拐の方があるから。こっちは一人で何とかなると思う」

「了解」

優里がうなずいたのを見て、私は椅子に引っかけておいた背広に腕を通した。何となく釈然としないが、家族のあり方は家族の数だけある。それに、報告がきちんと上がっていないこともままあるのだ。警察官の中には、致命的に報告が下手な人間もいる。今回もそういうケースだったら……それほど時間はかからないだろう。鹿島陽子の夫を説得して、きちんと所轄の事情聴取に向き合わせ、遺体を引き取らせる。そこで私の仕事は終わりになるはずだ。

もちろん、最悪のケースも想定した。例えば、この火災が放火だった場合。事件となれば、家族の気持ちも大きく揺らぐだろう。その場合は、落ち着くまで寄り添う必要が出てくる。

とはいえ、誘拐の行方はどうしても気になる……どうせ主流の仕事はできないとしても、自分だけ捜査の動きから取り残されるのは我慢ができない。

もちろん、事件に軽重をつけてはいけないのだが。被害者家族の悲しみと苦しみに差はない。

5

教えられた住所は、赤坂氷川（ひかわ）公園のすぐ近くだった。古いオフィスビル。看板で確認すると、「赤坂シティ不動産」だった。ビルに入ろうとしたところで、「村野さん」と声をかけられる。振り向くと、背の高い若い女性が、バツの悪そうな表情を浮かべて立っていた。

「ええと……杉並中央署の人かな？」

「和田美久です。すみません、お手数おかけして」本当に申し訳なさそうに頭を下げる。

「いや、仕事だからいいんだけど、状況がよく分からない。打ち合わせしよう」

私たちは建物の横の路地に入り、情報をつき合わせた。とはいえ、一方的に美久から聞くだけだったが。

「ご主人の名前はどうやって割ったんだ？」

「マンションの管理会社からです。二十四時間体制だったので、発生後すぐに連絡が取れました。保証人がご主人だったんですよ」

私は思わず首を捻った。そこからして、既に状況がおかしい。遺体の確認もしないほど仲が悪いのに、マンションの保証人になっている？　あるいは、別居してから関係が極度に悪化したのだろうか。夫婦関係は様々ではあるが……。

「連絡はどうやって？」

「すぐに自宅に電話をかけたんですけど、事情を説明すると、『関係ない』っていきなり電話を切られてしまったんです。まったく話を聞く気がないみたいな感じで」

「それで会社まで押しかけた、と」

「はい。面会を求めたんですけど、拒否されました」美久の顔が暗くなる。罵声でも浴びせられたのかもしれない。

「それは聞いた。とにかく、まったく会ってくれないわけだ」

「会うどころか、会社に電話しても、出てくれなくなりました」

「なるほどね……」

いったい何があったのか、まったく想像もつかないが、話をする方法はないでもない。

「ここの会社、どの程度の規模なんだろう」言いながらビルを見上げる。それほど大きな建物ではないので、二階のワンフロアを丸々使っていても、社員数は十人ぐらいではないかと想像した。

「分かりませんけど……」美久が悔しそうに唇を噛む。自分が役に立っていないことは自覚しているようだ。こういう場合にどうやってアプローチするか、直接教えてもいいのだが、まずは私のやり方を見て覚えてもらう方がいいだろう。

「電話番号は書いてあるな」

看板に番号が記載されている。私はスマートフォンを取り出してから、美久に「近くでお茶を飲めるところがあるかな」と訊ねた。

「喫茶店なら、駅に近い方にいくらでもありますよ」

「分かった」

私は会社の電話番号をスマートフォンに打ちこんだ。すぐに若い女性のはきはきとした声で「赤坂シティ不動産でございます」と応答があった。

「警視庁の村野と申します」私は声を低くして言った。「社長さんはいらっしゃいますか？」

「おりますが」声に戸惑いが滲む。「どういったご用件でしょうか」

「実は、是非ご協力いただきたいことがありまして、お会いしたいんです。このままつないでいただけますか？」

「協力というのは……」

「社長さんに直接お話しします。この件、是非内密でお願いします」

私は低い、冷静な声で押した。それでようやく、電話を取り次いでもらえる。

「富田（とみた）ですが」むっとした口調。事情が分からないまま電話を回され、疑心暗鬼になっているのだろう。

「警視庁の村野と申します」

「はい」

「そちらに、鹿島政康さん、いらっしゃいますよね」

「いますが、鹿島がどうかしましたか」

「実は、奥さんが亡くなったんです」

「え」富田が絶句する。短い沈黙の後、気を取り直したように「本人は知ってるんですか」と訊ねる。

「知ってるんですが、我々に会ってくれないんです。鹿島さんは今、社内にいらっしゃいますよね？」

「ええ」

「重要なことですので、是非直接会ってお話ししたいんですけど、どういう訳か警察を避けているようなんです。それで、社長さんにご協力をお願いできればと思いまして、電話しました。ちょっと会ってもらえますか？　今、下にいるんです」

「分かりました。すぐ行きます」慌てて言って、富田が電話を切った。

「な？」私は美久に目を向けた。「搦手から攻めるのも方法なんだ」

「大変ですね」美久が溜息をつく。「被害者の家族が事情聴取を拒否するなんて、初めてです」

「俺もあまり経験がない」私はうなずいた。「でも、多少回り道してでも会っておかないと。それに社長なら、鹿島さんの個人的な事情も知っているだろう。本人に会う前に情報を収集しておくのもいい」

建物の端にある階段から降りて来た富田は、予想に反して若い男だった。おそらくまだ三十代……自ら起業して不動産屋を営んでいるわけではなく、父親から会社を引き継いだのでは、と私は想像した。いかにも羽振りがよさそう――茶色いスリーピースのスーツは見ただけで分かるほど上質で、体にぴたりと合っている。

「お待たせしまして」最初に電話で話した時のむっとした様子はすっかり消え、富田は心配そうな表情を浮かべていた。

「お仕事中にすみません」私は頭を下げた。「社内では話せませんし、立ち話も何ですから、お茶でもどうですか？」

「いいですよ」

「この辺、お茶を飲める店はいくらでもありますよね」

「ええ。近くでいいですよね？」

「もちろんです」

「近く」はわずか二十メートルだった。チェーンのカフェだったが、午前中なので客が少ないのもありがたかった。

　私と富田は席に落ち着き、美久はコーヒーを調達しに行く。私はすぐに切り出した。

「昨夜、火事がありまして、鹿島さんの奥さんが亡くなったんです」

「火事ですか……それは……大変だ」深刻な表情で富田が言った。

「別居していたんですよね」私は確認した。

「そう聞いています。三年ぐらいになるはずです」

「別居していても、奥さんが亡くなったとなれば、ご主人には話を聴かなければなりません。葬儀のこともありますし……しかし、面会を拒否されているんです。あのご夫婦は、どうなっているんですか？」

「ああ、まあ――私は、鹿島から一方的に聞いているだけですから、本当かどうかは分かりませんよ」

　富田の慎重な態度が、私には好ましかった。平気で人の噂を撒き散らすような人間は信用できない。

「裏は取ります――というより、本人に確認します。何があったんですか？」

「新興宗教です」

「奥さんが新興宗教に入信したんですか？」

「ええ」富田がうなずく。「私は、新興宗教を全部否定するわけじゃないですけど、奥さんはのめりこみ過ぎたらしいですね。家族もそっちのけで、宗教団体に金を突っこむようになったそうです。鹿島は、そういうのが我慢できなかったようですね」

「それで別居ですか」

「別居して頭を冷やせば、そのうち元に戻ると思っていたみたいですね。それで部屋も借りてあげたようですけど、結果的には一人になって、もっと激しくのめりこむようになった。鹿島は『神がかり』と言ってました」

「止める人がいなくなったわけですね」

「そうでしょうね。それで最近は、ほとんど絶縁状態になっていたみたいですよ」

そこで美久がコーヒーを持ってきて、話は一時中断した。富田は「いただきます」と丁寧に言ってコーヒーを一口飲んだ。

「鹿島さんは、奥さんを許していないということですか」

「そうなんでしょうね」

「そもそも奥さんは、どうして新興宗教にのめりこむことになったんですか？」

「実は、五年ほど前に不幸がありまして……」富田が言い淀む。

「何があったんですか？」私はすかさず突っこんだ。

「ここだけの話にして欲しいんですが、息子さんが自殺したんです」富田が小さな声で打ち明けた。

「病気か何かですか？」私も合わせて声を低くする。

「いや、理由は私も知らないんですけど、とにかくそれがきっかけになったようです」

五年前というと、陽子は五十七歳。子どもは既に独立していた可能性が高いが、それでも家族を自殺で失った悲しみの大きさは容易に想像できる。

人は様々な形で家族を失うが、一番辛(つら)いのは「自殺」ではないだろうか。事件や事故など、「外的要因」が原因で亡くなった場合は、責任を外部に転嫁することで、多少は気休めになる。要するに「犯人や責任者を憎める」からだ。しかし自殺となると、家族は自らの責任を感じることにもなる。手遅れになる前に相談してくれればよかったのに……今回も、そういうことではないかと私は想像した、

「状況は分かりました。しかし、奥さんが亡くなったとなったら、やはりご主人には話を聴かないわけにはいきません。つないでもらうことは可能ですか？」

「私が、ですか？」富田が自分の鼻を指さした。「いや、どうかな……難しいかもしれません」

「と言いますと？」

「鹿島は、結構頑固な人ですから。それに親父の代からずっと働いてくれているベテランなので、私もあまり強いことは言えないんですよ」

「そうなんですか」

「何しろ、うちで一番古い人ですから」

「事情は分かります。しかし、そこを何とか」私は頭を下げた。

「そうですか……そうですよね、事情が事情ですから、やってみますよ」

「助かります」

「じゃあ、ここで待っててもらえますか？　会えるかどうか、すぐに連絡しますか

ら」

「待ちます」

　富田が一礼して店を出て行った。

「こういうことですか……」美久が溜息を漏らした。「一気に話が進みましたね」

「会社員だから、上司に説得してもらうのが一番早い。使えるものは何でも使う、ということだよ」

「考えもつきませんでした」

「本人に直接突っこんで、何度も返り討ちに遭うよりはましじゃないかな……社長には申し訳ないことになるけど」

「何でですか？」

「鹿島さんは、親父さんの代からいる古参の社員だろう？　確かに扱いにくいだろうし、鹿島さんが社長の言うことを聞くかどうかは、まったく分からない」

　美久が渋い表情を浮かべる。私はまだ熱いコーヒーをゆっくり味わいながら、美久に訊ねた。

「君、昨夜の現場には行ったか？」

「行きました」

「わざわざ呼び出されて？」

「わざわざというほどでは……署の上の寮に住んでいるんです」

「それはご愁傷様——どんな現場だった？」

「典型的なワンルームマンションです。全部同じ部屋で、住人は学生や若いサラリーマンが多いみたいですね」

「そこに、六十歳を過ぎた女性が一人で住んでいるのは、ちょっと異質だね。まだ、家を貸してもらえない年齢じゃないとは思うけど」借りた時には五十代の終わり……最近は、六十代以上の人に家を貸すのを渋る大家も少なくないという。何かあると後始末が面倒ということのようだ。

「ご主人が保証人でしたよね？　不動産屋ですから、その辺は融通が利いたんじゃないでしょうか」

「確かにそうだ」一本取られた気分になり、私は軽く自分の頭を叩いた。「やっぱり、それ以降に関係がさらに悪化したんじゃないかな」

「新興宗教って、そんなに人間関係を悪くしますかね」

「オウム真理教の事件、君も知ってるだろう？」

「ええ」美久の顔が暗くなった。

「あれはあまりにも極端な暴走だったけど、そういうことが起きる可能性は、どんな宗教団体にでもあるんじゃないかな。そういうのを警戒して、毛嫌いする人がいるのも分かるよ」

「そうですね」

「ましてやこのケースには、息子さんの自殺が関係している。それが原因でギスギスしていた夫婦の関係が、宗教が絡んで、さらに悪化した可能性もある」

「あり得ますね」

「それより、出火原因は？」

「まだ分かりませんけど、放火とかではないと思います。出火場所は家の中です」

「料理中に火が回ったかな？」午前二時というのは、料理をするような時間とも思えないが。

「配電盤から出火した可能性もあります。配電盤のある辺り——玄関付近が一番激しく焼けていました」

「いずれにせよ、事件性はないわけだ」私はうなずいた。

「その可能性が高いですけど、正確な原因が分かるには時間がかかると思います」

「分かってる」殺人事件より火事の捜査の方が難しいと言われているぐらいなのだ。

「とにかく事件性がなければ、ご主人はいずれ冷静になって話に応じてくれるんじゃないかな」

「放火だったら、犯人が捕まるまで納得できませんよね」

その間を「つなぐ」のが、私たち支援課の仕事なのだが。ただ、今回の仕事は微妙に難しそうだ。家族の関係が断絶している状態だと、まともに話を持っていくように説得するのは難しい。

「亡くなった息子さん以外に、あと二人息子さんがいるのかな？」

「そうですね。今、確認してると思います」

「ご主人がどうしても話をしないとなったら、息子さんに頼むしかないかもしれない。取り敢えず、手は打っておこう……君のところの刑事課長って、どんな人だ？」

「きついですよ」厳しい顔つきで美久が言った。

「それは電話で話して、何となく分かったけど……この件については、どんな風に思ってるのかな」

「早く処理して終わりにしたいんだと思います。放火じゃなければ——事件性がなければ、警察としてやれることはあまりないですよね。出火原因を調べるだけで」

「そうだな——ちょっと刑事課長と話してくるよ」私はスマートフォンを取り出して振って見せた。「ゆっくりしててくれ。コーヒーのお代わりを飲んでいてもいいよ。領収書はそっちにつけてもらうけど」

「分かってます」疲れた表情で美久がうなずいた。

私は店の外に出た。ふと、顔に冷たい物が当たる。雨か……このところずっと好天が続いていたので、久々のお湿りだ。杉並中央署に電話を入れ、佐古を呼び出してもらう。

「どんな具合だい？」向こうから先に切り出してきた。

「難航してます」私は正直に打ち明けた。「夫婦の関係は、相当悪化していたみたいですね。まだ本人とは話せていませんが、関係者に仲介を頼みました」

事情を話すと、佐古は何とか納得してくれた様子だった。

「大事（おおごと）になっちまったなあ」

「私には何とも言えませんけど……息子さんが二人、いるんですよね」

「ああ」

「連絡は取れましたか？」

「いや、まだだ。そもそも連絡先が分からない」

「何とか、そちらとも連絡を取って下さい。ご主人と話ができなかったら、息子さんたちを頼るしかないでしょう。遺体の解剖が終わったら、引き渡さないと……家族がいるのに、無縁仏で葬るのは可哀想（かわいそう）ですよ」

「分かってるが、こういうことで苦労するとは思ってもいなかったよ」佐古が愚痴を零した。「ちょっと待ってくれ。何だ？　ああ？」

ごとり、という重い音が聞こえ、佐古が受話器をデスクに置いたのが分かった。ほどなく、佐古が電話に戻ってくる。

「ちょうどよかった。息子さん——長男から電話があった。ニュースを見て知ったらしい」

「ああ」

「しかしこれは……ご主人の方は期待薄だな。ニュースで知ったということは、ご主人からは連絡も入ってなかったんだろう」

「確かにそうですね」私はどんよりと暗い気分になった。「息子さんとの連絡はキープしておいて下さい。ご主人と上手く話がつかなかった場合は、息子さんと話します」

「分かった」

電話を切った瞬間、スマートフォンが鳴った。見慣れぬ携帯電話の番号であることを確認してから電話に出る。富田だった。

「話しました」

「どうでした？」

「まあ、何とか……こちらに来ていただけますか？　部屋を用意しますので」

「助かります。どんな様子ですか？」

「非常に渋っています。話すことはない、とまで言っていますが……」富田が低い声で言った。

「会えば何とかなると思います。すぐ行きますので」

電話を切り、美久を迎えに行った。面会OKと告げると、彼女は一瞬ほっとした表情を浮かべた後、すぐに厳しい顔つきになった。

「大丈夫ですかね」

「それは、話してみないと分からない。とにかく、俺がちょっとチャレンジしてみるから」

「すみません、役に立てなくて……」

「君は、初期支援員じゃないんだろう？」

「違います」

「本当はこう言う場合、所轄の支援員が最初に対応すべきなんだけど……しょうがないな」基本的に、支援員は簡単な研修を受けている。しかし、それほど頻繁に被害者家族と向き合う機会はないので、全面的に頼りにはできない。

今回は異例ずくめの対応になるが、こういうこともよくある。川西のように、被害者家族の状況を簡単に類型化できると考えるのは、大間違いだ。

「特に言うことはありません」鹿島が第一声でいきなり宣言した。

「鹿島さん――」

「離婚はしていませんが、私はあの女性とはもう関係ないんです」

「それは分かります」「あの女性」呼ばわりに、私の胸は痛んだ。「しかし、法律的にはまだ夫婦なんですから。遺体を確認して、最終的には引き取ってもらう必要があります」

「お断りします」

「どうしてそこまで頑なになるんですか?」鹿島の怒りと緊張がひしひしと伝わってきて、私は一瞬怯(ひる)んだ。「何があったかは知りませんが、これが最後のお別れになるんですよ」

「それなら、彼女が所属している宗教団体にでも頼めばいい。あの連中なら、ちゃんと葬式もやってくれるでしょう。立派な儀式があるんじゃないですか」

「奥さんが亡くなっているのに、何とも思わないんですか?」思わずきつい口調になってしまう。

「私にはもう、関係ない人ですから」

言葉が途切れる。狭い応接室の中に、ピリピリした空気が流れた。

「失礼ですが、一つ聴かせて下さい」

「答える義務はないと思います」

「どうして離婚しなかったんですか？　そこまで憎む……関係ないと言い切るんだったら、離婚して綺麗さっぱり関係を切るのが普通じゃないですか」

「どうでもいいことです。たかが紙切れ一枚の話だ」

「その紙切れ一枚が、あなたをこの件に引き寄せているんですよ」

「とにかく、私には関係ありません」

「息子さんたちから連絡はないんですか？」

「それをあなたに言う必要はない」鹿島の頬がはっきりと引き攣った。

「いったいどうしたんですか？」さすがに私の我慢にも限界が来た。「息子さんを一人、亡くされたそうですね？　それが原因で、奥さんは新興宗教にのめりこんだ。でも、奥さんは亡くなったんですよ？　亡くなれば、いろいろあったとしても水に流すものじゃないですか」

「そういう人もいるでしょう。でも私は違う。それだけの話です」

私はなおも鹿島を説得し続けたが、彼は首を縦に振らなかった。結局、息子たちと話し合うことだけは納得させた——鹿島の言い分は最後まで、「私は関与しない」だったが。

外へ出ると、私は異様な肩凝りを覚えた。こんなことも珍しい。被害者家族は様々な反応を示すものだが、こんなことは初めてだった。百パーセントの拒絶。

いや、そういうわけでもないか……私は経験したことがないが、都会で一人暮らしをしている高齢者が亡くなった時、地方に住む家族に連絡を取ると「関係ない」と言われることも少なくないという。しかしそれは、何十年も連絡がなく、本当に関係が薄れていたからだ。鹿島家の場合、陽子が家を出たのは三年前。その後完全に没交渉だったとしても、家族関係が消滅していたとは言えないはずだ。

「参ったな」思わず弱音が漏れる。

「その新興宗教団体に、何か問題があるんじゃないですか？　ご主人と何かトラブルになっていたとか」

「そうかもしれない。できるだけ関係ないということにしておきたいのかな」

「どうします？　本当に、息子さんたちに話すことにしますか？」

「それしかないな。実際、向こうは連絡をくれたんだし」駅の方へ向かって歩き出しながら、私は答えた。

「今の件、私から課長に話しますか？」

「いや、俺が話す」私はスマートフォンを取り出した。「失敗したのは俺だ。責任を取らないと」

「そんな……そもそも、私が上手くできなかったからこうなってるんですよ」

「俺はこういうことが専門なんだ。プロが失敗したら、責任は君たちよりもずっと重失敗を告げても、佐古はそれほど衝撃を受けていない様子だった。

「まあ、しょうがないな。しかし、支援課でも話ができないとなったら、我々ではどうしようもないよ」

「息子さんたちはキープできたんですか？」

「ああ。長男と話をして、次男の連絡先も分かった。今、二人とも急いでこっちに向かってる」

「都内に住んでるんじゃないんですか？」

「長男は大阪、次男は福岡だ。長男の方が先に着くと思う」

「分かりました。俺も署で待機させてもらっていいですか？」

「いいのか？　まずうちで話をして、どうしようもなければまた頼む形でもいいんだが。あんたも忙しいんだろう？」

「乗りかかった船ですから。出直すより、このまま進めた方が早いですよ」

「じゃあ、署に顔を出してくれ。うちの和田は一緒か？」

「ええ」

「電話するように言ってくれ」

「分かりました」

電話を切り、署に連絡するように言うと、美久は嫌そうな表情を浮かべた。

「怒られるなら、早いうちがいいよ」私は忠告した。

「……ですよね」

歩きながら、美久がスマートフォンを耳に押し当てる。後ろを歩く彼女の「はい」「いいえ」という短い返事が頼りなく聞こえてきた。電話を終えた気配がしたので振り返ると、少しだけほっとした表情を浮かべていた。

「火事の現場へ行け、という指示でした」

「何だ、全然厳しくないじゃないか」そもそも佐古は、私に対しても遠慮がちだ。怒らない性格なのかもしれない。

「いえ、怒ってましたけどね……村野さん、一人で大丈夫ですか？」

「大丈夫だよ」私は苦笑した。「現場は、阿佐谷北（あさがやきた）の方だったね」

「ええ。だから私は――」美久がスマートフォンに視線を落とした。「中央線で阿佐ケ谷まで行きます」

「署の最寄駅は、地下鉄の南阿佐ケ谷だよな」

「はい。駅を出てすぐです」

「じゃあ、取り敢えず新宿までは一緒に行こう。俺はそのまま、丸ノ内線に乗っていく」

「分かりました」

「それで」少し雰囲気を和らげようと、私は話題を変えた。「署の近くに何か、美味いものが食べられる店はあるかな」

今、午前十一時。向こうへ着いたら早めの昼食を終えて準備を整えよう。

「うーん……」美久が首を捻る。「あまりないんですよね。チェーン店ばかりで」

「杉並って、駅前はどこも飲食店が充実しているイメージがあるんだけど」

「南阿佐ケ谷はそうでもないんです。署の食堂で済ませてしまうことも多いですよ」

本部の刑事には、捜査で訪れる所轄の食堂を食べ歩くのを趣味にしている人間もいる。しかし、警察署の食堂は全般的に、美味いとは言い難い。

「署の近くでは、ラーメン屋が何軒かあるぐらいですね」

「ラーメンねえ」そう言えば昨夜もラーメンだった。まだ食べ物を一々気にする年齢ではないが――毎年の健康診断は未だにオールクリアだ――さすがに二日続けてラーメンという気にはならない。「適当に探すよ。時間の余裕はありそうだから」

「なにか、すみません」

「君が謝ることじゃない」私は声を上げて笑った。誰かに謝って欲しい気持ちもあったが、それは筋違いだ。敢えて言うなら、自分で自分に謝るべきだろう。私もまだ修業が足りない。メジャーからトリプルAに降格かもしれない。

6

地下鉄の駅から地上に出ると、広い、真っ直ぐな通りが広がっている。スマートフォンで署の場所を確認しておいてから、私は東へ向かって歩き始めた。美久の言う通り、付近は典型的な住宅地で、食事ができる店は見当たらない。しばらくすると、「すずらん通り入口」という交差点に出た。見ると、道路の向かい側が商店街の入り口になっている。商店街なら、さすがに何かあるだろう。時間もあることだしと、私は信号が青になるのを待って交差点を渡った。

洒落(しゃれ)たデザインの街灯が、商店街の特徴のようだった。車が入ってこられないので、歩きやすい。しかし、ピンとくる店になかなかぶつからなかった。結局、商店街のかなり奥に入ったところで、イタリアンレストランに目をつけた。パスタなら失敗することはないだろう。店はちょうどオープンしたばかりで、客は私しかいない。メニューを見て、日替わりパスタを選ぶ。和牛のラグー――要するに無難なミートソースだ。

こういう店に一人で入ることはまずない。だいたいが、愛と一緒だ。恋人関係は解消したものの、私は今でもたまに彼女と食事をする。彼女が移動するのを手助けするのは、自分の一生の義務であるような気もしているのだ。彼女の方でどう思っているかは分からないし、確認する気もないのだが。

サラダのドレッシングにはしっかり酸味が効いており、野菜も新鮮だった。酸味のせいか、急に空腹感が激しくなり、出てきたパスタをガツガツと食べてしまった。幅広いパスタに、濃い味つけのラグーがよく合う。久々に美味いパスタを食べて、気持ちは持ち直した。人間、ちゃんと食べておきさえすれば、何とかなるものだ。

フォカッチャで皿をきれいに拭い、食後のエスプレッソを二口で飲み干して、早々と外に出た。広い歩道に立ったまま、支援課に電話を入れる。優里が出た。

「そっちの具合は？」

「仲岡さんは、一応落ち着いてるわ。昼過ぎには一度引き上げるって、芦田さんから連絡が入ってる」

「川西は？」

「さあ……話してないから分からないけど」

「事件の方は？　特捜から何か連絡は入ってないか？」

「何も」

やはり支援課には何も知らせないつもりか？　いや、実際にまったく動きがないのだろうと私は判断した。何かあれば連絡がくるはず——副署長の増井は、約束を守ってくれそうな気がする。

「何か変だな」

「そうね。結局、脅迫電話って、まだ一回しか入ってないでしょう？」

「ああ」

「こういう時って、だいたいあまり時間をおかずに連絡がくるものじゃない？」

「そうなんだよな」言ってから、私は嫌な予感に襲われた。犯人側に焦る理由がない場合は――人質を既に殺してしまっているケースだ。考えたくはないが、最悪の状況も想定しておかねばならない、と私は優里に告げた。

「もしもそうなったら、私たちはひどい状態で取り組むことになるわね」

「ご家族にきちんと会っておくべきかもしれない。仲岡さんじゃなくて橘さん一家――母親と、祖父母と」

「課長に具申しておくわ」

「頼む。橘家には、君と安藤が行くのが無難だろうな」

「川西君にはまだ早いわね」

「ああ。ここでヘマはできない」

電話を切り、一つ溜息をついて、私はすずらん通りを入って来た方向へ引き返した。川西のことは気がかりである。暇な時に、もっとよく支援課の心構えを説いておけばよかった。何かトラブルを起こしていないといいのだが……まあ、芦田がいるから何とかしてくれるだろう。

　この仕事をしていると、気になることばかりが引っかかる。捜査一課時代の方が、よほどストレスがなかった。あの頃は歯車の一つになって、ひたすら街を動き回っていればよかったのだから。今は、積極的に自分の頭で考えていかないと、行き詰まってしまう。

　署へ入ると、すぐに二階の刑事課に上がった。佐古と直接顔を合わせるのは初めて――彼は自席で弁当を食べていた。他の刑事がほとんど出払っている中、淡々と、つまらなそうに箸を動かしている。私に気づくと、妙にほっとしたような表情を浮かべて、箸を弁当箱の上に置く。

「食事中にすみません、村野です」

「いやいや、今回は面倒かけるな」

「結局、あまり役にたちませんでしたけど」

　私は彼の近くの椅子を引いてきて座った。弁当箱はごく小ぶりで、大人の男の昼食としてはあまりにも頼りない。私の視線に気づいたのか、佐古が言い訳を始めた。

「糖尿でね」

「ああ……」

「味も素っ気もない昼飯ほど辛いものはないよ。薄味の魚を食べてると、箸が立つぐらい濃厚な豚骨ラーメンの味が懐かしくなる」

「大変ですね」

　しかし、本当に糖尿病なのだろうか。佐古は五十歳ぐらい、小柄でほっそりした男で、特に不健康そうには見えない。

「食べちゃって下さいよ」

「いや、いいんだ。後で食べる」佐古が弁当箱に蓋をして、少しだけ押しやった。寿司屋で出るような大きな湯呑みに口をつけ、音を立てて茶を啜る。「申し訳なかったな。厄介な相手を任せて」

「いや、こっちこそ、面目ないです……それより、息子さんはいつ頃こっちへ着く予定なんですか？」

「連絡が来たのが十時頃だ」左腕を持ち上げて腕時計を見る。「今、十二時過ぎか。家は千里の方だって言ってたけど、新大阪駅まで遠いのかね」

「そんなこともないと思います」私は頭の中で、大阪の鉄道路線図を広げた。「確か、一本で新大阪まで出られるはずです。二十分ぐらいじゃないですかね」

「東京駅まで二時間半、丸ノ内線で南阿佐ケ谷まで三十分っていうところか。結構時間がかかるな。あれからすぐに家を出たとしても、二時か三時になるんじゃないかな」

「父親の方は、息子さんたちと連絡を取り合ったかどうかさえ言わないんですよ」

「徹底してるねえ」呆れたように佐古が言った。

「課長は、息子さんと話したんですか？」

「ああ。普通だったな」手帳を広げて確認する。「鹿島孝泰――名前は孝行の孝に安泰の泰だ。年齢三十四歳、銀行勤務」

「銀行か……まともなサラリーマンのようですね」それならきちんと話が通じるかもしれない、と私は期待した。普通のサラリーマンにも、エキセントリックな人間はいるが。

「今、転勤で大阪にいるそうだ。話した限りでは普通の人だったよ――つまり、相当慌てていた」

「母親とはつながっていたんでしょうか」

「いや」佐古が短く否定した。「断絶とは言わないが、ここ何年も会っていないし、話もしていないそうだ」

「それは、実質的に断絶ですね。一家バラバラだ」

「俺は、次男の方とは話していないから何とも言えないが、まあ、そんな感じなんだろうな」佐古がうなずく。「とにかく、遺体の確認をして家族に引き渡さないと、面倒なことになる」

「ええ」警察としては、これは「余計な仕事」でもある。もちろん、失火原因の捜査は大事だが、遺体の面倒まで見なければならないとなると、負担がぐっと増えてしまう。「ちなみに、事件性はないと考えていいんですか？」

「今のところはな。かなり古いマンションで、配電盤に問題がありそうだ」

「そうですか……」

「何だ、納得いかないって顔をしてるな」

「そういうわけじゃないですけど、自分で直接捜査していませんから」

「で、どうする？　息子さんが来たら、あんたが話すか？」

「少なくとも同席はしますよ。それまで、ちょっと現場を見てみてもいいですか？　何かの参考になるかもしれません」

「邪魔にならないようにな」佐古がひらひらと手を振り、食べかけの弁当を手元に引き寄せた。

「承知してます」

立ち上がって一礼し、私は刑事課を辞した。火災による焼死――家族は嘆き悲しむ。実際私も、そういう場面に何度も遭遇してきた。子どもを助けるために燃え盛る家にもう一度入って行き、戻って来なかった父親。炎の中に残った年老いた両親のことを、喉が嗄れるまで呼び続けた娘。

しかし今回は、これまでの経験が全く生きない。いや、火災ばかりではない。他の事件・事故でも、家族がこれほど冷たい対応を示した場面には出会ったことがない。川西、どうだ？　こういうのはデータベースに落としこんで類型化できるのか？

火災現場を一回りし、現場付近で聞き込みをしていた美久と少し話した。一人暮らしだった陽子は、特に働いていた様子もなく、誰かが訪ねて来ることもなかったようだ。入っていた宗教団体の集会に参加するぐらいで、孤独な生活が少しずつ浮かび上がってくる。

「収入源は何だったのかな」私は首を捻った。

「ご主人が援助していたとか……それはないですかね」先ほどの面会の様子を思い出したのか、美久が顔をしかめた。「息子さんたちとはまだ会っていないんですか？」

「これからだ」

「息子さんたちが仕送りしていたとか」

「いや、少なくとも長男も、母親とは切れていたようだ」佐古の話を思い出しながら、私は言った。「何年も会っていないと言っていたそうだ。まあ、詳しい家庭の事情は、あまり気にする必要はないだろうな」

「ちゃんと遺体を引き取ってもらうだけですね」

とはいえ、母親の焼死体を見たら、息子たちもショックを受けるだろう。焼死体というのは想像を超える存在だ。状態は様々だが、時には人ではなく枯れ木のように見えることもある。

「村野さんも大変ですね」

「こういうのはちょっと経験したことがないけど——取り敢えず、何事も勉強だから」

「頭が下がります」

「そう思うなら、支援課に異動希望を出してくれないか？　うちはいつでも人手不足で困ってるんだ」

美久の顔が引き攣る。支援課は、若手警察官の志望先としては人気が低いのだ。

しばらく現場を歩き回っているうちに、スーツに火災現場特有の臭いが染みついてしまった。焦げ臭いこの臭いには、いつまで経っても慣れない。しかし、危ない火事だった。現場のマンションは、五階建ての典型的なワンルーム。一つ一つの部屋の機密性が高いが故に、両隣や上下には簡単に延焼しないものだが、被害ゼロというわけにはいかないだろう。放水などで壁や床をやられると、修復にはかなりの時間と費用がかかる。

署へ戻って午後三時。二階の刑事課へ上がると、少しざわついた雰囲気が漂っているのが分かった。こちらを向いた佐古が、誰かと話している——大きな背中を見て、すぐに長男の鹿島孝泰だと分かった。きちんとダークグレーのスーツを着ているが、もしかしたらオーダー品かもしれない。それぐらい体が大きいのだ。ラグビーかアメフトの経験者かもしれない。

「ああ、村野君」佐古が急に他人行儀に呼びかけた。

私は部屋の前に進み出て、孝泰と並んで立った。すぐに、彼に向かってさっと頭を下げる。

「こちら、犯罪被害者支援課の村野君です。事件・事故の被害者やご家族に対する支援のエキスパートです」

「長男の孝泰です」

「被害者支援課の村野です」

私はもう一度頭を下げ、さっと彼の顔を観察した。ゴツゴツした四角い顔で、髭が濃い。ワイシャツのサイズが合っておらず、首元が少し開いていた。左手の薬指には、結婚指輪。

「わざわざ申し訳ありません。ちょっと座って話しませんか」

私は、課長席の横にある小さな応接セットに彼を座らせた。私と佐古が並んで座り、孝泰に向き合う。二人がけのソファなのに、彼が座るとまったく余裕がないように見えた。

「いきなりこんなことを聴くのは申し訳ないんですが、お父さんは、お母さんとまったく連絡を取っていなかったんですか？」

「そうだと思います」

「問題は新興宗教のことですか？」

「父は、あれを毛嫌いしているんです」

「でも、家を借りる時には保証人になってお金も出していた——完全に関係が切れたわけではないと思いますが」

「……いろいろあったんです」

孝泰がうつむく。体が大きい割に気が小さい男なのだろう、と私は判断した。となると、遺体の確認は難しいかもしれない。

「申し訳ないんですが、遺体を確認してもらう必要があります」私は切り出した。

「はい」孝泰の喉仏が上下した。

「一人暮らしされていたということで、亡くなったのは間違いなくお母さんだと思いますが、確実にするためにはクロスチェックが必要になります。あなたに遺体を確認してもらうことを含めて……一人暮らしを始められる前は、どこに住んでいたんですか？」

「練馬に実家があります」

「そこには今、お父さん一人ですか？」

「はい」

私はちらりと横を向いた。佐古は渋い表情を浮かべている。人は、生活している場に様々な痕跡を残す。例えば、普段使っているブラシでも見つかれば、そこから採取された髪の毛一本からＤＮＡ型の確認ができる。ただし、家を出て三年となると、そういう証拠が残っている可能性は低い。佐古もそれを懸念しているのだろう。

「そこも調べさせてもらいます。最終的には、ＤＮＡ型で確認をしたいんです」

「そうですか」孝泰の顔は依然として蒼白いままだった。

「お父さんに協力していただけないようなので、あなたにお願いすることになります。大丈夫ですか？」

「はい、何とか……」歯切れは悪いが、孝泰は辛うじてうなずいた。

「ではまず、遺体の確認をお願いします」

「ちょっとトイレに……いいですか？」

「もちろんです」

佐古が立ち上がり、孝泰を廊下に連れ出した。佐古だけがすぐに戻って来る。

体は、だいたいひどい外見になる。

「遺体に対面させたら、相当ショックを受けるでしょうね」私は小声で言った。焼死体は、だいたいひどい外見になる。

「いや」佐古が顎を撫でる。「幸いと言ったら何だが、実は、遺体の損傷はそんなにひどくないんだ」

「そうなんですか？」

「解剖がまだだから死因ははっきりしないが、焼死というより一酸化炭素中毒じゃないかと思う。顔は比較的綺麗なままだった。火傷はあるけど下半身中心で、十分判別可能だと思う」

「だったら、それほどショックを受けることはないでしょうね」私もほっとした。

「身内なら確認できるだろうな。出火場所はおそらく、玄関脇の配電盤付近から火が出ているのに気づいて、ベランダから逃げようとしたんだと思う。倒れていたのは窓際だった」

「部屋は半焼と聞いてますが」

「八畳間の窓側が比較的焼け残っていて、遺体はそこに倒れていた。まあ、下半身はあまり見せたくない状況だが」

「顔で確認できれば、問題ないでしょう」

「じゃあ、つき添いは頼むぞ」

あなたは完全に人任せですか……私は皮肉に考えたが、黙ってうなずいた。考えてみれば、これも本当は所轄の初期支援員の仕事だが、せっかくここにいるのだから引き受けよう。それにしても気になったので聞いてみた。

「こちらの初期支援員は、刑事課の人でしたよね」

「ああ」佐古の顔が一瞬暗くなる。次の瞬間には薄い苦笑が浮かんだ。「結構なベテランで——俺より年上だから、経験は豊富だよ。ただし今、入院中でね」

「入院？　聞いてないですね」

「お恥ずかしい話なんだが、一昨日、アキレス腱を切っちゃってね」

「何事ですか」私は目を見開いた。

「ジョギングが趣味なんだが、走り出していきなりプツン、だったそうだ」佐古が肩をすくめた。「走り慣れてるからって、油断しちゃいけないんだな。今週一杯は、入院してる予定だ」

「だったらしょうがないですね」私はうなずいた。「落ち着くまで、この件は支援課で面倒をみます」

人の気配がして、私は出入り口を見た。孝泰が肩を落として入って来る。前髪がわずかに濡れ、水滴が滴っている。顔を洗って気分を一新してきたのだろう。

「お待たせしました」

「課長、ご遺体は……」佐古に訊ねる。

「今、下の車庫だ」

「では」佐古にうなずきかけ、刑事課を出る。孝泰にどう対処すべきか、私は未だに判断しかねていた。余計なことは言わない方がいいのか、関係ない話を振って少しは気を楽にさせるべきか。取り敢えず、後者の手を使ってみることにした。反応しなければ、その時は黙ればいい。

「ずいぶんいい体格ですけど、何かスポーツをやってたんですか？」

「大学でアメフトを」

「ああ、なるほど。東京の大学ですか？」

「いや、大阪です」

「じゃあ、昔から大阪には馴染みがあったんですね。転勤で関西に行っても、慣れているから楽じゃないですか」

「まあ、そうなんですけど……嫁が、結婚するまで東京から出たことのない人間なんで、苦労してます。関西は合わないんですね」

「でしょうね」

一応、話はできている。これなら、もう少し落ち着いたら詳しい事情も聴けるだろう。聴くことに意味があるかどうかは分からないが。今のところ、あくまで「失火」

であり、被害者の身辺調査をする意味はほとんどない。

私たちは、階段で下まで降りた。庁舎の裏手が駐車場になっており、その一角に車庫がある。正式に解剖に回されるまで、こういう場所が仮安置所になるわけだ。

佐古が連絡を回したのか、中年の制服警官が素早くやって来た。彼がシャッターを解錠して開けるのを待つ間、私は横に立つ孝泰の様子を観察していたのだが、彼はまた元気を失い始めていた。いよいよ遺体と対面しなければならないと恐れているのだろう。

制服警官が、シャッターを半分ほど開ける。私は背中を丸めて中に入り、手探りで照明を点けた。遺体は、腰の高さの台に寝かされている。全身に白布がかけられているが、凹凸から小柄な女性だということは分かった。頭の方にも小さな台があり、線香立てが置いてあった。かすかに線香の香りが漂っているが、それに火事場特有の臭いが混じっている。遺体から漂いだす臭いだ、と分かっていた。

「お顔は綺麗だそうです」孝泰を勇気づけようと私は言った。

「そうですか……」

「ご確認願えますか」

私は遺体に近づき、両手を合わせてから、顔にかかった白布を取り上げた。佐古が言う通り、そこまでひどくない。髪は一部が焦げてチリチリになり、右頬から顎にかけて火傷の跡があって組織が一部覗いていたが、確認は難しくないだろう。

「ご確認願えますか」私は繰り返し言った。孝泰はまだ、遺体から二メートルほど離れた場所にいたので、私は彼のところに戻って背中にそっと掌を当てた。「大丈夫です。早く、お母さんだと確認してあげたいんです」

「はい……」かすれた声で言って、孝泰がぎこちなく歩きだす。アメフトでは、この巨体で何人もの選手を吹っ飛ばしてきたのだろうが、今はただ怯(おび)えていた。母親が死んだ悲しみ、死体を見なければならない恐怖——普通の人間では耐えられまい。

恐る恐る遺体の側でしゃがみこんだ孝泰が「ああ」と低く声を漏らした。続いて「クソ!」と悪態をつく。そのまま体を折り、膝に両手を当てて、背中を震わせ始めた。

私はすっと孝泰に近づき、腰の後ろで手を組んで、彼が落ち着くのを待った。孝泰はゆっくりと二歩下がり、天井を仰いで、もう一度「ああ」と言った。

私は前に出て、遺体の顔に白布をそっとかけた。それから彼に向き直り、正面から「どうでしたか」と訊ねる。

「間違いありません」

「お母さんの血液型は何ですか?」

「A……A型です」遺体の血液型もAだった。これでまた一つ、証拠が積み上がることになる。

「この度は、ご愁傷様でした」一応、遺体の身元が確認できたと判断し、私はいつも必ず言うこの台詞(せりふ)を口にした。相手に対する気遣いもあるが、自分に鞭(むち)を入れるためでもある。ここから本格的に、被害者支援が始まるのだ。

「出ましょう」

促すと、孝泰がふらふらとガレージから出た。生き返ったとでも言うように、両手を広げて深呼吸する。それから、右目の端に太い指を這(は)わせ、涙を拭った。

「これからしばらく、いろいろあると思います。弟さんとも協力して、お父さんを支えてやって下さい」

「父は……」孝泰が声をあげかけ、すぐに口を閉じた。「無理です」

この家族は壊れている。壊れた夫婦関係が、家族全体も壊してしまったのだろうと私は判断した。

第二部　家族

1

遺体は監察医務院に送られ、私たちは孝泰の案内で練馬にある家に向かった。私はあくまでオブザーバーで、身元を確定させるための証拠探しは、美久たちに任されている。しかし、彼女も相当疲れているようだ。夜中に叩き起こされて出動し、既に十数時間。夕方近くになって、完全にエネルギーが切れているのだろう。

捜索が続く間、私と孝泰は一階にあるリビングルームに落ち着いた。孝泰は放心状態で、この家の主である父親の鹿島がいないせいか、何となく落ち着かない。孝泰は放心状態で、ソファに背中を預け、股の間に長い両腕を垂らしている。

家は相当広く、リビングルームだけで軽く二十畳はある。男の一人暮らしにしては、綺麗に片づいていた。というより、余計なものが何もない。長いソファ二つとローテーブル、それにテレビがあるぐらいだ。マンションのモデルルームの方が、よほど生活臭がある。

美久たちは、一階の風呂場、それに二階にもあるシャワールームを中心に調べていた。ブラシなどに毛髪が残っていないかどうか、チェックしているのだろう。毛髪によるＤＮＡ型鑑定では完璧な結果が得られる可能性は低いが、それでも手がかりにはなる。

テーブルに置かれた孝泰のスマートフォンが鳴った。孝泰がぼんやりとした視線を向け、面倒臭そうに体を折り曲げながら取り上げる。

「ああ、俺だ。今、家にいる。そうだ、間違いないよ。今、警察の方で、詳しく調べてる……分かった。取り敢えず今夜は家に泊まるから」

孝泰は電話を切り、大きく息を吐いてから、右手で顔を擦った。スマートフォンをテーブルに置くと、「弟です」と告げた。

「正樹（まさき）さん、ですね」

「福岡から新幹線だそうです」

「飛行機が取れなかったんですかね」新幹線だと、五時間ぐらいかかるのではないだろうか。それだけ長い時間、不安を抱えたまま新幹線に揺られ続けるのは相当辛い。

「東京へ着いたら、こっちへ来ますので」

「私もお会いします」

「そうですか……」

「お父さんには、連絡を取ってないですよね」

「何度も電話したんだけど、出ないんですよ」孝泰が情けない声で言った。

「あなたからの電話なのに？」事前に聞いていた通りだった。

「ええ。どうしてもこの件に触れたくないみたいですね」

「すみません、はっきり言っていいですか？」

「どうぞ」孝泰が疑わし気な視線を向けてきた。

「お父さんが、そこまで頑なになる理由が理解できません。夫婦で、一人が特定の宗教を信心していて、一人はまったく興味がないこともよくあります。それでも、大抵の夫婦は普通に暮らしていますよね」

「そうなんでしょうね」

「カルト的な新興宗教なんですか？」

「違いますよ」孝泰が否定した。「天信教（てんしんきょう）です」

「ああ」新興宗教とはいっても、戦後すぐから続く仏教系の宗教団体である。特に悪い評判は聞かないし、公安でもカルト扱いはしていないはずだ。「天信教だったら、それほど反発する理由もないんじゃないですか？」

「そうなんですけど、親父はとにかく宗教嫌いなんです」

「そもそも、お母さんが新興宗教にハマった理由は何なんですか？　昔からですか」

「いえ」孝泰がかすかに顔を背ける。

「何かきっかけがあったんですか」

「まあ、その……弟が死んだんですよ」

やはりそれか、と私はうなずき、「ご兄弟は何人だったんですか？」と確認した。

「私は元々、双子なんです。亡くなったのは、双子の弟です」

「つまり、三人兄弟ですか」

だとしたら、佐古が「次男」と言っていた人物は、「三男」ということになる。

「そうなりますね」

「どうして亡くなったんですか？　事故とか病気とか？」自殺という言葉は隠して訊ねる。

「すみません……それは勘弁してもらえませんか」孝泰が目を伏せる。「いろいろありまして」

「いつですか？」

「もう五年ぐらい前になります」

それがきっかけになって陽子は宗教にのめりこみ、三年前からは家族と別居――筋は通る。ここまで聴くと、孝泰の双子の弟がどうして亡くなったのかが気になってくるが、今確かめなくてもいい、と私は自分に言い聞かせた。双子の弟が自殺したというのは、兄にすれば大きなショックだったはずだ。ショックを受けている孝泰に、さらにダメージを与えるのは無意味である。

「ちょっといいですか」

美久がリビングルームに入って来た。ブラシでも持ってきたかと思ったが、手にしていたのは一枚のカードだった。

美久は立ったまま話し始めようとしたが、私は座るように目線で指示した。高いところから話していると、相手が威圧感を受ける恐れがある。孝泰は体の大きな男だが、元々それほど気の強い人間ではなさそうだし、今は精神的なダメージも受けている。美久が私の意図を読んで、床に直(じか)に膝をついた。

「これを確認してもらえますか？」

孝泰に差し出したのは、歯科医院のカードだと分かった。孝泰が、ぼんやりとした表情で受け取る。

「歯科医院の予約カードなんですけど、この近くですよね？」

「そうです」孝泰がすぐに認めた。「駅前ですね。私も通っていたことがあります」

私はカードを覗きこんだ。医院の名前と電話番号、手書きで書きこまれた陽子の名前も確認できる。カード自体はそれなりに古い……元々オフホワイトだったようだが、端の方は少し黄ばんでいた。

「お母さんも、この医院に通っていたんですね？」

「行ってたと思います。うちは昔から、ここにお世話になっていましたから」

「分かりました」

立ち上がった美久が、私に目配せした。私も軽くうなずき返した。歯科治療の跡は、身元確認の決定的な証拠になる。歯科医院では、後々の治療のためにレントゲン写真などを残しているし、陽子の遺体は「綺麗」なので、歯形や治療跡の照合は簡単だろう。ＤＮＡ型を調べるよりもよほど速いし、当てになる。もちろん、美久たちは自宅周辺の歯科医を徹底して当たり、いずれはこの医院に行き当たっていたはずだが、だいぶ時間の節約になった。

「これで身元の確認はできると思います」

「そうですか……」孝泰はまったく嬉しそうではなかった。身元が確認されれば、「死んだのは母」という事実と現実的に向き合わねばならなくなる。

私は、ここへ来る途中で買ってきたお茶のペットボトルをテーブルに置いた。孝泰がそれをぼんやりと見詰める。

「飲んで下さい。少し水分補給した方がいいですよ」

「別に、大丈夫です」

「こういう時は、自分でも気づかないうちに消耗しているものですから」

「だったら」孝泰が、自分に気合いを入れるように膝を叩いて立ち上がった。「コーヒーにします」

「淹れましょうか?」

「いや、自分でやります」

孝泰が、リビングルームの横にあるキッチンに入った。しばらくごそごそとやっていたが、すぐに必要なものを見つけ出したようで、ヤカンを火にかける。ほどなく、お湯が沸く音が聞こえてきた。私は、カウンターから見えている彼の姿から視線を外さないように注意した。火を使っている時にぼうっとしていたらまずい。しかし彼は、テキパキとは言えないものの、問題なく動いていた。コーヒーの香ばしい香りがリビングルームにも漂い出してくる。ほどなく孝泰が、コーヒーカップを二つ持って戻って来た。

「どうぞ」

「いいんですか?」

「ついでですから」

私は遠慮せずにコーヒーに口をつけた。苦味よりも酸味が勝っていたが、かすかに上品な甘味もある。豆がいいのか、孝泰の淹れ方が上手いのか、上等の味だった。コーヒーで神経が研ぎ澄まされたせいか、私も疲れを意識する。昨夜から結構動き回って気も遣ってきた……。

孝泰はコーヒーの熱さを気にせずすぐに飲み干してしまい、遠慮がちに「お茶、いいですか」と訊ねた。

「どうぞ」

彼にペットボトルの茶を勧め、私はゆっくりとコーヒーを飲んだ。そのうち、歯科医院の玄関のドアが開いて閉まる音が聞こえてくる。誰かが出て行った――おそらく、歯科医院に向かったのだろう。これで、今日中に第一段階は突破できるはずだ。後は家族が無事に陽子を送れるかどうか。身元が確認できたら、私ももう手を引いてもいいのだが、落ち着くまではつき添おうと決めた。

ばたばたと一時間が過ぎた。美久たち所轄の人間は、照合の対象になりそうなものもいくつか見つけて引き上げた。それと入れ替わりに、孝泰の弟、正樹が家に駆けこんで来る。こちらは孝泰とはまったく似ていない――やはり背が高く、百八十センチぐらいありそうだが、体重は七十キロにも満たない感じだった。

正樹の方が落ち着いていて――新幹線で五時間移動する間に覚悟ができたのだろうか――普通に話ができた。

「今、最終的に身元を確認するために、いろいろ調べています」私は説明した。

「母はどこにいるんですか？」

「監察医務院――そこで死因を詳しく調べることになります。歯型や治療痕の照合もそこで行います」

「調べるって、解剖ですよね」正樹が眉間に皺を寄せる。「亡くなってるのは分かってるんだし、火事なんだから……解剖って、しなくちゃいけないんですか？」

「そういう決まりなんです」私は頭を下げた。

「そんなの、可哀想じゃないですか」正樹が目を伏せる。

「お気持ちは分かります。しかし、この決まりに例外は認められないので、どうかご理解下さい」

肉親の遺体を解剖されるのを、極端に嫌う家族もいる。これ以上傷をつけないで欲しい、という切実な願いだ。しかし正樹はここで引いてくれたので、私はほっとした。自分よりもずっと大きな二人組を相手にして、何だか落ち着かない気分だったのだ。

「お二人には、お願いがあります」

正樹が孝泰の横に座った。二人とも真顔。孝泰も、徐々に冷静さを取り戻してきたようだった。

「お父さんのことです。お父さんが、お母さんを敬遠していた理由はよく分かりました。しかし、解剖が終われば葬儀ということになります。それも無視するわけにはいかないでしょう」

だろうか。

二人は顔を見合わせた。父親のもつれた気持ちを解す方法が分からないのではないだろうか。

「今……五時半ですか」私は壁の時計を見上げた。「お父さんは普段、何時ぐらいに帰って来るんですか」

「分かりません」正樹が答えた。やはりこの次男――三男の方が冷静に話せるようだ。「昔から、帰宅時間はばらばらでした。六時に帰って来ることもあったし、真夜中になることも……最近はどうなのか、まったく分かりません」

「お父さん、六十歳を過ぎても働いているんですよね」

「小さい会社ですから、定年とかもはっきり決まってないんじゃないですか？　親父は、あの会社で一番古い社員だし、自分で辞めるって言い出さない限り、ずっといられるんじゃないですかね」

「なるほど。ところであなたは、今日、お父さんと話しましたか」

「電話しましたけど、着拒です」正樹が肩をすくめる。「兄貴が先に電話して、大喧嘩したんですよ。それで着拒にしたんでしょう」

「失礼ですが、そんなに親子仲が悪いんですか？　夫婦仲がよくなかった話は聴きましたけど……」

「家族が空中分解してしまった感じなんです」正樹が正直に答えた。「母が家を出て行って、親父も変わってしまって」

「普段も、お父さんとはあまり話さないんですか」

「何か、話しにくい感じですよね。暗いんで」

「正樹」孝泰が語気鋭く忠告した。

「だって暗いじゃん」正樹が反論する。「親父と話してると気が滅入るんだよ」

「ここで言うことじゃないだろう」

「状況は分かりました」私は、二人の言い合いに割って入った。「しかし、葬儀ではお父さんを無視するわけにはいかないでしょう。お父さんは、陽子さんが亡くなったことも関係ないと言い切って、私と話すのを拒否しましたけど、お二人からきちんと話してくれませんか？　息子さんの言葉なら、耳を傾けてくれるはずです」

「いやあ……」自信なげに、正樹の目が泳ぐ。

「お父さんも、この家には帰って来るでしょう。その時に、ゆっくり話してあげて下さい。こんなことは言いたくないですが、あなたたちが遺体を引き取らないと、行政が、無縁仏として埋葬することになってしまうんです。いくら何でもそれでは、お母さんが可哀想じゃないですか」

二人が黙りこんだ。鹿島と陽子の夫婦仲は最悪だったかもしれない。しかし息子二人が父親と同じように母親を嫌っていたとは考えられなかった。夫婦と親子では、人間関係の濃度に微妙に差がある。

「警察的に、口を出せることと出せないことがあります。私としては、無事にご家族にご遺体を引き渡すまでが仕事ですが、何か心配なことがあるなら、いつでも相談に乗ります」

「今のところは、特に……」孝泰がぼそりと漏らした。ふいに顔を上げ、強い視線で私を見る。「こんな相談まで、警察の仕事なんですか？」

「支援課については、そうだと考えています。名前の通り、事件や事故の被害者や被害者家族をフォローするのが仕事ですから、普通の警察官がやらないようなこともやります。ただし、支援が必要ないと言われれば手を引きます。お二人はどうですか？何か今、私がお手伝いできることがありますか？」

「いやあ……」孝泰が顎を掻く。「今のところは相談するも何も、どうしようもないですね」

「事務的な話ばかりしてしまいましたけど、お気持ちはどうですか？」

「気持ち？」正樹が首を傾げる。

「私は、犯罪の被害に遭った人をたくさん見てきました。身内を亡くされた家族とも、よく話しています。多くの場合、一番問題なのは、家族の精神的な辛さです。家族がいきなりいなくなったら、大変なショックを受けるのは当然ですから。お二人はどうですか?」

「それは何とも……」正樹が困ったように言った。

「悲しくないですか?」

二人とも黙りこんでしまった。やはり実質的に家族は崩壊していると言っていいだろう。しかし、二人の反応の薄さを見ていると、どうにも不思議だった。二人とも心の底では、父親と同じように母親を憎んでいるような……しかし二人の口からは、母親に対する罵詈雑言(ばりぞうごん)は一切出てこない。何となく他人事——仕方なくここへ来ざるを得なかっただけで、さっさと普段の生活に戻りたいと思っているようにしか見えなかった。

何なのだろう。こういう希薄な家族関係は、今まであまり見たことがない。

孝泰のスマートフォンが鳴った。画面を見ると、怪訝そうに取り上げて電話に出る。

「ああ、親父……はい」

鹿島から電話がかかってきた? どういう風の吹き回しだろう。息子からの電話さえ、着信拒否にしていたはずなのに。

「いや、正樹も一緒だけど。そう、今夜は家に泊まろうかと思ってる。ああ? 飯?

家に帰らないのかよ」

困ったように正樹を見る。正樹は目を見開き、状況を把握できない、とでも言いたげに首を横に振った。

「いや、構わないけど、何で家じゃないんだよ。うん……そうか。分かった。じゃあ、そっちへ出る」

電話を切り、孝泰が説明を求めるように私を見た。

「お父さんですか？」

「村野さん、親父とは話したんですよね？」

「ええ」

「どんな感じでした？」

「基本的に興味がない……自分には関係ないとずっと強調していましたね。今の電話は、どういう内容だったんですか？」

「飯を食うから、赤坂まで出て来いと」

「会社の近くですね？」

「そういうことです」

私は疑念を押し潰してうなずいた。父親の態度を怪しく思っているのは孝泰も同じようで、盛んに首を捻っている。

「どうぞ、出て下さい」私は立ち上がった。「何かあったら、いつでもかまわないので連絡して下さい。お渡しした名刺に、携帯の番号も書いてありますから。明日の朝、こちらからも改めてご連絡します」

「何だか、すみません」正樹が心底申し訳なさそうな表情を浮かべて、ひょこりと頭を下げた。

「こちらは大丈夫です」ふと思いついて、私はもう一度ソファに腰を下ろした。「一つ、聞かせていただいていいですか？」

二人がうなずいたのを見て続ける。

「お二人から見て、お父さんはどんな人ですか？」

反応なし。答える気がないのではなく、答えを持っていないのではないかと私は訝(いぶか)った。

2

午後六時過ぎ、私はフリーになった。もう引き上げてもいいのだが、誘拐事件の詳細も気になる。どこかで情報を収集しておきたかった。支援課に電話してみたものの、誰も出ない。ということは、捜査には動きがなく、停滞状態ということだ。動きがなければ、支援課のスタッフは定時に引き上げる。優里の携帯にかけようかとも思ったが、しばし躊躇した後でやめておくことにした。彼女は今、夕飯用の買い物中かもしれない。スーパーでカートを押している時に携帯が鳴ると、微妙に苛つくものだ。

支援課に寄ってもやることがなさそうだったので、自宅へ戻ることにした。帰宅ではなく、あくまで自宅待機の感覚。しかし、何となくそれも気が進まない。ふと思いついて、愛に電話を入れてみた。

「はい」彼女は運転中のようだった。ハンズフリーで話しているのだろうが、大丈夫だろうかと心配になる。下半身が不自由で、普段は車椅子の彼女は、外の移動には自分で改造車を運転することが多い。アクセルを足ではなく手で操作するので、両手は常に塞がっているのだ。通話ボタンを押すだけでも大変ではないだろうか。

「飯でも食わないか？」

「いいけど、今、どこにいるの？」

「練馬。正確には、西武線の練馬駅近く。君は？」

「今、支援センターを出たところなのよ」支援センターは、東京メトロ副都心線西早稲田駅のすぐ近くだ。「どこかで拾ってあげようか？」

「遠回りになるよ」

「そんなに遠くないわよ。帰りは一人で帰ってもらうけど」

「もちろん。そこまで甘えないよ」

「じゃあ、椎名町とか？」

ふいに息苦しさを感じた。愛とつき合い始めた学生時代、私は西武池袋線の椎名町で一人暮らしをしていた。二人にとっては馴染み深い街である。そこをまた二人で訪れるのかと思うと、何だか息が詰まるような感じがした。

「あそこ、まだあるかなあ」愛が昔を思い出すように言った。

「あそこって？」

「決まってるでしょう、『アステカ』よ」

そうくるだろうと思った。『アステカ』はメキシコ料理の専門店で、私が住んでいた頃にオープンしたのだ。物珍しさもあって当時は二人でよく通ったものだが、あの頃からは二十年も経っている。今もあるのだろうか？　東京では、どんな店でも二十年続けるのは至難の業だ。

「場所、覚えてる？」

「何となく」

「じゃあ、椎名町の駅前で待ち合わせしましょう。もしも『アステカ』がなくなっていたら、他の店を探しておいて」

新規開拓も難しくはないだろう。椎名町は、大ターミナル駅の池袋から一駅の街で、飲食店の選択肢は多い。ただ、不思議なことにチェーン店は少ない。あの手の店は、駅の乗降客数などを綿密に調査して出店を決めるから、マーケティング的に「魅力なし」と判断しているのかもしれない。私の感覚では——二十年前の感覚だが——こぢんまりとして非常に住みやすい街なのだが、商売となると別なのだろう。

電車に乗る前にスマートフォンで検索すると、『アステカ』はまだ健在だった。それが分かると、独特の料理の味が舌に蘇る。そうそう、あの店で私は初めて、多彩な唐辛子の味わいを知ったのだった。五年ほどメキシコシティで暮らしたことがあると話していたマスターは、元気だろうか。

椎名町で降りて、少し時間潰しを考えた。チェーン店が少ない街とは言っても、駅前にハンバーガー屋ぐらいはある。そこで温かいコーヒーでもと思ったが、愛は一人だと車の乗り降りに時間がかかる。車を運転している時以外の移動は車椅子なのだ。そういえば、支援センターへは電車で通っているはずだが、今日は何か別の用事があったのかもしれない。

いずれにせよ、駅前での待ち合わせには現実味がない。コイン式の駐車場で、親切に手を貸してくれる人が見つかるかどうかは分からない。

駅の近くにあるコイン式の駐車場を検索した。北口にはほとんどなく、南口——山手通りに近い場所に何ヵ所かあるので、彼女はそこを使うのでは、と見当をつけた。

構内の通路を使って南口に出る。どこか違和感があると思ったら、駅のあちこちにある鉄道会社のマークが、いつの間にかリニューアルされていたのだった。東京では、長年親しんで当たり前だと思っていたものが、ある日突然変わってしまうことも珍しくない。変えることにも意味はあるだろうが、私はそういう変化に寂しさやもどかしさを感じる方だ。

南口に出て、スマートフォンの地図を頼りに歩き出した途端、電話がかかってきた。

「今、南口の駐車場に入ったところ」愛が軽い口調で言った。

「今、そこへ向かってるよ」

私は妙な居心地の悪さを感じた。二人とも同じようなことを考えていたわけだ……感覚の共有？　まさか。つき合っていた時間と、別れてからの時間を、つい比較してしまう。

愛のＢＭＷは、「10」番のスペースに停まっていた。ラグジュアリーセダンのボディに常識外れのハイパワーエンジンを積みこんだ「Ｍ５」が長年の愛車だったが、去年、同じＢＭＷのＳＵＶ「Ｘ３」に買い替えていた。新調した電動車椅子が楽に入るサイズということで選んだのだという。愛は、ごく短距離なら松葉杖（まつばづえ）で移動できる。この車には特注の電動ゲートをつけ、車椅子を昇降できるようにしたので、基本的には介助なしでもそこそこ動けるようになった。

私はリアゲートを開けて車椅子を下ろし、彼女を助けて乗せた。愛一人でも、車椅子に乗る時は松葉杖を使って何とかなるのだが、私がいる時には介助するのが無言の約束になっている。毎度のことながら、彼女の体に触れる時には微妙な違和感を覚える。恋人同士のような感覚が蘇るわけではないが、純粋にボランティアとも言えない。仕事仲間と言い切るにも無理があるし……彼女の方では一向に気にしていないのも、何だか癪だ。

「お店、まだあった？」

「ああ。今、どんな風になってるかは分からないけど」

「全然違うお店――ラーメン屋になってたりして」

「ネットで見た限り、今もメキシコ料理の店だよ」

「よかった。少し刺激的な物が食べたかったのよ」

「何かあったか？」彼女がこういうことを言い出すのは、大抵トラブルに見舞われた時だ。

「ちょっとね。今日は忙しかったのよ」

「だいたい、何で車だったんだ？」

「午前中、会社に寄らないといけなかったから」

「株主総会？」

「そういう季節じゃないわよ」愛が笑った。「ちょっとトラブってて、相談に……顧問って、肩書だけじゃ済まないのね。相談役に肩書を変えた方がいいかしら」

愛が起業したウェブ制作会社は、少なくとも彼女が社長をやっていた間は、非常に上手く回っていた。彼女曰く、「浮き沈みの激しいこの業界では超優良企業」。いくつもの大手企業とホームページの作成・メインテナンス契約を結び、信頼も高かったという。愛が経営から手を引いた途端に、経営が傾き始めたのだろうか。

彼女は今、人生の新しいフェーズに入っている。大学を卒業してすぐに起業し、事故に遭うまでが第一フェーズ。事故に遭って、会社を経営しながら支援センターでボランティアを始めたのが第二フェーズ。会社の経営権を社員に譲り、支援センターの仕事に専従し始めた今は、第三フェーズに入ったところだろうか。取り敢えず、経済的に困ることはないはずだ。支援センターの正式の職員としての給料もあるし、依然として会社の筆頭株主で、配当や顧問料の収入は支援センターの給料よりも多い。生活は安定しており、私と同じように、事件・事故の被害に遭って苦しむ人のために尽力したいというのが今の彼女の目標だ。彼女は、そういう風に堂々と言っていい立場にある。

「昔と同じなのね」

店の前に来ると、愛が嬉しそうな声を上げた。一戸建ての一階部分が店で、メキシコらしさを感じさせるのは、ドアの横に立てかけられたメキシコ国旗だけだ。とはいえ、メキシコ国旗そのものが派手なデザインなので、かなり目立つ。私たちも最初は、この国旗で店の存在を把握したのだった。

ちょうど夕飯時で、店はほどよく賑（にぎ）わっていた。昔馴染みのマスターがいないかと探してみたが、見当たらない。もしかしたら店は同じでも、経営者が変わったのかもしれない。

前菜には、アボカドやトマトなどをすりつぶしたワカモーレ。その後は当然タコスにする。ここのタコスは「牛、豚、鶏」がレギュラーのラインナップで、日替わりでエビなどの海鮮、野菜が加わる。私はビーフとキノコ、愛はチキンとエビにした。つけ合わせに、フリホレス・レフリトスも。豆のペーストのようなもので、初めて食べた時に愛は、顔をしかめて「塩味のあんこ」と評した。確かにそんな感じで、最初は美味いのか美味くないのかさっぱり分からなかったのだが、食べ続けているうちに癖になってしまった。

昔はタコスに加えて必ずステーキも食べていたのだが、今日は腹具合と相談することにした。事故に遭って以来、私は慢性的な運動不足に悩まされることになり――人並みに走ったりできないのだから仕方がない――食事は控えめにするようにしてきた。愛は昔と同じように食べても、一向に太る気配がないが。

前菜代わりのワカモーレは、大量のトルティーヤ・チップスと一緒にすぐに供された。ワカモーレをたっぷりつけてトルティーヤ・チップスを食べてみる——記憶にある通りの味だった。ここのワカモーレは、他のメキシコ料理店に比べてコリアンダーの量が多いようだ。独特の癖のある味が最初は鼻についたが、それにもすぐ慣れてしまった。ただし私は今でも、他の料理でコリアンダーが出てくると、そっとどける。何故かワカモーレの時だけは普通に食べられるのだ。

「懐かしい味ね」愛がしみじみ言った。

「変わらないな」

「昔と同じマスターが作っているのかしら」

「どうかな……店の中には見えないけど」

ワカモーレの皿はあっという間に空になってしまった。二人とも酒を呑まないので、飲み物は炭酸水。辛みの強い刺激的な料理には、きつい炭酸水がよく合う。

タコスの味も昔と同じだった。手製の辛いソース——赤と緑で刺激を強めてやると、さらに美味くなる。そう言えば昔、マスターがよく言っていた。メキシコでは、タコスは上品に食べるもんじゃないからね、と。街のタコス屋は、日本で言えばラーメン屋のように気軽なもので、店の真ん中に置かれた鉄板の上で山盛りになった肉を、素手でトルティーヤを持って鷲掴みにして食べる。

　そんな話を聞いて、メキシコ料理は自分たちの常識外にあるものだとつくづく思い知った。愛とは、「そのうちメキシコへ本場の料理を食べに行こう」と話し合っていたのだが、結局その約束は叶うことがなかった。

「もう少し食べられる？」あっという間にタコスを平らげ――サイズは昔より少し上品になったかもしれない――愛がメニューを見やる。

「そうだな……もう少しだけ食べられるといいな」

「エンチラーダ？　食べてないから豚にする？」

「了解」

　愛が手を上げて、追加の注文をした。依然としてマスターの姿は見えない。味は昔通りなのだから、あのマスターが作っているのだと思うが……私たちが通っていた当時、四十歳ぐらいだったから、今でも十分現役の年齢のはずだ。

　豚肉をトルティーヤで巻いてソースをかけ、オーブンで焼くエンチラーダは、タコスに比べて異常に巨大だった。長さ二十センチ、直径五センチほどのものが二つ。ソースはいかにも辛そうな赤で、つけ合わせはまたもフリホレス・レフリトスに加えて赤いライスだった。

「こんなにすごい量だったかな」

「どうかなあ……あまり覚えてないけど」

私は料理を皿に取り分けた。もしかしたら、二人で注文したから、二人分を持ってきたのかもしれない。

ナイフを入れ、口に運んだ瞬間に辛さにやられる。唐辛子はそもそもメキシコ原産……向こうには、多種多様な唐辛子がある、とマスターが蘊蓄（うんちく）を語っていたのを覚えている。メキシコの食生活には必須の調味料であり野菜だ。コンビニエンスストアで普通のサンドウィッチを買っても、唐辛子の酢漬けが入っているぐらいだという。

愛の食べるスピードもさすがに落ちていた。私は残すまいと必死になったが、後で胃が痛くなるかもしれないと不安になった。もしかしたら、この店で一番辛い料理なのではないか？　つけ合わせのライスとフリホレス・レフリトスの味が感じられなくなるほどの激辛だった。

しかし、美味い。豚肉にはしっかり味がついているし、チーズもたっぷりかかっているので、辛さの中に濃厚なまろやかさがあるのだ。腹が減っていたら、一人で全部食べられるかもしれない。

愛は、自分の分のエンチラーダを三分の二ほど食べたところで、ギブアップした。ライスとフリホレス・レフリトスにはほとんど手をつけていない。鼻に汗が浮かんでいる――彼女が汗をかくことなどほとんどなく、それだけ辛かったのだと分かる。私が自分の鼻を指差すと、愛は素早く紙ナプキンを抜いて鼻の頭を叩いた。ナプキンを見て顔をしかめる。

「びっくりした。昔はこんなに辛くなかったと思うけど」

「ああ」

　こうなると、食後のコーヒーだけでは辛さを拭えない。普段は食べないデザートにチャレンジすることにして、店員にお勧めを聞いた。まだ若い——たぶん大学生だろう——女性店員は、迷わず「今日のお勧めはフランです」と言った。

「フラン……」名前を聞いただけではさっぱり想像がつかないのがメキシコ料理だ。

「プリンです。濃厚ですよ。それと今日は、トレスレチェもあります」

「それは？」

「スポンジケーキなんですけど、鬼のように甘いです」

　鬼のように辛い料理の後は、鬼のように甘いデザートがいいかもしれない。私はトレスレチェを頼んだ。愛はフラン。出てきたトレスレチェを見て、私は一瞬後悔した。上にべったりとクリームが載っている。そもそも、クリームはあまり好きではないのだが……小さく切って口に入れてみると、あっという間に溶けてしまう。湿っているというより、甘い液体にどっぷり浸した感じである。舌の痺れを打ち消すような甘さ——いや、今は辛さのせいで舌が少し馬鹿になっているから、このケーキの本当の甘さは分からないのかもしれない。

それほど大きくないケーキだったが、そのうち甘さがはっきりしてきて、舌にしつこくまとわりつき始めた。一体どういうケーキなのかと訝りながら何とか平らげ、コーヒーを一口飲んでようやく落ち着く。愛が食べているフラン——普通のプリンが羨ましくなった。

「どうかした？」

「いや」私は首を横に振った。「久々に、味がはっきりしたものを食べた気がする」

「何それ」愛が軽やかに笑った。しかし一転して表情を引き締め、「それで？」と訊ねる。

「何が『それで』なんだ？」

「何か相談があったんじゃない？　そうでもなければ、急に食事に誘ったりしないでしょう。もしかしたら、例の件？」

「いや。俺はあれにはノータッチだから。それに、こういう場所で喋るとやばい」私は唇の前で人差し指を立てた。

「そうね」愛が肩をすくめた。「他にも何かあるの？」

「火事があってね」

私は事情を説明した。愛はフランを食べる手を止めなかったが、ちゃんと聞いていることは経験上分かっている。

「家族が揉めてるっていうこと？」皿から顔を上げて訊ねる。

「実質、身寄りのない人みたいなものなんだ」私は一家の事情を説明した。「何とか、家族で合意してくれるといいんだけど」

「私たちが口を出すかどうか、難しいところね。手伝おうか？」

私は無言で首を横に振った。そういうつもりで打ち明けたのではない。

「じゃあ、何かアドバイスが欲しい？」

「いや、まだ様子見だよ。今日、家族が一緒に食事をしてるんだ。そこで何か、前向きな話が出るかもしれない」

「遺体を引き取らないほど仲が悪いっていうのは、初めて聞くわね」愛が顔をしかめる。

「ただ、父親と息子二人では、ちょっと温度差がある。父親の方は、完全に奥さんを排除したがっているけど、息子さんたちはそこまでじゃない感じなんだ。息子さんたちが上手く父親を説得してくれればいいんだけど……」

「そこは、私たちの仕事じゃないわね」愛がピシャリと言った。

「おいおい……」

「私たちの仕事は、事件で衝撃を受けている家族をどうフォローするか、でしょう？

純粋に家族の問題で揉めているとしたら、口を出すべきじゃないわよ」

「それはそうなんだけど」今日の愛はやけにドライだ。

「私たちは神様じゃないんだから。何でもできると思ってたら、大間違いよ。もしかしたら、もう一件の方に手を出せないから、ストレスが溜まってるんじゃない？」

「それはない」私は即座に否定した。「そっちの方には、できるだけ関わりたくないんだ」

「強情ね」

「絶対に合わない人もいるんだよ。まあ……他のスタッフがちゃんとやってくれているから、問題ないだろう。だいたい、そんなに大変なことにはなっていないんだ。騒ぎ出さないように監視しておくのが仕事って感じかな」

「前に出て行きたくないのは分かるけど」愛がうなずく。「その人にとっては大事なのよ。いろいろあったんでしょう？」

「あった」逮捕され、裁判で有罪判決を受け……しかし執行猶予つきで、無事に社会復帰した。今は、逮捕される前よりも羽振りがいいかもしれない。しかし仲岡は、何より大事なもの——生まれたばかりの娘と別れさせられた。

離婚を突きつけられ、裁判が終わっても娘には会えなくなった。しかし娘は子役として活躍し出し、テレビでその姿を見ることも多くなる。いったいどんな気持ちだったのだろう。

「あまり気にしない方がいいんじゃない？」愛がさらりと言った。

「気にしてないよ」

「してるでしょう」愛は譲らなかった。「そうじゃなければ、私をご飯に誘ったりしないわよね？」

「それは……まあ……」

「とにかく、愚痴を聞いてあげたんだから、ここはあなたの奢り(おご)りね」

「おいおい」

「私も、もうボランティアじゃないから」

愛が真顔で言った。確かに支援センターの正規職員になっているわけだが……ここでその話を持ち出されるのは筋違いな気がしたが、私は何も言えなかった。どんな話題であっても、彼女に反論するのは難しい。昔からそうだった。

3

愛は「家まで送る」と言ってくれたのだが、彼女が帰るにはかなり遠回りになるので断った。愛が帰るルートの途中にもなる、丸ノ内線の中野坂上(さかうえ)駅近くで下ろしてもらう。

エレベーターで地下鉄の構内に降りたところで電話が鳴った。梓。緊急事態かと緊張しながら電話に出る。

「遅くにすいません」

「いや、何かあったか？」

「ちょっと愚痴を零していいですか」

「どうした」私は緊張して、スマートフォンを右手から左手に持ち替えた。珍しい――梓が「愚痴を零す」と宣言してから話し始めるなど、初めてではないか？ 普段からほとんど弱音を吐かないタイプだし。

「川西君なんですけど……」

「何かやらかしたか？」私は緊張で肩が硬くなるのを感じた。

「仲岡さんを怒らせちゃったんです」

まさか……被害者に寄り添う支援課の人間が、相手を怒らせてどうする。

「何があったんだ？」

「今日の夕方、一緒に仲岡さんの家にいたんですけど、急に『誘拐で被害者が犠牲になる確率は』なんていう話をし出したんです」

「マジか」思わず声を張り上げてしまった。通路を行く人の注目を集めてしまい、私は慌てて壁の方を向いて声を低くした。「しかし実際には、被害者が犠牲になる確率は極めて低いぜ」

「でも、ゼロじゃないでしょう」

最近こそ、身代金目的誘拐は割に合わない犯罪ということが広く認識されたのか、ほとんど起きていないが、昔は——昭和の時代には頻繁に発生していた。中には、誘拐直後に人質を殺してしまうという、凶悪なケースもあった。ただしほとんどは、犯人側の失敗で終わっている。雑談レベルでも、被害者家族に何か言うなら「人質はほとんど無事に帰って来る」と言って安心させるべきなのだ。いや、そもそもそんなことに触れる必要はない。

「その場は治めたのか？」

「何とか……でも、疲れました」

「災難だったな。誰か、上の人間には話したか？」

「ですから、村野さんに。芦田さんとかに言うと、大袈裟になるかもしれないでしょう」

「間違いなく大袈裟になるよ。あの人、自分の胸の中だけに秘めておくのが苦手だから」芦田は決してお喋りではない。しかし中間管理職というのは、自分一人が責任を背負いこまないように、どんなに小さなことでも上に報告するものだ。

「正解だな。つまり、俺に何とかしろってことか」

「いいですか？　放っておくわけにはいかないと思うんです」

「そうだよな。この辺であいつにも、支援課の哲学をしっかり学んでもらわないと……あんな態度で支援課にいても、誰のためにもならない」

「理屈っぽい人は苦手なんですよ」梓が打ち明けた。「うちの仕事って、理屈では何ともならないことも多いでしょう？」

「その通りだ。分かった、明日の朝一番で少し話をする」

「助かります」梓が安堵の息を吐いた。

「ところで、本件の方はどうなんだ？　何か動きはないのか？」

「それが全然ないんです。何かおかしいですよね」

「ああ」私は最悪の事態を予想していた。それこそ、可能性としては低いながら、犯人が既に人質の愛花を殺してしまったとか……そうなったら犯人は、身代金を奪うことを断念し、家族との連絡も絶って、ひたすら頭を下げたまま大人しくしている可能性も出てくる。

「どういうことなんでしょう」

「君、もう家か？」

「ええ」

「俺は外なんだ。この件は、大きな声で話せない」

「……すみません」

「明日、話そう。それと、何か情報が入ってきたら、いつでもいいから教えてくれよ。課長はこの件から俺を外したけど、仲間外れにはなりたくないから」

「分かりました」

電話を切り、溜息をつく。問題を起こして島嶼部の所轄に異動になってしまった長住のやる気のなさにも悩まされたが、屁理屈の多い川西は別の意味でトラブルメーカーになりそうだと、常々不安に思っていた。それが早くも当たったことになる。

翌朝、私は出勤するなり、すぐに川西を摑まえた。梓と話をしておきたかったのだが、彼女はまだ来ていなかったし、待てなかった。打ち合わせスペースに来るように言うと、何が何だか分からないとでも言いたげに目を瞬かせる。

テーブルについて向き合うと、川西の目が真っ赤になっていることにすぐに気づいた。

「目、どうした？」

「ああ」川西が拳で軽く目を擦る。「ちょっと遅くなりまして」

「夜更かしはよくないな。ゲームか？」

「ええ」

適当に言った台詞が当たってしまったので、私は少しむっとした。体調を整えておくのも給料のうちなのに。

「いい加減にしておけよ。寝不足は大敵だから」

「中途半端にできないんですよね」

その気持ちは仕事のために取っておけよ、と私は内心毒づいた。さて、ここからが本題だ。気が重いが、梓があんなに真剣に相談してきたのだから、早く解決しておかないと。

「昨日なんだけどな、仲岡さんのところで、誘拐された人質の死亡率がどうのこうのという話をしたそうだな」

「ええ」川西が涼しい表情でうなずく。「統計的な話です」

「何でいきなりそんな話を始めたんだ？」

「いや、話が切れてしまったので……」川西が不思議そうな表情を浮かべる。何が悪いのか、まったく分かっていない様子だった。

「別に君は、あの家へお喋りしに行ってたわけじゃないだろう」

「そうですけど、沈黙が続いて気づまりなのって、嫌じゃないですか」

「そう思ったら、無難な話題にしておけよ。娘さんが誘拐されて、精神的に追い詰められてる状態なんだぜ？　死ぬとか言ったら、さらに追い詰められるだろう。支援課の人間がそんなことして、どうするんだ？」

「でも、誘拐事件で人質が殺される確率は十二パーセント以下ですよ――戦後の日本のケースに限りますけど。九割近くの人質は無事に帰ってくるんです。犯人側から見れば、圧倒的に分の悪い犯罪ですよ」

私は一瞬、「十二パーセント」という数字を頭の中で転がした。人質の十人に一人以上が死ぬ――この数字が高いのか低いのか、どう判断していいか分からない。

「数字の上ではそうかもしれないけど、子どもを人質に取られた家族は、その小さい数字が気になるんだ」

「数字は単なる数字じゃないですか」川西が肩をすくめた。「アメリカならともかく……アメリカの場合、誘拐事件で人質が殺される確率はもっと高くなります。もっともアメリカでは、営利目的の誘拐じゃなくて、子どもが神隠しに遭うようにいなくなるケースが多いみたいですけどね。行方不明になった子どもの名前と顔写真が、牛乳の紙パックによく印刷されてますよ。それに比べたら――」

「比べることじゃない」私はぴしりと言った。「人それぞれなんだ。被害者家族は、自分のことしか考えない。他の事件がどうかなんて、全然参考にならないんだ。そして、悪いことばかりを考えてしまう。君は、仲岡さんが一番知りたくないことを教えたんだよ」

「八十八パーセント以上は無事に帰って来ると考えれば、気が楽になると思ったんですけどねえ」川西が首を傾げながら言った。自分の言葉を本気で信じている様子だった。

「いいから、余計なことは言うな。聞かれた時だけシンプルに答えろ。その時も、相手を傷つけるような言葉は避けるんだ」

「俺が見た限り、仲岡さんはそんなに簡単に傷つくような人じゃないですよ。何か……いい加減な人じゃないですか」

「いい加減かもしれないけど、今は被害者家族なんだ」

「立場は変わっても、人は変わらないでしょう」

「言い過ぎだぞ」

「失礼します」川西がさっと立ち上がった。私が言っていることにまったくダメージを受けていない様子だった。「コーヒー買ってきます」

「おい――」

川西がさっさと部屋を出て行ってしまった。私は溜息をつき、両手で顔を擦った。まったく……支援課に引っ張るなら、もう少しましな人間がいたのではないか？

梓がやって来た。申し訳なさそうな表情を浮かべている。

「何か、すみません」

「いや、こちらこそ力不足で」そう言うしかない。というより、誰が説得しても川西の意識を支援課の仕事に向けさせるのは無理ではないだろうか。人としての考え方が根本的に違うのだ。道で倒れて苦しんでいる人がいても、自分のスマートフォンを見ながら平然と行き過ぎてしまうタイプかもしれない。

梓が私の前に座りながら、「彼、やっぱりこういう仕事には向いていないのかもしれませんね」と零した。

「もうちょっとチャンスをやらないか？　まだ、駄目だと判断するのは早いだろう。何度か現場を踏めば、気持ちを入れ替えるかもしれない」自分の言葉が信じられなかった。

「うーん……」梓が低く唸る。「私、人を見る目には自信があるんですよ」

「確かにそうだな」

「一目見て駄目な人は、実際駄目なことが多いです」

「第一印象が当てになるわけか。川西は？」

梓が苦笑しながら、両手の人差し指で小さなバツ印を作った。私も最初から「ヤバそうだな」という印象を持っていたのだが、梓の方がより深く疑っていたようだ。

「しかし、あいつがいなくなると、君が課の最年少に逆戻りだぞ？　そういうの、嫌じゃないか?」実力でトリプルAに昇格したのに、シーズン途中にチーム編成の都合でダブルAに戻されるようなものだ。本人がどんなにいい成績を上げていても、野球では「チームの都合」というものがある。

「支援課には、所轄の刑事課みたいな雑用はないじゃないですか」

「それはそうだけど」

「別に、最年少で困ったことはありませんから」梓が柔らかい笑みを浮かべた。

「君がそう言うならいいけどな。川西には、折を見てまた話してみるよ」

今日は芦田と優里が仲岡につき添っている。あの二人なら問題ないだろう。私はどうするか——鹿島一家のことは気になるのだが、あまり無理に突っこむのもまずい。電話をかける約束はしていたが、少し時間を置くことにして、まず必要なところに連絡を入れることにした。

まず、杉並中央署。刑事課長の佐古が摑まったので、昨日からの状況を説明する。

「何とも複雑な家族なんだな」佐古が感想を漏らした。

「気持ちの問題だと思いますけど、それだけに難しいですよね。一度もつれると、なかなか解れない」

「だろうな。ま、おたくらはそういうことのプロなんだから、よろしく頼むよ」

佐古が電話を切ろうとしたので、私は慌てて声を張り上げ、会話に引き戻した。

「遺体の方はどうなんですか?」

「解剖は、たまたま待ちがなかったから、昼までには終わるそうだ。そうしたら家族に遺体を引き渡さないといけないわけだが、それまでに何とかなるか?」

「もう一度話してみます」

「無縁仏になるのは可哀想だからな。家族がいるのに無縁仏っていうのは、いかにも今っぽい話かもしれないが」

「とにかく話してみます」私は繰り返し言って電話を切った。

午後に遺体の引き渡しとなったら、あまり時間がない。もう一度家族と会って説得するなら、誰が適当だろう? 次男の正樹が一番冷静なようだが、彼を説得できても、父親の態度が変わらなければ、何も解決しないとも言える。

その前に……受話器に手をかけながら、私は思い直した。仲岡のことに関してはノータッチと厳命されているが、誘拐事件についてはどうしても情報を知っておきたい。渋谷西署の副署長席に電話をかけ、増井を呼び出した。誘拐事件発生から既に三日目、彼の声には疲れと苛立ちがあった。

「お疲れのところ、すみません」

「いや、そんなに疲れてないけどね」増井が否定した。「ぽつぽつと寝てるから。全員が徹夜を続けたら、いざという時に動けない」

「何も動きはないんですか？」

「ない」

「ご家族は？」

「その件なんだが、今日、そっちの課長と話をしようと思ってたんだ」

事なかれ主義で腰が重い人ですよ、と言おうとして私は言葉を呑んだ。何も外の人間に向かって、内輪の悪口を触れ回らなくてもいい。

「何か問題でも？」

「問題はないが、さすがにへばっているんだ。特に精神的に……そろそろ、そちらから人を派遣してもらった方がいいかもしれない。うちの支援担当もだいぶまいっているしな。そっちなら、人もいるだろう？」

「十分ではないですけどね。仲岡さんのこともありますし」

「あの人、まだ騒いでるのかい？」

「今のところは上手く抑えこんでいますけど、一人になったら何を言い出すか——やり出すか分かりませんからね」

「そうか。ただ、一番重要なのは、一緒に住んでる家族だろう？」

「それは間違いないです。人の割り振りがあるから、やっぱり課長に相談していただく方がいいですね。俺にはそういう権限はありませんから」

「あんたが実質的に支援係を仕切っているという話も聞いたよ」

「長くいるだけですよ」

その後も愛花の家族の状況を聞き続けながら、私は疑念を抱き始めていた。これは本当に誘拐なのだろうか？　愛花は何か別種の事件や事故に巻きこまれ、それを知った人間が悪戯半分で脅迫電話をかけてきた——いや、それも筋が通らない。とはいえ、私は一応、増井にその可能性を話してみた。

「実はうちもその線は疑っている」増井が低い声で打ち明けた。「別働隊が、管内と近隣の変質者リストを洗い直してるんだ」

警察は、様々な手法を使って「危ない人間」のリストを作っている。特に重視されるのが、性犯罪者、幼児性愛者のリストである。こういう人間の性癖は、往々にして犯罪に結びつきやすい。法的に予防拘禁ができない以上、そういう人間の所在を確認し、動向に注意しておくぐらいしかやれることはない。ただしこれをサボると、性犯罪や子どもが犠牲になった事件の初動捜査で出遅れる。

「リストの人数、多いんですか？」

「多いよ」増井があっさり言った。「そういう野郎は、普通の顔をして、普通の街に住んでるんだ。そういう意味では、繁華街を管轄している署の方が楽じゃないか？　ヤバそうな奴は、見ただけで分かるしな」

「そうかもしれません」

「とにかくこっちは、やれることをやっておくよ。そっちに新しいお願い事をしたら、よろしく頼むぞ」

「了解です」

私も、新しい依頼を手伝うべきかもしれない。というより、手伝わざるを得ないだろう。仲岡にはノータッチでいきたいが、愛花の母親や祖父母の相手なら問題なくできる。そのためにも、鹿島陽子の問題を早く解決しておきたかった。

取り敢えず、鹿島家の問題にもう一度首を突っこんでおこう。っていないが、非常時である。スマートフォンに手を伸ばした瞬間に鳴り出して、思わずびくりとした。登録していない番号だったが、反射的に電話に出る。

「村野さんですか？」

「鹿島です。鹿島正樹です」

「おはようございます」向こうからかかってきたのは意外だったが、私は平静を装って挨拶した。「どうですか？　一晩経って、少し落ち着きましたか？」

「母の遺体は、今どうなっていますか？」

「東京都の監察医務院です。これからいろいろと調べて、午後にはご遺体を引き渡せると思いますが、どうですか？」

「引き取ります」

「分かりました」ほっとしたものの、私は微かな疑念を抱いていた。昨日の今日で、急に意識が変わるものだろうか？「お父さんはどうですか？　昨日はとにかく頑なだったんですけど……」

「昨夜、家族でよく話し合いました」

「それでお父さんは納得したんですか？」

「一応」

一応、か。不安が少しだけ膨らんできたので、私は話を続けた。

「ご遺体の件については、情報がはっきりし次第お伝えしますけど、その前にお父さんと会えますかね？　今日も会社に行ってるんですか？」

「いえ、今日は休みました」

「今、ご自宅ですね？」

「ええ」

「だったら、これから伺います。少し話をさせて下さい」

「伝えておきます」

電話を切った瞬間、私はこの状況をどう判断したものか迷った。本当ならこれで、この仕事は終了だ。家族の意識を陽子に向けさせ、遺体を引き取ってもらえば、支援課としてはもうやることはない。

「どうしたんですか？」

梓が声をかけてきたので、私は昨夜からの状況を説明した。これから鹿島一家に会いに行くと告げると、彼女は「私も行きます」と言い出した。

「一人で大丈夫だよ」

「しばらくここにいたくないんですけど」梓が声を潜めて言った。

残れば川西と二人きりになるわけか。まあ、いいだろう。梓の存在は、被害者家族をしばしば和ませる。それに川西にも支援課の「留守番」という立派な仕事を割り振れるわけだ。

こういうのを、ウィン-ウィンと言っていいかどうかは分からなかったが。

私は、鹿島の態度が急変しているのに驚き、警戒した。人は簡単に心変わりするものだが、わずか一晩で、こんなにしおらしくなってしまうものだろうか。

「昨日はご迷惑をおかけしまして」鹿島が深々と頭を下げる。

「いえ」

最初に謝罪されて、私はさらに不安を感じた。本当に、昨日とは百八十度感じが違っている。

鹿島と長男の孝泰が並んでソファに座り、私と梓が向き合った。正樹はキッチンとの境にあるカウンターの椅子に腰かけ、体を捻って私たちの方を向いている。

「昨夜、いろいろ話し合いまして」孝泰が切り出した。「村野さんにもお話ししましたけど、うちの家族にはいろいろあったんです。そのせいで、普通の家族のようにはいかなくなりました。正直、母が亡くなったと聞いてもピンとこない感じなんです。でも、亡くなったという事実は事実ですから。けじめをつけないと」

「鹿島さんもそれでよろしいんですか？」私は鹿島に話を振った。

「結構です」鹿島が素早くうなずく。「まだ完全に納得できたわけではないですが、長年一緒に暮らした人ですから、最後ぐらいは……」

「分かりました。では、ご遺体を引き渡せるタイミングになったら、すぐにお知らせします。それでよろしいですね」

二人が無言でうなずいた。これで一気に肩の荷が降りたように感じたが、ふと心配になった。

「少し立ち入ったことを伺っていいですか？」

「どうぞ」鹿島が答える。

「奥さんは、新興宗教に入っていたという話ですよね？　天信教」

「ええ」

鹿島の顔がかすかに歪む。やはり毛嫌いしているようだ。

「宗教団体というと、葬儀に関しては独自に色々と決まりがあると思います。何か口を挟んでくる可能性はないんですか？」

「いや、それは……」鹿島が嫌そうに口籠った。

「向こうには何も言わないつもりです」孝泰がフォローした。「言わなければ分からないでしょう？」

「いずれは分かると思いますよ」私は揉め事を警戒していた。

「普通の葬式をして、普通に葬ってやりたいんです。正直に言えば、どんな形の葬式でも、亡くなった人には分かりませんよね？」

「それはそうですが……」

「余計なことは言わせませんよ」鹿島は妙に強気だった。昨日は天信教に葬儀をやらせておけばいい、と言っていたのに。「こっちは家族なんですから。宗教団体とかは関係ありません」

「本当に大丈夫ですか？」私は念押しした。天信教の葬儀がどんなものかはまったく知らないが、陽子が自分の葬儀について相談していた可能性は――ないか。病気を患っていたのでもない限り、六十二歳の女性は自分の死などまだ考えもしないだろう。

「とにかく、早く済ませるつもりです」孝泰が強い口調で言った。

「お墓は……」

「彼女の実家の墓に入れてもらうことになりますね。もう墓を守る親戚もいないんですが……うちも墓はないので、新しく準備すると時間もかかるし、とにかく早く墓に入れてやりたい」鹿島が淡々と説明した。

「話はついているんですか？」

「彼女の実家の菩提寺(ぼだいじ)と話はしました。特に問題はないようです」

「そうですか」

家族も親戚もいないとなると、墓は荒れ放題になりそうだが……その辺は、何か方法があるのかもしれない。

「それでは、改めてご連絡します。私たちが一緒にいる必要はありますか?」

「大丈夫です。ご迷惑をおかけするわけにもいきませんから」鹿島が頭を下げた。

「大丈夫です。ご迷惑をおかけするわけにもいきませんから」

「ご一緒することも、私たちの仕事ですが」

「いえ」鹿島が人差し指で眼鏡を押し上げる。「これから、葬儀社と話をしなければなりませんし、いろいろやることがあるんです。一緒にいていただいても、何もしてもらうことがないんですよ」

「でしたら、何かあったら声をかけていただくということで、よろしくお願いします」

私は軽く腿を叩いて、隣に座る梓に目配せした。梓が軽くうなずき返してくる。実質的には、この件はこれにてお役御免、という感じだろう。それならそれでいい。今度は誘拐事件の方に気を回していかないと。

「どうも、お手数をおかけしまして」孝泰がさっと頭を下げる。

「何だかんだ言って、私たちは家族なので……その縁は最後まで切れないんですよ」

鹿島が真顔で言った。

ありがたい言葉だったし、これでこの家族は大丈夫だろうと思ったが、私は心の中で首を捻っていた。やはりおかしい。人の気持ちは、たった一晩でこんなに簡単に変わるものだろうか？

西武線の練馬駅へ向かう道すがら、私は何とか自分を納得させようとしていた。厄介な一件だったが、後は家族が引き受けると言っているのだから、これでいいではないか。

しかし、やはり納得できない。

梓が、私のモヤモヤした気持ちに気づいたのか、急に「ご飯食べませんか？」と誘ってきた。

「そうだな」私はぼんやりと腕時計を見た。十一時半。早い昼飯にしてもおかしくない時間だ。練馬駅前に出れば、食事ができる店はいくらでもあるだろう。

鹿島の家がある駅の南口の方は、昼よりも夜に賑わいそうな繁華街だった。呑み屋はやたらと目につくが、食事だけができるところは……しばし狭い路地を彷徨った後、駅のすぐ前にあるビルの二階に喫茶店の看板を見つけた。どこかピンとくるものがあり、「喫茶店ランチはどうだ？」と私は梓を誘った。

「いいですよ。看板の感じだと、昭和のお店っぽいですね」

「こういうところは、結構美味いんじゃないかな」

店内は、まさに昭和の喫茶店だった。かなり広々していて、目の前の大通りから柔らかい陽射しが入ってきて明るい。私たちは窓際の四人席に陣取った。梓が、珍しそうに店内を見回す。

「すごい本の数ですね」

確かに。壁際に巨大な本棚があり、そこに入りきらない本が、近くのテーブルに積み重ねられているほどだった。喫茶店ならコミック誌や漫画の単行本というイメージがあるのだが、本棚の中は普通の本ばかりである。

ランチはスパゲティやハンバーグ、ピラフやカレーライスなど、喫茶店定番のメニューばかりだった。こういう店のカレーは隠れた名品だったりするのだが、何となくハンバーグを選んだ。梓はナポリタン。

「喫茶店のナポリタンって、まず間違いないですよね」

「そうだけど、君は一つ判断ミスをしたと思うよ」

「え？」

「今日、白いブラウスじゃないか。ナポリタンって、ソースがよく飛ぶんだよな」

「万全の注意で食べます」

梓のナポリタンは、具にコーンが混じり、茹で卵が半分ついていた。オレンジ色に染め上げられた太い麺がいかにも美味そうで、しかも熱くなった鉄板に載せられてやってきた。登場の演出まで完璧、という感じである。

私のハンバーグは、特に何の記載もなかったのだが、大根おろしが載った和風だった。千切りのキャベツと、オレンジ色のスパゲティが添えられている。

「それ、絶対に美味しいやつですよね」梓が私のハンバーグを凝視した。

「ハンバーグはあまり食べないんだけどな」

私は箸でハンバーグの左側を割り、大根おろしをまぶして口に運んだ。ソースはポン酢だろうか。結構酸味が強く、それが濃厚な肉の味とよく合っていた。白米のおかずとしても完璧。ドミグラスソースを使った定番のハンバーグもいいが、和風の醤油味も万能だ、と私は再認識した。つけ合わせのスパゲティもはっきりした味で、おかずとしても十分機能しそうだ。

「そのナポリタンも、絶対美味いぞ」

鉄板の「はね」を気にして、梓はまだ手をつけていなかった。テーブルからは少し距離を置いている。

「そうですか？」

「つけ合わせでも抜群だ」

「もう食べますよ。そんなこと言われたら、猫舌でも我慢できません」

梓が慎重にフォークにスパゲティを巻きつけ、口に運んだ。口に入れる直前にスパゲティがはね、口元が少しだけ赤くなる。しかし彼女は、そんなことは気にならない様子だった。

しばらく無言で食事に集中した。猫舌と言っていた梓も、私とさほど変わらぬペースで食べている。基本的に警察官は食べるのが早い——いつ何があるか分からないから、新人の頃から早食いを奨励されるのだ——ので、二人とも五分と経たずに皿をほぼ空にしてしまった。今日はそれほど急ぐわけでもないので、私は食後にコーヒーを頼んだ。梓はメニューを睨みつけている。

「どうした」

「パフェがあるんですね」

梓の視線が、一つ間を置いたテーブルに向いた。見事な——クラシックなチョコレートパフェである。一つで軽くもり蕎麦一杯分ぐらいのカロリーがありそうだが、間違いなく美味い。料理が美味い喫茶店は、甘い物も信用していい。

「別に、食べてもいいんだぜ？　時間がないわけじゃないから」

「やめておきます」梓が寂しげな笑みを浮かべて首を横に振った。「最近、食べ過ぎなんですよ」

「そうか？」見た目は、初めて会った頃と全然変わっていないのだが。

「そうなんです」妙に怒ったような口調で梓が続ける。「人間、我慢も大事ですよね」

梓は、頼んだ紅茶に砂糖もミルクも加えずに飲んだ。自分で節制したいというなら、私が何か言う必要も権利もない。

「今の件は、これで終わりですかね」

「無事に葬式が終われば、後は俺たちが口出しすべきことじゃない。火事も、事件性はないようだし」

「事件性があったら、まだ関わってましたか？」

「事件か、事件じゃないか——それによって、被害者家族の気持ちも大きく変わってくるからね」

「一かゼロかじゃなくて、その間に無数のポイントがあるわけですね」

「うちの課には、一かゼロしかないと思っている奴もいるけどな」私は思わず皮肉を吐いた。

「何か、困りましたよね。私にはこんなことを言う権利はないと思うけど、川西君、うちにいると皆が大変になるんじゃないですかね。私たちだけじゃなくて、被害者家族も、彼自身も」

「否定できないな」

「早く異動してもらった方がいいんじゃないですか？　今朝だって、村野さんの説教を最後まで聞かずに飛び出して行くなんて、失礼ですよ。子どもじゃないんですから」

「俺は説教が苦手なんだよ」私は耳を引っ張った。「そもそも、人に説教できるほど偉い人間じゃない」

「でも、支援係を実質的に仕切っているじゃないですか」

「どこかの副署長みたいなことを言うなよ」

「何ですか、それ」

「いや、何でもない」

私たちはしばらく、無言で飲み物を味わった。梓がいきなり切り出す。

「昨夜、一人だったんですか？」

「何だよ、藪から棒に」私はコーヒーを吹き出しそうになった。

「ご飯食べてたって言いましたよね」

「そうだよ」彼女から電話がかかってきたのは、愛と別れた直後だった。

「愛さんと一緒だったんですか？」

「そうだけど、何か？」

「あの……今、どういう関係なんですか？」

「おいおい」私は苦笑した。「どういう質問だよ」

「前から不思議だったんですよね」梓が真顔で言う。「昔の話は、愛さんから聞きました。普通だったら、もう会わないようにすると思うんですよ。それなのに、二人とも同じような仕事をして、時々二人でご飯も食べてるじゃないですか。どういう感じなんですか？」

「どういう、と言われても」私は頬を掻いた。「まあ、他に一緒に食事をする相手もいないから」

「それでも、やっぱり分かりません。私が言うのも何ですけど、よりを戻した方がいいんじゃないですか？」

「西原から何か言われたのか？」この二人は時々会って、食事をしたりお茶を飲んだりしている。梓からすれば頼りになる先輩というところだろうが、愛は以前「貴重な、年下の友だち」と言っていた。私にはよく分からない関係である。

「言われてませんけど、何か、分かるんですよ」

「だとしたら、君の勘違いだよ」私は指摘した。「俺たちは、そういうことにはならない」

「どうしてですか？」梓が首を傾げる。「お似合いだと思うけど」

「割れた壺を元に戻すことはできると思う。でもそれは、昔と同じ壺じゃない。人間関係も同じだ。一度離れた人間同士がもう一度つき合うようになっても、それは昔と同じじゃない。お互いに遠慮したり、意地を張り合ったりして、かえって緊張感が増すかもしれない。そうならないための唯一の方法が、前とは全然違う人間関係を構築することなんだ」

「それが、仕事の同僚的なことなんですか？」

「自分でもはっきり考えたことはないけど、そうだと思う」

「うーん……」梓が唸った。「不健全じゃないですか」

「そうかな」

「私にはそう思えますけど」

「この話は、この辺にしておこうよ」私は顔の前で指を一本立てた。「君が言う分にはいいけど、逆だったら——俺が君に向かって言ったら、今の話はセクハラになるかもしれない」

「すみません」途端に梓がしょげた声を出した。「でも、どうしても気になったので」

「気を遣ってくれてありがとう、と言うべきかもしれないけど――ちょっと待ってくれ」

私のスマートフォンが鳴っていた。杉並中央署の佐古。私は席を立ち、店を出て階段の途中に立った。

「村野です」

「遺体は、歯形で鹿島さん本人と確認できた」

「そうですか」思わず深呼吸する。

「それと、解剖も始まっている。午後二時には終了予定だから、夕方には遺体の引き渡しが可能だ」

「家族に伝えます」

「いろいろ申し訳なかったな。面倒をかけて」

「いえ、仕事ですから……先ほど家族と面会したんですけど、一応、落ち着いた様子でした。遺体の引き渡しには、つき添おうと思いますが」

「そこまでやるのか？」

「乗りかかった船ですよ。それが終われば、こちらは完全にお役御免です」

「そうだな。こっちも一安心だ。おたくらはまだ、渋谷西署の件があるんだろう？」

「動きは何もないんですけどね」

「気をつけろよ」佐古が忠告した。「あの事件はどこか変だぞ。一筋縄ではいかない」

「そうだとしても、うちは捜査する部署じゃないですから」

しかし関与せざるを得ない……数日後に、私はそれを思い知ったのだった。

4

土日は支援課も休みになったが、今回は全員に禁足令が出た。誘拐事件が動き出した場合、何が起きるか分からないから、都内から出ないように言い渡されたのだ。

私は、鹿島家の通夜に参列することにした。正式な仕事ではないが、関わってしまった以上、礼儀は通しておくつもりだった。

支援課に来てから、葬儀に出る機会が増えた。被害者家族にとって、葬儀は一つの区切りになるのだが、それで全てが終わりというわけではない。悲しみは長く続き、後々苦しめられることもある。そういう時には支援課の存在を思い出してもらえばいい――そのつもりで、できるだけ葬儀に参列するようにしているのだ。おそらく同年代の人間に比べて、喪服を着た回数ははるかに多いだろう。

通夜は日曜日に行われたが、ひどく寂しいものだった。参列したのは家族三人と、夫側の親族数人だけ。それ故か、顔を出すと、やけに恐縮されてしまった。

通夜ぶるまいには出ないつもりだったので、参列者全員が焼香を終えてから、もう一度鹿島に挨拶した。

「いろいろありましたが、これで一区切りになります」鹿島がしみじみと言った。

「家族のことは、いろいろ難しいと思います」

「あなたは、そういうのをたくさん見てるんでしょう?」

「ええ」

「ちょっとしたことで崩れて、元に戻らなくなるんですね。もしかしたら、最後の最後に、家族らしい姿を取り戻せたかもしれませんが」

「それなら、奥さんも喜んでいると思いますよ」

「そうだといいんですが」鹿島が目を伏せる。

「今後、何か困ったことがあったら、うちでもいいですし、支援センターでも構いませんので、いつでも連絡して下さい。支援センターのことは、以前お話ししたと思いますが、念のためにこれをどうぞ」

そう言いながら私は、名刺入れから支援センターのカードを取り出した。ちょうど名刺と同じサイズで、連絡先が書いてある。通常、事件直後は警察が面倒を見るが、事件が一段落した後、あるいは長引いている時は支援センターが担当する。

「ご丁寧にどうも」鹿島が丁寧に頭を下げてカードを受け取った。「あなたの言う通り、家族というのは本当に難しいですね。私は今後、家族のことで悩むことはなくなると思いますが」

「息子さんたちも独立していますしね。しかし、人生は、何が起きるか分かりませんよ。再婚するかもしれないし」

「まさか」鹿島が苦笑した。「それはあり得ませんよ。六十過ぎて一人だと、新しい暮らしを構築するなんて考えられなくなるものです。体の自由が利く限りは、一人でのんびり暮らしますよ」

それも侘しい生活だが……私は一瞬、自分の数十年後を考えた。今のところ結婚する予定はないし、仕事を離れる年齢になっても一人で侘しく暮らしている可能性は否定できない。まあ、先のことを考えても仕方がないのだが。

練馬にある斎場を出て、自宅へ向かう。日曜の夜でも東京はざわついている。山手線の中で立ったまま周囲を見回していると、自分だけが何もすることのない、寂しい人間であるように思えてきた。日曜日でも仕事をしている人は多いし、遊んでいる人もたくさんいる。辛さや楽しさを背負って、山手線という同じ空間を一時的に共有している人たち。私は一仕事終えた充実感もなく、宙ぶらりんな感じだった。明日の朝までの数時間が長くて仕方がない。溜まっている大リーグの試合のビデオを観る楽しみは残っているが、最近、それに急に虚しさを覚えるようになってきた。野球の試合は生で観戦してこそだ。時々撮り溜めたビデオを観るだけの自分は、真のファンとは言えないのではないか。

とは言え、何度見ても興奮できるのが、自分で編集した「ワールドシリーズ名勝負集」だ。それを考えると、少しだけ気持ちが沸き立つ。昼間のうちに掃除も洗濯も終えてしまったし、後はだらだらビデオを見て夜が過ぎ去るのを待とう。独身男の休日として、極めて非生産的かつ虚しい時間だが、充実した毎日を送ればいいわけではないだろう。平日は仕事で神経をすり減らしているのだ。こういう、何も考えない時間が大事なことは自分でも分かっている。

ぼうっとした時間。何もないまま、ワールドシリーズのビデオに没頭し、選手たちの歓喜の輪が広がるのを見届けてから、私は早めにベッドに入った。明日からは新しい週が始まる。誘拐事件の動きが完全に止まってしまっているのが気がかりだったが、私が悩んでもしょうがない。そう自分に言い聞かせると、すぐに眠りに落ちた。

いつもより十分早く目覚め——目覚ましが鳴る前に起きてしまった——例によってバナナと野菜ジュース、トーストの朝食を済ませる。こういう食事では戦闘意欲が湧かないが、取り敢えず午前中動き回るエネルギーは補給できた。

出勤すると、既に桑田が来ていた。課長室ではなく、私たちのデスクの前に立ったまま、所在なげな雰囲気で周囲を見回している。渋い表情を見て、何か面倒なことがあったな、とすぐに分かった。

「どうかしたんですか？」

「昨夜、渋谷西署から正式にヘルプの要請があった」

「渋谷署から？」

「ああ」桑田は暗い声だった。日曜の夜に仕事の電話がかかってきたのが鬱陶しかったのかもしれない。これだから行政畑が長い人間は……こういう緊急事態には、休日も関係なしでやるしかないのに。

「愛花ちゃんのご家族が、相当参っているようなんだ」

「当たり前ですよね。こんなに長い時間、犯人から接触がないのは異常です」今日で六日目。誘拐としては極めて異例の展開になっている。

「母親も祖父母もかなりダメージを受けているし、最初からずっとつき添っている所轄の刑事と初期支援員にも限界がきている。うちの方で家族の担当を正式に引き受けてくれないか、ということだ」

「分かりました」先週から言われていたが、これは異例ではある。今まで、誘拐事件の被害者家族に、事件が進行中につき添ったことがあっただろうか？　たぶん、ない。支援課が発足して以降、警視庁管内では今回のように本格的な誘拐事件はほとんど起きていないのだ。

「ちょっと」桑田が課長室に向かって顎をしゃくった。二人だけで話そうということか……面倒なことにならないといいのだが、と私は不安を覚えた。

桑田はデスクについたが、私は立ったままでいた。後ろ手を組み、「休め」の姿勢をとって彼の言葉を待つ。

「仲岡さんについては、落ち着いたと考えていい」桑田が顔を上げて私を見た。

「そのように聞いています」

「だから、戦力を愛花ちゃんのご家族に振り分ける。芦田をキャップにして、川西も――」

「川西については、ちょっと検討してもらえませんか？」私は思わず反論した。「先日、仲岡さんのところで無神経なことを言って、怒らせたようです」

「それは聞いてないぞ」桑田が眉を釣り上げた。

「課長に報告するようなことじゃありませんから」

「そうか」

「あいつはやっぱり、現場向きじゃないですよ。ここでデータの整理でもさせておいたらいいんじゃないですか」そのデータ整理が、支援課の仕事に役立つとは思えなかったが。

「いや、あいつも現場に出す」桑田は意地になっているようだった。

「かえって面倒なことになるかもしれませんよ」

「そうならないように指導するのが、お前らの仕事だろう」

「じゃあ、私も橘さんの方に――」

「いや、お前は待機だ」

「どうしてですか？」そんなに嫌われるようなことをしたか？　私は頭に血が昇るのを感じた。

「誰かがここにいないといけないだろうが。お前、昨夜も出たそうだな」

おっと、どこから漏れたのだろう……私が被害者の葬儀に出ることがあるのは、支援係の人間なら誰でも知っている。誰かが軽い気持ちで課長に話したのかもしれない。いや、鹿島陽子の通夜に出る話は、誰にもしていなかったはずだが。

「あれは個人的な問題です。仕事じゃありません」

「仕事で絡んだ人の通夜なら、仕事と同じだ。あまり筋違いなことをしないでくれよ」桑田がうんざりした口調で言った。

「被害者支援のために大事なことなんです」私は軽く反発した。

「とにかくお前は、働き過ぎなんだ」桑田が議論を打ち切りにかかった。「残業がつかない仕事をしてもつまらんだろうが。そもそもできるだけ残業しないようにするのが、働き方改革の大事なポイントなんだぞ」

「それは分かってますが……」

「家族支援の件は、芦田に話しておいてくれ。あいつにちゃんと仕切らせて、上手くやってくれよ」

何だよ、これではただのメッセンジャーじゃないか……むっとしながら、出勤してきた芦田を摑まえ、桑田の指示を伝える。

「そうか、やっぱりうちでやることになったか」芦田が厳しい表情を浮かべる。「こういう案件だと、二十四時間張りつくことになるだろうな」

「ですね。渋谷西署がどういう対応をしていたか、確認しないといけませんけど、泊まりこみとなると三交代ですかね」そうなると人数が足りなくなる。私を入れても、支援係は五人。五人で、八時間三交代でずっとつき添うことになると、それほど遠くない時点で必ずローテーションは破綻する。そもそも私は留守番を命じられているから、四人の交代制になるわけだ。

「何でお前が外されるんだ?」芦田が課長室の方をちらりと見てから不満を漏らした。「課長に嫌われるようなことでもしたのか?」

「まさか。俺が働き過ぎだと思ってるみたいですけどね」

「あの人は、基本的に行政官だからな」芦田が苦笑しながらうなずく。「そういう人は、部下の仕事の時間を減らすことが自分の手柄だと思っている」

「確かにそんなことを言ってましたよ。まあ、逆らってもしょうがないですから。俺がどうするかは、ちょっと考えます」

「取り敢えず、全員揃ったらローテーションを決めよう。お前は渋谷西署に電話して、今までどういう感じでご家族につき添っていたか、確認してくれないか？」

「分かりました」

私は早速受話器を取り上げ、増井に電話をかけた。誘拐発生から六日目、さすがに彼の声にも疲れが滲んでいる。

「明日で丸一週間ですね」

「嫌なこと言うね、あんたも」心底嫌そうな口調だった。

「すみません。昨夜、うちの課長に正式に話がいったんですね」

「申し訳ないが、うちの連中も限界に近いんだ。当然、ご家族もすり減っている。そっちで何とか上手くやってくれないか？　専門家なんだからさ」

「今、ローテーションを組んでいます。基本的に、二十四時間張りつきですよね？」

「それで頼めるか？」

「いつまでを想定していますか?」

「発生から十日だな。十日経っても犯人側から何の連絡もなかったら、捜査方針を大きく変えざるを得ない」

公開捜査だ。「単純誘拐」として情報を公開し、愛花の行方を探すことになる。

「結局、今のところは犯人につながる手がかりもないんですね」

「ない」それを認めるのがいかにも悔しそうな口調だった。「しかし、うちもただ待ってるだけじゃないんだぞ」

「分かってます。それにしても、おかしな事件ですよね」

「間違いなく警視庁史に残るぞ」

確かに。嫌な意味で残ることにならないようにと、私は祈らざるを得なかった。

受話器を置いた瞬間、電話が鳴る。一呼吸置いて取り上げると、大友だった。愛花の祖父が経営している番組制作会社の経営状態を調べてくれたのだが、やはりあまりよくないという。赤字こそ出ていないが、それは必死の経営努力によるもののようだ。もしかしたらこれが、犯人側の思惑を狂わせているのかもしれない、と私は想像した。テレビ関係者だから簡単に金を取れると思っていたのだが、実際には相手はそれほど金持ちではないと分かった……そうなると、事態はさらに複雑になるかもしれない。

支援係全員が揃って、打ち合わせになった。今回の私はオブザーバーのようなもの……打ち合わせ用のスペースで椅子に座らず、立ったまま話を聞いた。

案の定というべきか、川西がいきなり反発した。

「二十四時間ずっと張りつきなんて、家族も迷惑じゃないですか？」

「何かあってからじゃ遅いんだ。どんな結果になるか、分からないんだぞ」芦田が諭した。「必ず一人、うちの人間が張りついていれば、何かあった時に早く動ける」

「俺も一人でやるんですか？」

「自信ないの？」優里がかすかに非難を滲ませて言った。

「ないです」川西があっさり認める。「俺は警察官でもないですし」

「こういうのは、警察官だろうが一般職員だろうが関係ないのよ」優里も諭した。

川西はなおも抵抗し続けたが、そんなわがままが通るわけもない。しかし私は、一抹の不安を感じていた。こんなに不満、かつ自信がないようでは、被害者家族は任せられない。川西は留守番役にして、私が現場に出た方がいいのではないかと思った。

しかし結局、芦田がさっさと話をまとめてしまった。私を除く四人でローテーションを組み、八時間交代で一人ずつ張りつく。まず今日の午後から、第一弾として芦田が現場入りすることになった。その後、梓が徹夜の張りつき。明日の朝になったら優里が交代する。川西の出番は明日の午後から——一番最後にしたのは、それまでに事件に大きな動きがあって、彼一人で対応する必要がなくなるかもしれないという芦田の読み——期待だろう。

仕事の割り当てが終わって、打ち合わせは終了した。川西が何かぶつぶつ言いながら部屋を出て行くのを見て、芦田が苦笑する。

「最近は、何かとやりにくくなったな」

「ですね」私はうなずいた。彼が何を考えているかはすぐに分かった。

「昔は、あんな奴はぶっ飛ばして言うことを聞かせたもんだ。そもそも、あんな泣き言を言う奴は警察にはいなかったよ」

「芦田さん、それはいくら何でも時代が古過ぎるんじゃないですか？」

「俺も所轄の若手の頃は、何回も殴られたよ。三十年前には、そういうことがまだ許されてたんだ」

私にはそういう経験がない。刑事はしばしば熱くなり、上下の関係なく喧嘩になることも多い。そういう場面には何度も出くわしたし、私は今でも、被害者家族を守るために、捜査を担当する刑事とぶつかることがある。しかしさすがに、殴り合いになったことは一度もない。私と芦田は十歳ぐらいしか違わないのだが……芦田が警察官としての第一歩を踏み出した平成の始め頃には、まだ昭和のやり方が健在だったのだろうか。

「まあ、特捜の方針も変わるかもしれないしな」

「十日間は、今のまま踏ん張ると言ってましたが」

「俺は、一週間が限界じゃないかと思う。つまり、明日までだな」芦田が腕時計を見た。「俺は誘拐以外の何か——よく分からないが、別の犯罪だと思う」

「単純誘拐かもしれませんね」

実際には「単純誘拐」という罪状はない。誘拐に関しては「未成年者略取及び誘拐罪」「営利目的等略取及び誘拐罪」「身の代金目的略取等の罪」「所在国外移送目的略取及び誘拐罪」の四種類に分けられ、それぞれ刑法で規定されている。私たちが「単純誘拐」と言う場合は、刑法二二四条、すなわち「未成年者略取及び誘拐罪」を指すことが多い。単純に言えば、たまたま見かけた可愛い子どもをさらってしまうようなケースだ。

「あるいは監禁か。タレントさんだからなあ……可愛いのは間違いないし。しかし、ロリコン野郎の犯罪だとすると、ちょっと嫌な感じがするな」

「ええ」

「どこかに監禁されているだけならいいんだが」芦田の表情は暗かった。実際、被害者が何年も監禁され続ける事件も、過去には起きている。

「監禁だとしたら、脅迫電話がかかってきたことが解せないですね」

「そこが謎なんだよな」芦田が首を捻る。「まあ、とにかくこっちはお手伝いするだけだ」

「仲岡さんの方はいいんですね？」私は念押しした。

「今は一応、落ち着いている。必要があれば、手が空いている人間が対応すればいい」芦田がいきなり声を落とした。「しかしお前、課長ととことん合わないな」

「しょうがないですね」私は肩をすくめた。「非常時になったら、命令を無視して動きますよ。あの課長は、何が非常時なのかも分からないかもしれない」

「厳しいねえ」芦田が苦笑した。「身内に厳し過ぎるのがお前の弱点だぞ」

芦田は準備を整え、早くも出て行った。橘家へ向かう前に、所轄に寄って詳しく情報収集していくという。

私は手持ち無沙汰になってしまった。川西は戻って来ないから説教もできないし、芦田が所轄に行っているから、わざわざ増井と話すこともできない。質問が被ったら、増井も困ってしまうだろう。鹿島に連絡することも考えたが、あまり刺激するのもよくない。昨夜の通夜では落ち着いていたから、今は余計なことを言わない方がいい。

となると、何もできない。暇になると、ふと考えてしまう。そもそも桑田は、どうして私を毛嫌いするのだろう？　自分が全て仕切りたいのに、私があれこれ口を出すから？　しかしこのところ、支援課がフル回転するような仕事はなく、私も大人しくしていた。異動して来る前から私の悪評を聞いて、警戒しているのかもしれないが……。

気晴らしに、他の部署へ顔を出すことにした。こうやって庁内を回り、あちこちに顔を売っておくのも大事である。警察は縦横に複雑につながった組織だ。同期、先輩後輩、同じ部署で働いたことがある仲間――一期一会で、異動してしまえばそれまでのことを完全に忘れてしまう人もいるが、私は一緒に仕事をした人とは、できるだけ関係をキープするように努めてきた。捜査一課とは対立することが多いので、そう上手くもいかないのだが。

しかし今日、私は捜査一課に向かった。どうしても誘拐事件のことが気になる。所轄でも情報は全て把握しているはずだが、捜査一課にはまた別の話が入っているかもしれない。

幸い、いつでも話ができる大友が自席にいた。よほど暇なのか、あらぬ方を向いてボールペンをくるくる回している。声をかけると、妙にほっとした表情を浮かべて立ち上がった。

「さっきはありがとうございました」

「いやいや……真面目な用事かい？」

「そういうわけじゃないですが」

「だったら、上でお茶でも飲もうか」

「いいんですか？」

「待機中の人間がどれぐらい暇か、君もよく知ってるだろう」

私たちは十七階の喫茶室に上がった。国会議事堂まで広々と見渡せる特等席で、初めて入った時には感動したものだが、すぐに慣れてしまった。警視庁の周辺には喫茶店もほとんどないので、打ち合わせの時に重宝するぐらいである。

窓際の広いカウンター席に座り、二人ともコーヒーを頼む。

「どうした？　煮詰まった、みたいな顔をしてるけど」

大友が笑みを浮かべた。相変わらずのイケメンだよな……もう四十代も半ばなのだが、未だに若々しく、容姿に衰えはない。刑事総務課から捜査一課に戻って激務の日々を送っているはずなのに、その影響も見られない。

そう言うと、大友は笑って否定した。

「うちの班には、なかなか事件が回ってこないんだ。刑事総務課にいた時の方が、よほど忙しかった」

殺人事件などを担当する強行犯捜査係は九つあり、事件が起きると順番に現場に投入される。逆に事件がなければ、延々と本部で待機状態が続くのだ。シングルファーザーとして、子育てのために、勤務時間がきちんと決まっている刑事総務課に異動していた大友は、しばしば頼まれて特捜事件の捜査に手を貸していた。その頃の方が忙しく、古巣の捜査一課に戻ったら暇になるというのは、何とも皮肉な話である。

「誘拐なんですけど、もう六日目ですよ」

「おかしいよな」大友も首を傾げる。この件は捜査一課の中でも話題になっているだろうと簡単に想像できた。「こんな変な誘拐、俺の記憶にはない」

「岩倉さんだったら、過去のケースも知ってますかね？」

岩倉剛は南大田署の刑事で、驚異的な記憶力の持ち主として知られている。事件に関する「生き字引」「百科事典」と呼ばれているぐらいだ。

「いや、そもそもこんな奇妙な事件があったら、俺だって覚えてるよ」

「追跡捜査係は？」

「同じだろう。とにかく、こういうのは極めてレアケースだと思う」

「誘拐じゃないっていうことも考えられますよね」

「そうだね」大友がうなずく。「その場合、もっと悪いケースもあり得る」

二人の刑事が話し合っていると、だいたい想像は悪い方向へ走りがちだ。悲惨な事件ばかり見ているが故に、事態が悪化する方にしか考えが向かない。実際、ハッピーエンドで終わる事件など、極めて少ないのだが。

大友と話すと、かえって気が滅入る一方だった。大友は、警察官の中では極めて良識的な人間なのだが、それでも前向きに考えることはできないようだった。

「一課はどう見てるんですか？」

「一種の判断停止状態かな」

「周辺捜査は？　所轄の方では、誘拐以外の可能性も考えて周辺捜査をしていると言ってましたけど」

「確かにやってるみたいだよ。子役とはいえ、相手は芸能人だしね。でも、そういうのは素人考えだな」

「そうですか？」

「芸能人だから安全、事件に巻きこまれないというわけじゃない。むしろ、一般人に比べれば、事件に巻きこまれる可能性は高いと思う。だいたいがドラッグ絡みだけど」

「つまり、自分に責任がある事件、ということですよね。芸能人が純粋な被害者になるケースは、あまり記憶にありません。特に今回は子役ですし」

「警察が把握していないだけで、裏で脅迫されたりということはあるかもしれない。芸能の世界は、昔から興行の関係で暴力団と深く結びついていたし……でも確かに、こういう暴力的な犯罪に巻きこまれるケースはレアだ。昔は、芸能人の子どもが誘拐される事件もあったけど、本当に大昔だよ。今は、すぐに情報が拡散するから、犯人のリスクが大き過ぎるだろう」

「ですよね」

「結局、この件はよく分からない」大友がうなずく。「周辺捜査でも、何も浮かび上がってこない。不審者情報も含めて捜査しているけど、管内に住んでいる不審者については、全員アリバイが成立したようだよ」

「管内と言っても、東京ですからね。同じ区内、あるいは都内でも自由に動き回れるわけで……狭いですし」

「その辺、特捜がヘマすると思うか？　もちろん、捜査の手を広げて調べているよ」

「となると、本当に愛花ちゃんはどこへ行ったんですかね」私は首を傾げた。

「あまり想像したくないけど、どこかに監禁されている可能性が高いと思うな。そういうことをしそうな危ない奴を、警察が全員把握しているわけじゃないし」

「そうなると、現段階では手がかりゼロじゃないですか」

「そうなんだよな」大友が顎を撫でた。「そっちもやりにくいだろう？」

「今日から、被害者一家につくことになりました。所轄も特殊班もだいぶへばってますから」

「家族への対応は、プロに任せた方がいいね」大友がうなずく。「しかし、こういう時に自分の係が担当していないのは辛いよ。隔靴掻痒だ。どうせなら、応援に出してくれてもいいのに」

「そもそも担当が違うじゃないですか」

捜査一課が扱う事件の大半は、殺人や傷害などの粗暴犯だが、他にも対応しなければならない事件はたくさんある。火災、航空機や列車の事故、爆破事件などにも対応している。これらを担当するのが「特殊班」で、誘拐や人質立てこもり、ハイジャックなどの事件でも出動する。こういう特殊事件は滅多にないだけに、今回は腕の見せ所なのだが、今のところは全て空振りに終わっていると言っていいだろう。

「それでも、誘拐は大事件だぜ？　特殊班だけじゃ対応できないこともある。何でもいいから応援要請が欲しかったよ」

「でも、捜査一課だと、自分で手を上げて動くわけにはいきませんからね」

捜査一課はあくまで、係の単位でユニットとして動く。大友としては、ピンポイントで応援を要請されていた刑事総務課時代が懐かしいのかもしれない。

「ま、お互いに自分の本分を守って仕事をするしかないね。特に君は、余計なことはしないように」大友が釘を刺した。

「別に、余計なことなんかしてませんよ」

「捜査一課での、君の評判は最悪だから」ひどいことを言いながら、大友が爽やかに笑った。「実際、一課の捜査を妨害することもあるしね」

「あれは、被害者家族を守るための、教育的指導です」私は言い張った。

大友が声を上げて笑った。その一瞬後には真顔になる。

「捜査一課に戻る気はないか？」

「ないですね」私は即座に断言した。

「僕も出戻り組だけど、悪くないぞ。君の評判がどれだけ悪くても、仲間になればまた普通に仕事ができる。だいたい君は、今でも気持ちは捜査一課の刑事なんじゃないか？　だから、被害者支援だけじゃなくて、捜査にまで首を突っこむ」

「別に突っこんでいるわけじゃ……」私は言葉を濁した。「結果的に」とか「仕方なく」という言い訳が頭に浮かんだが、大友には通用しそうにない。何故か、彼の前では嘘は言えないのだ。人柄としか言いようがないが、容疑者は、大友と対峙すると、自然に供述を始めてしまう。彼が取り調べの名人と呼ばれる所以だ。

「とにかく、あまり無理はしないように。今回は、子どもの命が危険にさらされているんだから」

「それは承知してますよ」

「一つ、忠告しておく。じっくり考えるんだ」大友がうなずいた。「僕たちが軽率な行動をすると、何が起きるか分からない」

5

誘拐事件における支援課の仕事は、新しいフェーズに入った。とはいえ、私にはすることがない。五時過ぎまで通常業務をこなし、定時に支援課を出ることにした。何かあれば必ず連絡は入ってくるので、ここを離れても問題はない。梓に一声かけておきたかったが、彼女は今、自宅に戻っている。徹夜仕事に備えて休憩を取っているのだ。

そういえば——かつて誘拐事件を捜査したベテランの先輩刑事が、被害者宅での待機について愚痴をこぼしたことがある。基本的に、家族が寝てしまえば刑事も寝るのだが、布団を用意してもらうわけにはいかず、警察の方から寝具を持ちこむ。それが寝袋だったらまだマシで、時には毛布一枚ということもある。硬いフローリングの床に毛布を敷いても眠れるものではなく、朝には体がすっかり強張ってしまう。

優里と一緒に庁舎を出る。帰宅するつもりでいたが、その前にやりたいことが頭に浮かんだ。地下鉄の出入り口へ向かって歩き出したところで、彼女が唐突に忠告する。

「余計なこと、しないでよ」

「余計なことって？」

「橘さんの家に行くとか」

どきりとした。まさにそこへ向かおうとしていたのだ。黙っていると、優里が笑いながら、「図星でしょう」と言った。

「自分一人だけ何もしないのも、何だか申し訳ないし」

「司令塔役じゃ、満足できないの？」

「司令も出してない。今日なんか、ただの電話番じゃないか」

「あなたが、他の刑事たちのやり方に不満を持っているのは、よく分かってるわ。被害者やその家族のことを考えないで、ただ強引に捜査を進めるのは間違っている――だから捜査にまで首を突っこみたくなるのは、私にも理解できる。でも、今回は特別よ。デリケートな事件なんだから、絶対に余計なことはしないでね。どこで犯人が見ているか分からないし」

本当に誘拐ならばな、と私は心の中で思った。大友と話して以来、妙な不安で心が揺れている。愛花は、変質者によって、どこかのマンションの暗い一室に監禁されているのではないか？　想像しただけで胸が痛む。

「俺は別に……」

「とにかく、余計なことはしないでね」優里がまた釘を刺した。「マンションの中に入るのはご法度よ」

「しないよ」忠告されても愛花の家には行く——嘘をついてしまったのは申し訳ないが、優里はこちらが反論すればするほどぐどくなるタイプなのだ。

愛花の家は、山手通りの西側に広がる高級住宅街にある、低層のマンションだった。都内では、限られた空間を有効に活かすためにタワーマンションが林立したが、この辺りにはそういう高層建築物はない。むしろ、広い敷地を贅沢に使った低層マンションが多かった。玄関ホールのドアは重そうな木製で、前に立つと自動的に開いたが、そこから先、もう一枚のドアはオートロックになっている。「中へ入るのはご法度」という優里の忠告を思い出して、私はマンションの敷地から出た。

ついでに、周辺を歩き回ってみる。都心部らしい高級住宅街で、静かで清潔、危険な臭いはまったくしない。しかし逆に、静か過ぎるのが気になる。人通りも少ないので、一人で歩いている子どもを誘拐しようとしたら、それほど難しくないのでは、と私は想像した。夜ではなく午後でも、事情は同じようなものだろう。

愛花のマンションの前に戻る。人の出入りはなく、すっかり暗くなった街路に、窓から漏れ出る光がわずかな明るさを与えていた。玄関ホール全体を見られる位置まで移動し、電柱に背中を預けて観察を続ける。愛花の家は三階の三〇二号室だと分かってはいるが、どこがその部屋か、外からは分からない。今のところ、道路に面した三階の窓は、半分ほどが明るくなっていた。

　ふと、人の気配に気づく。ちらりと見ると、駅の方から誰かが歩いて来る。仲岡？　仲岡だ。おいおい、いったいどういうつもりなんだ？　私は思わず、仲岡こそが誘拐犯ではないかと想像した。離婚し、離れて暮らす娘が恋しくなったあまり、とうとう娘を誘拐してしまったとか。

　特捜は、その可能性を潰しただろうか？　いや……署に駆けこんで来た時の彼の慌てようは、まさに「娘を誘拐された父親」そのものだった。それに彼の自宅では、支援課のスタッフがずっとつき添っていた。娘をどこかに隠していたら、誰かが異変に気づくはずだ。いや、彼は飲食店を何店舗も経営している。そういう店の一つに隠していたら？　それもあり得ない。スタッフが毎日のように出入りする場所に、十歳の小学生を監禁しておくなど不可能だ。共犯者がいたら別だが。

　しかし、仲岡が関与している可能性は、真面目に検討しておく必要がある。両親が離婚し、片親が子どもを勝手に連れ出す事案はしばしばあるのだ。

　声をかけるべきかどうか、迷う。しかし仲岡の方で、先に私に気づいた。しばらく固まったように立ち止まっていたが、結局私に向かって歩いて来る。二メートル手前でもう一度立ち止まると、今度はひょこりと頭を下げた。

「どうしてここへ来たんですか」私はつい、詰問口調で詰め寄ってしまった。

「理由はお分かりでしょう」仲岡の表情は真剣だった。

「分かりますが、自重すべきです。愛花ちゃんのお母さんは、あなたが介入するのを嫌がっているんですよ」

「分かってますよ。しかし、嫌われたものですね」仲岡が自虐的に言った。

「嫌われるようなことをしたからでしょう」私はつい、皮肉で応じてしまった。「わざわざここまで来たんですか？　家は近くないでしょう」

「近くに店があるんです。山手通りの向こう側ですが」

「とにかく、自重して下さい」私は両腕を広げた。「家族に刺激を与えたくないんです」

「私も家族ですよ」

「愛花ちゃんのお母さんは、そうは思っていない。とにかくここを離れて下さい。万が一見られたら、一悶着起きますよ」

仲岡は、しばし考えている様子だった。しかし、ここで言い争いをしても勝てないと思ったのか、静かにうなずく。それから、どういう風の吹き回しか「私の店に来ませんか」と誘った。

「どうしてそこへ？」

「寒い中で立っていると話もできないでしょう」

実際にはそれほど寒くはない。十月、上着を着ていてちょうどいい陽気だ。

「あなたの店に行く理由はありません」

「私が話したいんです」

「どうして」

「何も分からないからです」

「支援課の方から、十分な説明をさせてもらいました」仲岡の声が震える。

「それでも、です。警察は全てを言わない――そういうことは、私にはよく分かっていますから」

疑り深い人間だ……しかしこのまま追い返すのも少しだけ気が引ける。それにこの際、彼から話を聞いておくのもいいだろう。「実はあなたが誘拐したんじゃないですか？」と確認してもいい。素直に認めるとは思わなかったが。

「近いですか？」

「歩いて七、八分です。山手通りの信号に引っかかるかどうかによりますが」

「おつき合いしましょう」

仲岡の顔が少しだけ明るくなった。そんなに私と話したいのか？　いや、とにかく情報が欲しいのだろう。どうして私が秘密の情報を握っていると考えたのかは分からないが。

山手通りの信号では待たされず、私の腕時計の計測では六分で、仲岡の店に到着した。マンションの一階にある小さなカフェ。この男は、いったいどれだけの店を経営しているのだろうと私は訝った。もらった名刺の裏に書いてあるのが全てだろうか。

明るい色の木を多用した内装の、今風のカフェだった。しかしコーヒーは本格的なものを出すようで、カウンターの中では、清潔そうなダンガリーの制服を着た店員二人が、忙しく動いている。席は半分ほど埋まっていた。この辺はオフィス街でもないのに、午後七時という時間にコーヒーを飲もうとする人がこれほどいるのが意外だった。

仲岡は店員に声をかけ、一番奥の席に陣取った。煙草をテーブルに置いたものの、すぐにシャツの胸ポケットに戻す。禁煙なのを、自分でも忘れていたようだった。

「私は、コーヒーは結構です」

「そう言わず、飲んでいって下さい。ここは一種のアンテナショップなんです」

「アンテナショップ？」

「ここで上手くいったら、チェーン展開も考えています。今は、コーヒーがブームですからね」

「タピオカじゃないんですか？」

「タピオカは去年、一軒始めてみましたよ。近くに乱立して、あっという間に赤字転落して閉めましたけど」

今の話が本当なら、この男は実業家としてかなり成功していると言っていいだろう。簡単に店を出し、赤字になったらさっさと撤退する——資金に余裕がないとできないことだ。実際、彼の態度にも余裕が感じられる。こんな才能があるなら、そもそも詐欺など計画しなければよかったのに。いや、詐欺事件に加担する前の彼は、やはり飲食店を経営していたのだと思い出す。当時、資金繰りが危なくなって、事件に手を染めたのだった。

結局物事は、タイミングと運なのだろうか。

「とにかく、コーヒーはいただけません。仕事中ですので」

「あなたも強情ですね」仲岡が溜息をついた。「別に、買収しようなんて思ってませんよ」

「気分の問題もあるんですよ」

仲岡が一瞬、私の顔を凝視した。もう一度溜息をつくと立ち上がり、カウンターに向かう。水の入ったコップを持って戻って来た。

「せめて水でもどうぞ。これならタダみたいなものです」

「喉は渇いていません」

仲岡のこめかみがかすかに引き攣った。私も意地になっているだけだが、少し反省もした。一応彼も、被害者家族なのだ。

仲岡の分だけ、コーヒーがやってきた。非常に香り高いコーヒーで、私もふいに喉の渇きを覚えたが、ここで前言を撤回するわけにはいかない。

「結局、一週間経ってしまいましたね」仲岡が溜息をついた。

「まだ六日です」私は訂正した。

「本当に、何の手がかりもないんですか」

「ないです」私は断言した。

「あなたが聞いてないだけじゃないんですか？」仲岡が疑り深そうに言った。

「情報は完全に共有しています。こちらも、何かあったらすぐに対応しないといけないですから」

「そうですか……しかし、私が焦る気持ちも理解して欲しいですね」

「分かりますけど、ほんの軽いつもりでやったことが、重大な結果につながってしまうこともあるんですよ」

「それも分かっています。でも、自分を抑えられなかった」

私は、この男にかすかに同情している自分に気づいて驚いた。ろくでもない犯罪に手を染めて高齢者の金を巻き上げ、しかも仲間を売って自分だけ助かったクソ野郎。この十年間、仲岡に対する印象はまったく変わっていなかったのに、いったい私はどうしてしまったのだろう。

「私は、十年前の一件には、中途半端にしか関わっていませんでした」私は打ち明けた。「捜査の途中で異動になってしまいましたから。でも、捜査の動きはずっと注視していました。あなたに対しては、いい印象は抱いていません」

「それは分かります。でも……言い訳に聞こえるかもしれませんが、私にも事情があったんです。娘が生まれたばかりだったんですよ」

「そういうことになりますね」

「娘と離れ離れになってしまうかもしれないと考えただけで、頭がおかしくなりそうでした。服役したら二度と娘に会えないかもしれないと想像するだけで怖かった。それを避けるためには――」

「仲間を売って、自分だけ助かろうとした」

「そういうことになります」仲岡が認めた。

「でも結果的には、あなたは離婚して、娘さんにも会えなくなった」

仲岡の顔から血の気が引いた。しかし、すぐに気を取り直したように続ける。

「テレビの画面では、娘の顔をよく見ていました。それで何とか、我慢してきたんです。娘が載った雑誌や新聞は、常にチェックしてスクラップを作っていますよ。ずいぶん増えましたね」

仲岡が目を細める。その顔はまさに、愛娘の活躍を喜ぶ父親のものだった。

「あなたが娘さんを何より大事に思っているのは分かりました。しかし、仲間を裏切るのは怖くなかったんですか？」

「覚悟していました。しかし、あの時関わっていた連中とは、幸いなことにその後接触がありません」

そもそも、そんなに結束が固い組織ではなかったのだ。闇サイトを通じて集まり、全員が顔見知りというわけでさえなかった。ただ金の受け取りを担当するだけで、他のメンバーとは一度も会ったことのない人間もいたほどである。仲岡も最初に呼びかけたメンバーではなかったが、中心にいてすべてを知り得る立場ではあった。

「あなたにとっては幸いだったかもしれませんけど、他のメンバーにとっては大迷惑ですね」

「贖罪です」仲岡が低い声で言った。「あの頃の私は追いこまれていた。商売が上手くいかなくて、資金繰りに困って、いつ夜逃げしてもおかしくない状態……女房は妊娠していましたしね。それであんなことになったんですが、娘が生まれて全てが変わりましたよ」

「自分に都合のいい説明にしか聞こえませんが」

「あなた、お子さんは？」

「いいえ」私は短く否定した。自分のプライベートな部分を明かすのは気が進まない。

「だったら、分からないでしょうね。それまでどんなに悪いことをしていても、子どもができると人生が変わるんですよ。子どもは、純粋無垢の存在として生まれてきます。親が悪いことをしていたら、子どもも影響を受けて悪に染まってしまうかもしれない。私はそれが怖かった。だから、娘のために手を引く——更生することにしたんです」

「しかしあなたは、結局子育てに参加することはできなかった」

「それは今でも後悔しています」仲岡が溜息をついた。「しかし、自業自得だ。娘は立派に育って、芸能界で活躍して、将来が楽しみです。私はそれを遠くから見守るしかないので、辛い限りですが、私にとっては希望でもあるんですよ。血を引いた娘が成功する——それを想像しただけで、自分も浮き上がれるような気がする」

そこまで想いが強いのか。確かに仲岡は、根っからのワルではないだろう。ただ金に惹かれ、あの詐欺事件に加担していただけなのだ。娘のためにやめたというのは、裁判を有利に切り抜けるための方便でもあろうが、本音なのも間違いない。

十年間、私はずっと自分で彼のイメージを勝手に固定していただけなのだろうか。「本番」として捜査に取り組んだわけではなく、何度か言葉を交わした時の悪印象が勝手に膨らみ、「クソ野郎だ」という言葉だけが頭の中で勝手に歩き出していたのかもしれない。

表面だけで人の本当の姿を判断してはいけない——今は、警察官としてそれなりに経験を積んで分かっているのだが、当時の私はまだ若かった。

若いことは、何の言い訳にもならないのだが。

6

仲岡と別れ、私はまた愛花のマンションの前に戻った。ここにいても何もやることはないし、自分がトラブルの種になるかもしれないと思ったが、何故か現場を離れられない。そのうち午後九時になり、梓がやって来た。

「早いな。交代は真夜中じゃないのか」

「念の為です。家にいても、やることないですし。しばらく、係長と一緒にいて引き継ぎます……それはいいですけど、村野さん、ここで何やってるんですか」かすかに非難するような口調だった。

「いや、別に……」ただ見ているだけなのだが、そう言っても彼女は納得してくれないだろう。

「こんなところで張り込みしてたら駄目ですよ。目立ちます」

「目立たないようにしてたつもりなんだけど」

「人通りが少ないですから、立ってるだけで目立つんです。とにかく、帰って下さい。お願いします」

後輩に頭を下げられると、自分の馬鹿さ加減を悟ってうんざりしてしまう。しかし、マンションに入る彼女を見送った後も、その場を立ち去る気にはなれなかった。まったく、私は何をやっているのだろう。自分でも分からない。何を期待しているかもはっきりしなかった。

ほどなく、芦田がマンションから出て来る。私を見て、困ったように顔をしかめた。

「帰れよ。頼むから、大人しくしていてくれ」今にも手を合わせそうな勢いだった。

「何もしていません。いや、少しは役に立ちましたよ」

「何が」

「ここへ仲岡さんが来たのを、追い返しました」

「仲岡さんが来た？」芦田が、右目だけをすっと細める。

「心配になって見に来たんでしょうね。しょうがないから、少し話をして帰ってもらいました」

「それならいいが……」芦田がふっと息を吐いた。「とにかく、さっさと帰れよ。この辺でうろうろしていると、いろいろ問題になるぞ」

「課長のことを気にしているなら――」私は口の前で人差し指を立てた。「黙っていれば、何もなかったことになります」

「お前、意外にワルだよな」

「とんでもない」私は両手を広げた。「だいたい――」

「あ」芦田が少し間の抜けた声を出した。「橘さんだぞ」

「橘さんって」

私は彼が顔を向けた方――駅の方を見た。一台の車がこちらに向かってくる。ヘッドライトの光に目を焼かれ、思わず額に手を当てる。最近のベンツに特徴的な、大きな吊り目のヘッドライトだと分かった。

「愛花ちゃんのお祖父さんだよ」

「ああ、社長ですか」

車がスピードを落とし、私たちの前で停まった。ベンツのSクラスクーペ。左側にある運転席の窓が開き、よく陽に焼けた精悍な表情の男が顔を見せる。

「芦田さん」

「今、お帰りですか」既に顔を合わせているようで、芦田はごく普通に話している。

「仕事が滞り始めているんです。さすがにいつまでも放り出しておくわけにはいきませんからね。こちらは？」

「支援課の村野と言います」私は頭を下げた。

「ちょっとこの辺を警戒していまして」芦田が急いで言い訳した。

「そうですか。中へ入りませんか？」

「いや、それは……」私は抵抗した。「何人もで押しかけたら、申し訳ないですから」

「お世話になっていますから、せめてお茶でも」

お茶と言われても……何だかんだあって、今日はまだ夕飯も食べていない。空きっ腹にカフェインを入れると、胃が痛くなることがあるのだが、これはチャンス——誘拐事件にタッチしてはいけないことになっているが、向こうが誘ってくれたのだから、堂々と家に入れる。それに、家の前で何人もが話し合っていたら、明らかにおかしい。ここを犯人に見られたら、と私は不安になった。

「では、お邪魔します」

「村野」芦田が私の腕を摑んで警告した。「遠慮しろ」

「いや、お気になさらず」橘が頭を下げた。「今、車を停めてきますから。先に中へ入っていて下さい」

「ありがとうございます」思わぬチャンスに、私は頭を下げた。

車が走り去ると、芦田が溜息をついた。

「お前、ちょっと調子に乗り過ぎだぞ」

「家族に挨拶ぐらい、させて下さい。今後、どういう形で関わることになるか分からないんですから、顔合わせぐらいはしておかないと。ちゃんと挨拶しておくかどうかで、その後の関係は結構変わるんですよ」

「まったく……」ぶつぶつ言いながらも、芦田は私をマンションに入れてくれた。インタフォンで部屋を呼び出すと、すぐにロックが解除される。

エレベーターで三階に上がり、内廊下に並んだドアを確認する。かなり大きなマンションなのに、このフロアに部屋は四つしかない。それぞれの部屋の広さが窺い知れた。私たちは部屋の前で、橘が来るのを待った。

「駐車場は地下でしたね」私は確認した。

「ああ」

「それは何かと便利ですね」人目につかずに出入りすることも可能だ。今のところ、その利便性を捜査に生かすチャンスすらないのだが。

ほどなく、橘が廊下を歩いて来た。六十七歳と聞いているが、背が高く、背筋もピンと伸びて、堂々とした歩きぶりだった。自分で番組制作会社を経営しているのだが、普通の会社の社長という感じではなく、やはりどこか洒脱な雰囲気が漂う。ネクタイなしのジャケット姿――濃いエンジ色の派手なジャケットを、ごく自然に着こなしている。そもそも普通の会社の経営者は、自分でベンツを運転して会社へは行かないし、Sクラスクーペを仕事用に使わないだろう。あれは極めて優雅なモデルで、長距離を悠々と走らせるのが似合う。

「お待たせしました。中へどうぞ」

橘はインタフォンを使わず、自分で鍵を開けて中へ入った。家族だけでなく、何人もの刑事がいるはずだが、ドアを開けただけではその気配は感じられない。

橘は、私たちをリビングルームに通してくれた。一目見ただけで、そこには刑事しかいないのが分かる。家族は別室で待機しているのかもしれない。梓もいて、私を見ると無言で目を見開いた。驚くというより、明らかに非難している。他にワイシャツ一枚姿の刑事が二人、さらに女性刑事も一人――梓以外の三人は、疲労の色が濃い。

これだけ見たら、特におかしな光景ではない。誘拐事件で自宅待機しているからと言って、そんなに大袈裟な装備があるわけではないのだ。リビングルームのテーブルに固定電話が置かれ、その脇にパソコンがセットされているのだけが、少し変わった光景と言えるかもしれない。昔は、かかってきた電話を録音するだけでも大変な機材が必要だったというが、今はパソコンといくつかの接続機器があれば何とかなる。

「ちょっとお話ししたいんですが」私は思い切って橘に話しかけた。

「構いませんよ」

「できれば内密で」

橘が、一瞬目を細める。芦田がすぐに「村野」と牽制してきた。

「ちょっと確かめたいことがあるだけですから」私は、どちらにというわけでもなく告げた。家族の中で愛花がどんな存在だったのか、祖父から聴いておきたい。

「では、こちらへどうぞ」

橘は先に立ってリビングルームを出た。廊下は長い……この家の広さが十分想像できた。橘は、長い廊下の左側にあるドアを開け、「どうぞ」と私を中へ誘った。

狭い部屋だった。五畳、せいぜい六畳だろうか。いかにも書斎然としている。部屋の奥、窓の横には濃い茶色のデスクが置かれ、両サイドの壁は本棚になっている。右側は本で埋まり、左側はレコード――CDではない――で一杯だった。オーディオシステムは左側の棚に組みこまれている。かなり金のかかった書斎だということはすぐに分かった。映像関係の仕事をしている割に、ビデオやDVDなどはない。仕事と趣味は完全に分けているのだろうか。

「どうぞ」

部屋の真ん中には、クッション性の高そうな安楽椅子が置いてある。たぶんここが、音楽を楽しむための特等席なのだろう。橘がさっさとデスクについたので、私はその椅子に座らざるを得なかった。見た目通りにふかふか……クッションもしっかり利いているし、居眠りするにもよさそうだ。椅子を回して橋と向き合う。私の方が着座位置が低く、わずかに見下ろされる格好になった。

「すごい量のレコードですね」私は雑談から切り出した。

「二つの時代に分かれたコレクションなんですよ」

「そうなんですか？」

「CDが出る前にかき集めたものと、ここ十年ぐらいで新しく集めたものです。最近はレコードも再評価されて、手に入りやすくなってきた」

「そうなんですか」愛好家の中には、メディアによる音質の違いを強調する人間がいることは私も知っている。「どんなジャンルなんですか？」

「古いロックです。七〇年代にはリアルタイムで集めて、最近は、昔はなかなか手に入らなかったものを漁（あさ）っています。警察の人に言うのはなんですが、海賊版も結構ありますね」

　私は無言でうなずいた。優雅な趣味だ。会社の経営が楽ではないという大友の情報は本当なのだろうか。このマンションにベンツ、そして大量のレコードコレクション。

「ここで、夜はゆっくりと音楽を聴くのがいいんですが、最近はそれどころじゃないですけどね」

「ご家族は、だいぶ消耗していますよね」しかし橘自身は元気そうだ。少なくとも怒りや焦りを露わにすることなく、普通に話ができている。

「まったくです。特に娘は、本当は入院させた方がいいぐらい参っているんですが、何とか頑張っています。電話がかかってくる時のことを考えると、どうしても家にいたいんでしょうね」

「分かります。橘さんご自身は大丈夫ですか？」

「大丈夫じゃないですよ」橘が寂しげな笑みを浮かべ、首を横に振った。「まさか、自分がこんなことに巻きこまれるとは思ってもいなかった」

「私がこんなことを言うのは何なんですけど、お孫さんが子役として活躍していることが、誘拐の原因になったとは考えられませんか？　今は、個人情報を隠しておくのが難しい時代です。一枚の写真から、自宅の住所を割り出してしまうような、執念深い人間もいますからね」

しばらく前に、アイドル活動をしていた女性のファンが、ネットに掲載された写真だけで彼女の自宅を特定してしまった事件があった。瞳に映りこんだ光景から最寄りの駅を把握し、さらに自宅で撮影した動画を見て、カーテンの位置や光の入り方などから、どの階に住んでいるかまで摑んでいたという。いわく、「デジタルストーカー」。その件を話すと、橘が首を横に振った。

「そういう危険性は、十分承知していました。だから、プライベートな部分は表に出ないように、十分気をつけていたんですよ」

「母親――娘さんが、マネージャーをしていたんですよね」

「そうです。とにかく、自宅や学校が特定されないように気をつけていました。ですから、そういうことはないものと安心していたんですけど……」

「過去に、ストーカー被害に遭ったりしたことはないんですか？」

「幸い、今まではなかったです」

「お孫さんが芸能界に進んだのは、橘さんの影響ですか？」

「それもあります。今となっては、それが正しいことだったかどうか、分かりませんが」橘の顔に、一瞬苦しげな表情が浮かんだ。「家族の贔屓目を抜きにしても、孫には華があるんですね。そういうのは、赤ん坊の時から分かるんです。人とは違うオーラみたいなものが見える」

「その判断は、正しかったんですね」

「孫も仕事を楽しんでくれているし、正解だったと思いますよ。今は、無理に仕事は入れないようにしていましたけど……露出すればいいというわけではないんです。特に子役は難しい。愛花もいずれ、十四歳の壁にぶつかるでしょうしね」

に成長する。子どもから青年期に入る頃で、特に男子は声変わりのせいで、子役らしい雰囲気をなくしてしまう。そうすると、それまでどんなに子役として人気でも、使いにくくなってしまうものだと、大友が話してくれたことがある。

「まだ先の話ですよね」

「子どもっぽい子ども……今はまだそんな感じです。だから、作る側も使いやすいわけですよ。そう、作る側の立場から言うと、本当に困ったことになっているんです」

「と言いますと？」

「映画の予定が入っていましてね。うちの会社が絡んでいるわけではないですが、愛花の主演映画なんです」

「そうですか」

「キャスティングは決まって、脚本も完成しました。今は、最終的な準備段階です。年内には撮影に入る予定なんですが、上手くいくかどうか」橘が両手で顔を擦る。年齢なりの疲れと衰えが初めて見えた。「孫のことはもちろん心配です。しかし、この事件で多くの人に影響が出るかもしれない。私もこの業界は長いですから、一つの作品にどれだけ多くの人がかかわり、どれだけの金が動くかは十分理解しています。何かの理由で頓挫（とんざ）すると、金の問題だけでなく、ショックが尾を引くんですよ」

「今回は、やむを得ない事情と言えるかもしれませんが」

「表向きはね。仮にこれで撮影が遅れたとしても、皆『しょうがない』とは言うでしょう。でも心の底ではね……」橘が肩をすくめる。「冗談じゃないと思うものですよ。それに対して、こちらは言い訳抜きで頭を下げるしかない」

「被害者なのに？」

「向こうにすれば、被害者だろうが加害者だろうが関係ないんです。いや、そんなことはどうでもいい。私は孫のことが心配なんですよ。無事に帰って来ても、どんな影響が出るか……子どもの心に、どうしようもないトラウマが生じる可能性もあるでしょう？」

「私たちは、そういうケースにも対応しています。被害者に対する長期の支援が必要になることもありますが、そういう場合のノウハウも蓄積しています」

「そうですか」

「精神的なサポートをするために、専門家もいます。基本的には、民間の支援センターが担当することになりますので……我々警察官がお相手するよりは、気持ちも楽じゃないかと思います」

「いや、警察には十分感謝していますよ」

橘が頭を下げた。これは本音だろうが、一方で、社会にたっぷり揉まれた人に特有の柔らかさも感じさせた。苦労してきた人は、老成した後で二種類に分かれる。やたらと腰が低くなるか、自分以外を信用できない、怒れる老人になるかだ。橘は、間違いなく前者である。テレビ業界の人と聞いてイメージするような軽さもない。

「私は支援課の人間で、直接捜査を担当する立場ではありません」

「ええ」

「でも、捜査に口を出すことはあります。皆さんを守るためです。捜査優先で、被害者家族の心情を考えずに動く刑事も少なくないですから」

「何となく分かりますよ……昔、刑事ドラマもずいぶん作ったものです」

「ドラマで描かれるような刑事とは全く違う仕事なんですけどね」私は肩をすくめたくなるのを必死で我慢した。「それで、一つだけ気になっていることがあるんです」

「何ですか」橘が、急に警戒するような口調になった。

「娘さんの元旦那さん――仲岡さんのことなんです」

橘が唐突に「あの馬鹿者が！」と露骨な憎しみをこめて吐き出した。それまでの丁寧な、紳士的な態度が嘘のような乱暴さで、これが彼の「地」ではないかと一瞬思わせた。番組制作の現場では、大声を上げたり、特に鉄拳を飛ばすこともあるかもしれない。

私は何も言わず、彼の気が鎮まるのを待った。橘は、デスクの一番下の引き出しを乱暴に開けると、ウィスキーのボトルとグラスを取り出し、指一本分だけ注いだ。両手が、はっきり分かるほど震えている。それを一気に飲み干すと、音を立ててグラスをテーブルに置いた。次いで一番上の引き出しを開け、煙草を取り出す。火を点けて深々と吸いこむと、激しくむせてしまった。まるで、初めて煙草を吸う高校生のような態度だった。

「不味い」一人つぶやくと、引き出しから灰皿を取り出して、すぐに煙草を押しつけた。しかし、すぐに次の一本をくわえてライターの火を持っていく。常時電源が入っているらしい空気清浄機が、大きな音を立て始めた。

「まったく、あなたは……あのクソ野郎の名前を出さなくても」橘が恨みがましい視線で私を見た。「半年前に、ようやく禁煙に成功したんですよ。軽い心筋梗塞のおかげだが」

「申し訳ありません」私は頭を下げざるを得なかった。

「煙草も不味いわけですよ。半年前に封を切ったのを、そのまま置いておいたんだから」

賞味期限はとうに切れているのではないだろうか。味云々（うんぬん）よりも、体に悪影響が出るのではと心配になったが、そもそも煙草は吸うだけで体によくない。

それでも橘は、古い煙草をゆっくり吸い続ける。私は、彼の怒りを引き出してしまったことを悔いた。これでは、無神経なことを言って被害者家族を怒らせる、デリカシーのない刑事と一緒ではないか。

「あの男を疑っているんですか？」

「それはありません」

「私は正直、あの男がやったのではないかと疑っています」

「どうしてですか？」

「あんな事件を起こしておいて、未だに愛花には未練たっぷりで……裁判中に離婚が成立したのに、判決が確定したら、急にまた近づいてきたんですよ」

「お孫さんには会えない、ということに決まったんですよね」

「当然でしょう」橘が憤然として言った。「大事な孫娘を、犯罪者と関わらせるわけにはいかない」

「実の父親なんですが」

「関係ない」

「愛花ちゃんはどうなんですか？　父親に会えなくて、辛くなかったんですか」

「愛花は愛花なりに、乗り越えたんです。赤ん坊の頃からこの世界にいますから、大人びているところもありますしね。とにかくうちでは、あの男の存在はなかったことになっている。向こうも多少は遠慮して、ずっと連絡もしてこなかったんですが、今回はしゃしゃり出てきて」

「電話を入れたとは聞いています。しかし、直接ここへ来るようなことはなかったでしょう？」先ほどはニアミスだったが。

「身代金は自分が出すと言ったそうですね。あの馬鹿者が」橘が吐き捨てた。「確かに五千万円は大金だ。正直私も、未だに金策に困っている」

「会社を経営されていてもですか？」

「テレビ番組の制作会社なんて、儲からないものですよ。テレビが派手な業界ですから、儲かっているように思われるかもしれませんが、制作費は減らされる一方で台所事情は苦しいんです。銀行も、理由なく金を貸してはくれませんし」

「会社の方で、何とかならないんですか」

「これは私の個人的な問題だ。会社の金に手をつけるわけにはいかないんですよ。よく勘違いしている人がいるが、社長だからと言って、何でも自由にできるものではない。それに会社のキャッシュフローにも限度がある——正直、苦しい部分もあるんです」

「そうですか……」

大友の言う通りだったかと、私はにわかに心配になった。こういう状況で、身代金をどうするのだろう。いざ身代金と人質の交換になった時、金が用意できていなかったら、何が起きるか分からない。

「仲岡がやったんじゃないんですか？」橘がしつこく確認した。

「そういう証拠はありません」

「本人じゃなくても、誰かにやらせることもできるでしょう。今のあの男は、多くの人を使う立場だ」

「しかし、彼の部下はまともな人間――今は正業についているわけですから」

「しかし、一度悪事を働いた人間は、いつまで経ってもそこから抜け出せない――そういうものじゃないですか？」

「ちゃんと更生する人もいます」

実際私は、仲岡は更生したと判断していた。初めてじっくり話し、彼の娘に対する思いも本物だと確信した。

「自作自演ということもあるんじゃないですか？」突然、橘が突拍子もないことを言い出した。

「どういう意味ですか？」

「自分で誘拐して、自分で金を払う――一応、娘を助けたことになれば、父親としての存在意義を示せるでしょう」

「リスクが大き過ぎます。そんなことをすれば、必ずばれますよ」

「しかしねえ」橘が、グラスにウィスキーを新たに注いだ。今度も一気に放りこみ、消毒でもするかのように、口中でしばらく回していた。飲み下すと、少し潤んだ声で続ける。「孫がいきなりいなくなる。生きているかどうかも分からない。そんな状態が長く続くと、ろくでもないことを考えるようになるものです」

「分かります」

「馬鹿な想像だと、自分でも分かっている。しかし、否定できないんですよ」

「無理をすることはありません。想像するのは自由です」そこから行動に移すと問題になることが多いのだが。「仲岡さんと娘さんの結婚には、最初から問題があったんですか？」

「私たちは反対でした。仲岡はだいぶ年上だし、いい加減な男でもあった。仕事も不安定でした。こちらとしては不安しかなかったですよ。しかし、仮にも娘が選んだ男だからね」

「家族のことは難しいですね」

「あの時、もっときつく反対しておけばよかった」橘が唇を噛んだ。「娘は大学時代、仲岡が経営しているレストランでフロアのバイトをしていました。そこで見初められたというんですが、娘ももう少し冷静になっていれば……若い娘は、少し金を持っている年上の男に惹かれるものなんでしょうかね」

「どうなんですかね」同意も否定もできない。

「そういう娘に育てた覚えはない、と今さら言っても無駄ですが。とにかく、娘があの男の犯罪に巻きこまれなかったのは不幸中の幸いでした。娘も、警察からはかなり厳しく事情聴取を受けたのですがね」

知っている。しかし私は、自分が詐欺事件の捜査に加わっていたことは言わなかった。明かしてもいいのだが、今は橘に余計な刺激を与えたくない。

「結婚がどうなるかなんて、最初はまったく分からないですよね」

「まったくです」三杯目を注ごうとして躊躇い、橘は結局ボトルの栓を閉めた。

「橘さんは大丈夫ですか？　会社へ行くのは大変かと思いますが」

「社長がいなくても普段の業務には影響がないんですが、あまり休み過ぎると……病気だということにしてありましたが、それもいつまでも長引かせる訳にはいきません。前回、心筋梗塞で休んでいた時も大変だったんですよ。結局今日は、社員に顔を見せて、書類に判子を押しただけで帰ってきたんですけどね」

「会社の雰囲気はどうでしたか？」

「孫が誘拐されたことは分かっていないはずですが、こういう異常事態が長く続くと、疑われるかもしれません。誘拐っていうのは、家族に大きな影響を及ぼすものですね」

私はうなずきながら、特捜が公開捜査に切り替えるタイミングはいつだろうと想像した。このまま脅迫がこなければ、「身代金目的誘拐」ではないと判断して、名前と顔写真を公開し、広く情報を求めることになる。ただしそのタイミングを見極めるのは困難だ。「誘拐だ」という証拠を集めるのは比較的簡単だが「誘拐ではない」と証明するのは極めて難しい。判断を間違えると、人質の命が即座に脅かされる。

「とにかく、今は我慢でお願いします」私は頭を下げた。「我々がいつでも相談に乗ります。こういうことに関してはプロだと自任していますから」

「今は、警察に頼るしかないですからね」橘が大きく息を吐いた。「まったく、自分の無力さを感じるだけです」

いきなりノックの音が響いた。橘が応答する前にドアが開き、梓が顔を覗かせる。顔面は蒼白で、ピリピリと引き攣った気配を発している。

「どうした」私は立ち上がった。

「犯人から連絡がありました」

第三部　解放

1

　事態は急速に動いた。

　犯人から電話があったのは、午後九時二十分。愛花の母親、朱美が電話に出た。会話は三十秒足らずで、それもほとんど犯人が一方的に話しただけだった。

　私は特捜の刑事たちに疎ましがられるのを無視し、再生される電話での会話に耳を傾けた。

「娘を預かっている者だ」

　こういう名乗り方はあるのだろうか、と私は首を傾げた。何だか妙に時代がかっている。

「金を受け取る。明日の午前三時にもう一度電話して、場所を指示する」

「どうして今言ってくれないんですか！」

　朱美がつんざくような悲鳴をあげたが、犯人はまったく動じていない様子だった。

「午前三時にもう一度電話する」と繰り返し、さらに「現金五千万円は、二つのバッグに分けて入れろ」と指示した。

　朱美が声にならない声を上げても、犯人はまだ冷静だった。

「これから言うことを繰り返せ。現金は二つのバッグに入れて用意しろ」

「二つのバッグに入れる」朱美が泣きながら、震える声で答える。

「携帯を用意しろ」

「携帯を用意する」

「警察がそこにいると思うが、GPSなどを用意したらすぐに分かる。余計なことはするな」

「娘は無事なんですか？」

　金切り声で発せられた朱美の質問を無視して、犯人は電話を切ってしまった。即座に特定された発信元は、公衆電話だった。愛花の家から遠く離れた東京メトロの浅草駅近くで、近くの所轄の人間が急行したが、怪しい人間は見当たらなかったという。

　朱美はほとんど錯乱状態になって、今は寝室に引っこんでいる。梓がつき添っているが、安心はできなかった。あれだけ取り乱していたら、梓一人では対応できないかもしれない。後で助けに行こうと決めたが、取り敢えず必要なのは、この後の動きを知ることだ。

　被害者家族では、橘が対応に当たった。冷静さを保っており、身代金は自分が運ぶと言い切った。しかし、肝心の五千万円が用意できていない……。

「前にも話しましたが、金はダミーで大丈夫です」特捜の刑事が冷静に言った。「その場で必ず犯人を取り押さえますから」

「しかしこういう時は、犯人は受け渡し場所を何回も変えて振り回してくるものじゃないですか」橘が懸念を表明した。

「それも想定しています。現金を運ぶ人をGPSで追跡しますから、振り切られる恐れはありません」

「それでは犯人にバレてしまう！」橘が声を張り上げた。

「心配しないで下さい。犯人がチェックできない状況で追跡します」

「しかし、金が偽物だと分かれば、犯人は孫を返さないでしょう」橘が粘った。

「犯人も焦っているはずです。今の要求を聞いた限り、犯人も絶対に有効な方法を考えついたわけではないでしょう。とにかく現場を早く離れることだけを考えていて、金のチェックは後回しになるはずですし、そもそも我々が現場で必ず逮捕します。身代金を運ぶ時は、警察も同行しますから」

「それが犯人にバレたら……」

「バレないようにします」刑事が粘り強く説得した。「我々は、こういうことには慣れています」

いようだ。
特捜としては十分説明を尽くしているのだが、家族の心配を解消することはできな
橘と特捜の刑事の話し合いを聞きながら、私は何も言えない自分に腹を立ててい
た。支援課の人間は口出しできる立場にないのだが、そもそも何か言えるだけの経験
やノウハウもない……それだけ、誘拐というのは今では稀な犯罪になっているのだ。
身代金受け渡しの午前三時までには、まだ十分時間がある。特捜はそれまでに態勢
を整え、大量の刑事を動員して網を張るだろう。それで犯人をある程度は追い詰めら
れるはずだが、網はあくまで網であり、膜ではない。完全にすくい上げることはでき
ず、どこかから漏れてしまう恐れがある。
芦田が、私に向かって顎をしゃくった。彼に続いて廊下に出ると、すぐに「お前は
引き上げろ」と指示された。
「しかし、事態が急変しているんですよ？　人手が足りないでしょう」私は反論し
た。「係長こそ、かなり超過勤務になってるじゃないですか」
「俺は徹夜でも構わん。何とでも調整できる。だけどお前と交代するとしたら、また
課長とややこしい交渉をしないといけない。俺にそういう面倒な仕事をさせるなよ」
芦田が嫌そうな表情を浮かべた。
「課長とは自分で話しますよ」

「何も、自分からトラブルに突っこまなくてもいいじゃないか」

「今は非常事態ですから」

「それがお前の勝手なところだと言うんだ！」芦田が声を張り上げる。目を見ると、本気で怒っているのが分かる。

「勝手だろうが何だろうが、ここは山場なんですよ」私は引かなかった。

目の前のドアが静かに開いた。梓が険しい表情で、唇の前で人差し指を立てる。

「静かにして下さい」

私たちは黙るしかなかった。被害者支援課の人間が被害者家族に迷惑をかけていたら、本末転倒である。ドアが閉まると、芦田が静かに話を再開した。

「とにかくお前は、ここから出て、自宅待機しろ。何かあったら、すぐに連絡を入れるから」

「……分かりました」

「それと、念のために仲岡さんに連絡を入れておいた方がいいだろうな」

彼の提案を、私は頭の中で転がした。仲岡にこの件を話すと、大騒ぎする恐れがある。しかし警察の方から正式に話が行かず、どこかから漏れ伝わって知ったら、さらに騒ぎ立てる可能性も出てくる。だったら正式に状況を教えて、何もしないように宥めるのが得策ではないか。

「そっちは俺が伝えますよ」今なら冷静に言えるはずだ、と私は楽観的に考えた。先ほど仲岡と話して、かすかに芽生えた同情心……完全に気持ちを許したわけではないが、こちらが冷静でいれば、仲岡もちゃんと話を聞いてくれるかもしれない。

「お前は何もするな」芦田が忠告した。「仲岡さんへの接近も禁止されてるんだぞ？」

「課長の顔色ばかりうかがってたら、仕事にならないじゃないですか」

「いいから、お前は余計なことをするな。課長には俺が連絡しておく」

「しかし――」

その時、先ほど梓が顔を見せたドアの向こうから、金切り声が聞こえてきた。「だから！」「あなたには関係ない！」「余計なことをしないで！」。

私は芦田と顔を見合わせた。芦田が低い声で「朱美さんだ」と告げる。

「まさか、安藤が何かしたんじゃないでしょうね」

「あいつに限ってそれはあり得ない。川西じゃないんだから」

「そうですね」だとしたらいったい何が起きたのだろう。こちらからドアを開けるべきかどうか悩んでいるうちに、梓が部屋から出て来た。珍しく、眉間に深い皺が刻まれている。

「どうした」私は声を抑えて彼女に訊ねた。

「仲岡さんから電話がかかってきたんです」

余計なことをしやがって。私はジャリジャリとした思いを噛み締めた。あの男は、結局我々の忠告を無視して、自分の思うがままに動いているではないか。それがこの事態にどんな影響を与えるか、想像してさえいないのかもしれない。

「何だって？」

「忠告を無視して、今までも時々電話をかけてきたみたいです。朱美さんは出ないようにしていたんですけど、今はたまたま出てしまって……それでつい、身代金受け渡しの件を話してしまったんです」

「それで？」私はきゅっと胃が痛くなるのを感じた。事態はまずい方向に動きつつある。特捜の捜査は完璧——犯人を追い詰め、愛花を助ける方向で動くはずだが、そこに仲岡という不確定要素が入ってくると、何が起きるか分からない。

「仲岡さんが、やっぱり自分でお金を出すと言い出したんです。金は用意できている、と」

「馬鹿な」芦田が吐き捨てた。「冗談じゃない。家族以外の人間が絡んでくると、事態が複雑になるだけだ」

「会ってきます」私は瞬時に決断した。

「お前は、仲岡さんとは接触禁止だぞ」芦田が再び釘を刺した。

「さっき会って話したんだから、もう解禁ということでいいでしょう。とにかく、誰かが行ってストップをかけないとまずいです」

芦田がまじまじと私の顔を見た。依然として乗り気ではない――課長の命令を守っているというより、彼自身、私と仲岡が接触することに不安を感じているのだろう。

「特に含むところはありません」と言うのは簡単だが、それでは自分に対して嘘をつくことにもなる。仲岡に対してかすかに同情心を抱いたのは確かだが、全面的に信用したわけではない。「詐欺師は死ぬまで詐欺師」――かつて先輩刑事が皮肉っぽく吐き捨てた言葉が、頭の中でぐるぐると回る。

「とにかく、報告がてら課長と相談する」芦田がスマートフォンを取り出した。

それぐらい、現場で仕切っているあなたが自分で決めて下さい――文句が出かけたが、何とか呑みこんだ。本部の係長というのは典型的な中間管理職で、自分の裁量でやれることは限られている。上の決裁や指示を仰がずに動けるのは、今まさに、目の前で人の命が危険に晒されている時ぐらいだろう。ましてやこの事件では、支援課はあくまで被害者家族をサポートする立場である、捜査の根幹にかかわることに口は出せない。

その時、開いたままのドアから、朱美がふらふらと出てきた。今にも倒れそうな頼りない足取り――梓がさっと近寄り、彼女の腕を取って支えた。梓が比較的小柄なのに対して、朱美は百六十五センチぐらいありそうな長身なのだが、今は梓に頼って辛うじて立っている有様だった。

「お金を出してもらって下さい」

朱美が唐突に言い出した。私には、朱美の気持ちが手に取るように分かった。もしも身代金を持っていかなかったら、娘がどうなるか分からない。せめて金だけでもちゃんと用意して、娘の安全を確保したい——しかし、自分たちが五千万円を用意できないことは分かっている。

「愛花を助けたいんです。そのためにお金が必要なんです」朱美が必死に訴えた。

「それは、我々には判断できない——」芦田が言いかけたので、私は「係長」と短く警告を飛ばしてやめさせた。管轄の違いは私たちには重要な問題だが、被害者家族には一切関係ない。警察は警察だ。

「とにかく、中で話しましょう」

私は梓に目配せして、リビングルームに朱美を連れて行くよう、促した。梓がうなずき返し、ゆっくりと廊下を歩き始める。私はさっと二人の前に出て、ドアを開けた。

朱美が、しどろもどろの様子で電話の内容を説明する。厳しい表情で聞いていた橘が、「金は……必要だと思う」と悔しそうに言った。

「橘さん」特捜の刑事が鋭く忠告を発する。「お気持ちは分かりますが、身代金の受け渡しの時に、必ず犯人は確保します。だからわざわざ本物の現金を用意する必要はないですよ。それに、関わる人間が多くなればなるほど、情報漏れの恐れが高くなります」

「しかし、犯人側に誠意を見せることも必要ではないですか？　もしも金だけ奪われて、それが偽物だと分かったら、愛花が何をされるか分からない」橘が反論した。「できることなら、私が自分で身代金を用意したい。それができない以上——出してくれる人がいるなら、頼ってもいい」

　橘と特捜の刑事は、しばし押し引きを続けたが、ほどなく橘が優勢になった。警察としては、できれば犯人に現金を渡したくない。万が一この取り引きが、犯人の狙う方向で進んでしまえば「誘拐も成功する」という悪しき前例を作ってしまうからだ。誘拐を目論む人間に対しては「絶対に成功しない」という教訓を与えるべきである。一方で、家族がどうしても現金を用意したいというなら、それを止める術はない。家族との交渉に当たるこの刑事も苦渋している、と私は同情した。

　同情すると口を出したくなる。悪い癖だが、しょうがない。

「橘さん」私は割って入った。特捜の刑事が殺意の宿った視線を向けてきたが、無視する。「あなたは、仲岡さんに対していい印象を持っていないはずです。もっとはっきり言えば憎んでいた。違いますか」

「そんなこと、どうでもいいんです！」朱美が金切り声を上げた。「この一週間、私たちは何とかお金を集めようと、いろいろやってきました。でも、上手くいかなかったんです。だから今、憎んでいるとかそういうことは——過去の話はどうでもいいんです」

「その通りです」橘が静かに言った。必死に感情を押し殺しているのは表情を見れば明らかで、ひどく痛々しい。「私は今でも、あの男を許したわけではない。しかし孫の命は何より大事なんです。この際、どんな手段を使っても、一番安全な道を行きたい」

リビングルームに沈黙が満ちた。ここまで頑なになられては、警察としてもどうしようもない。自分たちできっちり作戦を立てたいのは当然だが、被害者家族の意思を尊重するのも大事だ。

「少し相談させてもらえますか」刑事が一歩引いて、リビングルームから出て行く。すぐに、低く話す声が廊下から聞こえてきた。

橘が両手で顔を擦った。朱美が力なく、倒れるようにソファに腰をおろす。そこに、朱美の母親、遼子（りょうこ）もやってきて、朱美の隣に座った。母娘（ははこ）は会話を交わすこともなく、揃って床に視線を落としてしまう。

五分ほどして、刑事が戻って来た。渋い表情を見て、結局橘たちの要望を受け入れることにしたのだろうと私は察した。

「上と話しました」刑事が報告した。「現金を用意するのは構いません。それを犯人に渡さないように、警察としては十分な手を打ちます」

橘がほっと息を漏らした。これで一安心と思っているのだろうが、まだ厄介なことが残っている。どうやって仲岡と話し、現金を受け取るか。

ここは、私たちが出るしかない。仲岡と接触を保っていたのは、特捜ではなく私たち支援課なのだから。

「仲岡さんの方は、こちらで何とかします」私は切り出した。「今までの経緯からして、支援課が仲岡さんと話すのが適切かと」

すぐにはOKが出なかった。支援課が特捜の手伝いをすることにもなるわけで、現場だけでは判断できない。もしも拒否されたら、支援課は桑田に動いてもらって何とかするしかないのだが、事なかれ主義のあの課長が、積極的に乗り出すとは思えなかった。

結局、刑事がまた特捜の幹部と話して、何とか許可を得た。特捜にすれば、実際に現金を使うかどうかは、優先度が高い問題ではないのだろう。それに、これから作戦行動を開始するにあたって、人手も足りないに違いない。これで自分も動ける――ほっとして、私は芦田に「俺が行きます」と宣言した。

「いや、お前はまずいだろう」芦田の表情は晴れない。

「大丈夫です。今は普通に話ができますから」先ほどと同じような会話が繰り返される。芦田が課長の「接近禁止令」をまだ気にしているのは明らかだった。

「しかしな……」

「私が行ってもいいですけど」梓が遠慮がちに提案した。

「いや、君はここにいてくれ。この場には君の力が必要だ。係長は、申し訳ないですけど、課長に報告をお願いします」

「厄介なことは、結局俺に回ってくるわけか」芦田が溜息をついた。

「すみません」私は頭を下げた。「しかしここは、係長から言ってもらうのが筋かと」

「しょうがねえな」

「私が勝手に動いて仲岡さんに会いに行った、ということにして下さい。そうすれば、怒られるのは私一人で済みます」

「ことにするも何も、実際そうじゃないか」

ぶつぶつ文句を言いながら、芦田がスマートフォンを取り出した。それを見て、私は家を出た。ようやく状況が変わる。特捜が失敗するわけがないと思いながらも、一抹の不安が残るのは、私が誘拐事件の捜査をしたことがないからだろうか。

私が電話をかけると、仲岡は怪訝そうな声で応答した。しかし、身代金を出してもらうことになったと告げると、明らかにテンションが上がって、突然声が甲高くなる。

「分かりました。すぐに準備します」

「これからそちらに伺います」

「いや、私がそっちに直接行きますよ」

「一人で五千万円を持って、ですか？　それは危険です。護衛役が必要ですよ」

仲岡はすぐにも動きたそうだったが、私は何とか説得して抑えつけた。この男は、とにかく前のめりになる悪い癖があり――娘のことになると特にそうだ――きちんと動きを抑制しておかないと、何をしでかすか分からない。彼の動きを、この一件における不確定要素にするわけにはいかなかった。

彼の自宅を訪れるのは初めてだった。比較的簡素なマンションで、五千万円をすぐに用意できるような男が住む家とは思えない。仲岡は腰丈のブルゾンにジーンズという、すぐにでも飛び出せる格好を整えている。足元には、古びているががっしりした黒いトランク。しかし本番では別に二つのバッグを使うことになる。

「行きましょう」仲岡が玄関に向かいかけた。

「ちょっと待って下さい」

私はさっさとソファに腰かけた。それを見た仲岡が不満そうな表情を浮かべたが、結局は渋々私の向かいに座る。

「一つ、聞かせて下さい」

「何ですか」わざとらしく腕時計を見る。「時間がないでしょう」

「その金、どうやって集めたんですか?」

「それは、いろいろです。会社のキャッシュフロー、私の貯金——何とでもなります」

「どこかで借りたわけじゃないんですか」

「理由も聞かずに金を貸してくれる人なんか、いませんよ」馬鹿なことを聞くな、とでも言いたげに、仲岡が顔をしかめる。「とにかく、ここにちゃんと五千万円あります。確認しますか?」

一瞬躊躇った後、私はうなずいた。金が本物かどうかはあまり問題ではないのだが、一応自分でも見ておいた方がいいだろう。

仲岡がトランクを床に横倒しにして、その脇で膝をついた。鍵はかかっておらず、掛金をパチンと外して蓋を開ける。中には、封筒が大量に入っていた。私は一つを手に取り、中身を引き出して確認した。番号が揃っていない古い一万円札で、偽札ではない。そうやって幾つかの封筒を確認して行く中で、本当に時間がないのだと気づいた。こういう時は、札の番号を全て揃えておくのが大事なのだ。万が一奪われてしまっても、番号が分かっていれば、犯人が使った時に追跡できる可能性が出てくる。一万円札で五千枚──かなり多人数でかからないと、何時間かかっても間に合わない。私はこの金を、橘家ではなく渋谷西署の特捜本部に運ぼうと決めた。いくら忙しくても、所轄の方が人手はあるだろう。当直の署員に手伝ってもらう手もある。

「私が持って、受け渡しの現場に向かいますよ」仲岡が言った。

「それは駄目です」私は即座に却下した。「危険過ぎますし、関係者が増えるのは歓迎できない」

「しかし、朱美には無理でしょう。橘さんもお年だ……私がやるのが無難なんですよ」仲岡が食い下がる。

「警察官を家族に変装させて行かせる手もあります」

「そんなことが犯人にバレたら、とんでもないことになる」

「あなたが愛花ちゃんの父親かどうか──犯人がそれを認識しているとは限りませんよ。家族ではない人間が乗り出すと危ないという点では、あなたがやっても同じことです」

二人の言い分は平行線を辿った。私としては、ここで譲るわけにはいかないが、このまま時間を潰していたら、肝心の準備ができなくなってしまう。後で説得するしかないと判断し、トランクの蓋を閉めて立ち上がった。

「行きましょう。誰がこの金を持って行くかは、後で相談すればいい」

この時点で、午後十時半。犯人が指定してきた午前三時まで、あと四時間半しかない。私はにわかに焦りを覚えた。

「車を出します」

「タクシーの方がいいですよ。これだけの大金を持っていて、事故でも起こしたら大変だ」

「タクシーだろうがマイカーだろうが、事故を起こす確率は同じです。それにこの辺は、流しのタクシーはあまり走っていないんですよ」

この男は、話し合いでも常に主役を取りたいのか。また議論になりそうになったが、私はぐっと堪えて言葉を呑みこんだ。今は何より時間が大切なのだ。渋谷西署に行ってしまえば、何とかなる。

仲岡が、マイカーのレクサスを出した。大きなSUVタイプで、車内の居心地はよかったが、私は助手席で膝の上にトランクを載せているので、どうにも落ち着かなかった。仲岡は飛ばし気味——法定速度を二十キロもオーバーして運転していたが、さすがにこの状況だと忠告もできない。

渋谷西署に入って、午後十一時。私はすぐに、二階の刑事課に仲岡を案内した。金の勘定は署員に任せておけばいい。私は、一応副署長の増井に挨拶しておこうと一階に戻ったが、どうも妙な様子だった。増井が普段見せない険しい表情を浮かべて、虫を追い払うように右手を振っている。いったい何事だ？　見ると、副署長席の前にいた黒い背広姿の男が、すごすごと引き下がるところだった。

「何事ですか？」私は遠慮がちに訊ねた。

「ああ、あんたか」増井の表情が少しだけ柔らかくなる。「またお世話になるな。申し訳ない」

「それはいいんですけど、今のは誰ですか？」

「週刊誌の記者だよ。誘拐のことで話が聞きたいって、堂々と顔を出してきやがった。速攻で追い返したが」

私は思わず舌打ちした。誘拐事件などで報道協定が結ばれると、警視庁の記者クラブに所属する新聞・テレビなどの報道各社は一斉に報道を自粛する。現場での取材も禁止。その代わり、捜査責任者が本部で捜査の動きを一切隠さず伝える約束になっている。被害者の確保、犯人逮捕などで協定は解除され、この時に一斉に現場で取材に入れることになる。それまでの捜査の動きが分かっているので、マスコミとしても準備は万端だ。そして警察としては、マスコミの取材活動で余計な情報が漏れるのを防げるメリットがある。

しかしこの縛りは、常時警視庁に詰めて取材している記者クラブとの間でしか通用しない。雑誌やネットメディアは協定外なのだ。もちろん彼らも、下手に飛びついて報じると人質の命に関わると分かっているから、軽々に特ダネ狙いで報じたりはしないだろうが、それでも危険ではある。

「どこで情報を仕入れたんですかね」私は立ったまま訊ねた。

「警視庁クラブの連中からに決まってるだろう」増井が渋い表情を浮かべる。

「しかし、報道協定がありますよ」

「記者クラブ加盟社は、報道協定に従って自分たちは書かない——しかし外部の誰かに教えても、そのルールには反していないわけだから」

「それじゃ、報道協定の意味がないでしょう。人質の命を守れません」

「雑誌の連中の最大のネタ元は、新聞やテレビの記者なんだ。連中は、事情があって自分たちで書けない情報を、雑誌に流すことがある」

「金をもらって？」

「それはないだろう。互いに便宜を図り合う、ということじゃないかな」

私は黙りこんだ。あまりにも人の命を軽視し過ぎている。報道の自由は理解しているつもりだが、それが人命より重いということはあるまい。この辺は、広報課が中心になってしっかりやってくれないと。

「あんたが仲岡さんにつくのかい？」

「当面は」

「身代金を誰が持って行くかが問題だな」

「仲岡さんは、自分で持って行くと言ってるんですよ。止めたいんですが」

「別にいいんじゃないかな」増井がさらりと言った。

「いや、しかし……」

「家族じゃないから？　そうかもしれないけど、金は彼が用意したんじゃないか。俺はいいと思うね。心配するのは交通事故ぐらいだろう」

彼の楽観的な態度はどこからくるのだろう。増井自身、誘拐事件の捜査など経験したことがないはずだが。

「ま、そこは俺やあんたが考えることじゃない。どうせ刑事も同行するんだろうから、誰が行っても同じだよ」

果たしてそうだろうか。大きな不安を抱えたまま、私は増井の席を離れた。これから数時間後には、大きな動きが生じる。果たしてそれがいい方向へ触れるか、悪い方向へ向かうか、まだまったく予想がつかないのだった。

2

結局、現金受け渡しは仲岡が担当することになった。橘も朱美も、「それで構わない」と許可したのだ。本当は橘が運ぶのが一番安全なのだが、朱美が必死で止めた。「お父さんは心臓が悪いんだから」。半年前に軽い心筋梗塞の発作を起こしてから、無理をしないようにしているのだ。何かあったら、ただでさえ弱っている心臓に悪影響が出るかもしれない。かといって、朱美では冷静になれるわけもなく、結局「家族」で誰が担当するかといえば、仲岡しかいないのだった。

本当は私も同行したいぐらいだったが、それは許されない。芦田は「自宅待機しろ」と何度も繰り返したが——やはり桑田がお冠（かんむり）らしい——私は家ではなく渋谷西署の特捜に腰を落ち着けることで了承を勝ち取った。この状況で、完全に外されるのだけは我慢できない。家族に何かあったら、支援課としてフルサポートしなければならないわけで、私が近くにいれば必ず役に立つはずだ。

「しかし、一つだけよかったよ」電話の向こうで芦田が漏らした。

「何ですか」

「これで明日、川西が一人でこの家に張りつく必要はなくなった」

確かに。今夜の状況次第で、支援課は総出で動くことになるわけで、川西が一人で担当する必要はなくなるだろう。支援課としてはリスクが一つ減ることになる。

「とにかく、細かく連絡を取り合おう」芦田が緊張した口調で言った。

「了解です」

「あと、余計なことはするなよ」

そう言われるのは何回目だろう。いい加減うんざりしていたし、私は「余計なこと」をしている自覚はなかったが、再度「了解です」と言って電話を切った。

通話を終え、三階に設置された特捜本部に足を運ぶ。広い会議室は刑事たちで一杯で、しかも全員が忙しく動き回っている。誰かに話しかけられる雰囲気ではなかった。私は、一万円札のナンバーを控えている八人組が座るテーブルに近づいた。二人一組になり、一人が読み上げてもう一人がパソコンに入力し、百枚終えるごとに照合している。人を二倍に増やさないと間に合わないのではないかと心配になり、手伝いを申し出ようかと思ったが、読み上げ作業の最中に割りこむことはできない。

仕方なく、特捜本部の片隅に一人でぽつんと座っている仲岡へ近づいた。これも本当はまずい。仲岡は身代金を出した人物だし、これから金を運ぶのだから、十分「関係者」と言えるのだが、捜査の中核である特捜本部に一般人を入れると、いろいろ不都合がある。今回は仕方なく中に入れたのだろうが、実質無視——仲岡は気にする様子もなく、興味深そうに周囲を見回していた。

私は椅子を引いてきて、彼の横に座った。

「緊張してませんか？」

「特にしてないですね」仲岡があっさり否定した。

「本当に？」

仲岡が、両手を握っては開いてを繰り返した。私は彼の掌を凝視したが、確かに汗をかいている様子はなかった。手も震えていない。

「興奮していると言ったら、不謹慎ですかね」仲岡が訊ねた。

「普通は、不安の方が大きいものです」

「これでやっと、親らしいことができるかもしれない」

絶対に認めたくはないが、私は少しだけぐっときてしまった。十年間離れて暮らす父親と娘――この状態を生み出した責任はひとえに仲岡にあるのだが、それでも彼はずっと娘を想い続けてきたのだ。これ以上一途（いちず）な想いはあるまい。

「娘も、もう十歳ですよ」仲岡がぽつりと言った。

「そうですね」

「もうすぐ、いろいろなことが自分で判断できるようになるでしょう。そうなった時に、私のことを悪く思って欲しくないんです。もちろん、元嫁から散々悪口を吹きこまれているでしょうが」仲岡が苦笑した。「でも、今回上手くいけば——必ず上手くやりますけど、そうしたら娘に見直してもらえるかもしれないでしょう」

「ヒーローになりたいんですか」

「そうです。父親はいつまでも、娘にとってのヒーローでありたいと思うものですよ」仲岡がしみじみと言ってうなずいた。

私は、この男のことをどう考えるべきなのか、すっかり分からなくなっていた。基本は、山っ気の多い悪党だと思う。十年前に飲食ビジネスで失敗し、その穴埋めのために犯罪に手を出した——普通の人間は、犯罪で金儲けしようとは思わず、何とか真っ当な方法で解決しようと努力するものだ。しかも彼は、捜査の過程で仲間を売り、自分だけが執行猶予判決を受けて無事に社会復帰した。その後、飲食店サービスで成功したことは評価すべきだろうが、私はどうしても彼を胡散臭い目で見てしまうのだ。

「とにかく、失敗がないようにやりますよ。失敗しようもないでしょうが」

「これから、特捜の方でいろいろ準備をします。あなたとは話せなくなると思いますが……」

「あなたは、私と話すのがそれほど楽しみではないでしょう」

苦笑せざるを得ない。しかし、うなずいて認めるわけにはいかなかった。

「十年前もそうだった。あなたは私を、虫を見るような目で見ていた。当然でしょうが、ずっと気になっていたんですよ」

「そんなに悪いことをしていたと思わなかったんですか？」

「あの時はね。今は違います。年寄りを騙すなんて、最低の行為ですよね」

彼は裁判でもこうやって反省の念を示し、裁判官の心証をよくしたのだろうか。反省さえ演技だったかもしれないが——しかし今は、完全に心を入れ替えたと言っていいだろう。改心した人間を、いつまでも罪人扱いするのは、刑事として間違っている。「詐欺師はいつまでも詐欺師」。大抵の場合、この原則は当てはまるはずだが、やはり例外はある。私は今、仲岡をその例外の中に入れようとしていた。

特殊班の係長、玉置がやってきた。明らかに疲労の色が濃く、今にも倒れてしまいそうだ。今の彼を支えているのは、刑事としての矜持だけだろう。

「ちょっと、これからの動きの説明を」玉置が低い声で言った。

「仲岡さんも一緒にいていいですね？　被害者家族なので」

玉置が不満そうに私の顔を見たが、何も言わなかった。ここで言い合いするほどの元気すらないようだった。

玉置は一つ深呼吸すると、本番でのやり方を説明し始めた。犯人に怪しまれないよう、車は仲岡のレクサスを使う。後部座席に警察官一人が忍びこみ、さらに警察が用意した特殊なドライブレコーダーをセットして、リアルタイムで車内と車外の様子を観察・録画できるようにする。さらに仲岡本人の服にもGPSの発信器をつけて追跡。犯人がどこを受け渡し場所に指定するか分からないから、今のうちにガソリンを満タンにしておくこと——仲岡は張り切った様子で、指示を一々メモに落とした。

特捜の作戦には、取り敢えず穴がないように思えた。もちろん、仲岡には説明していないこともあるだろう。犯人は当然、「警察官は来ないように」と指示してくるはずだが、仲岡一人を行かせるわけにはいかない。受け渡し現場で犯人を確保するために、何らかの方法で追跡もするはずだ。車一台、バイク一台というところか。さらに、ドローンも用意しているだろう。現場で動きが止まった時に、上空からも監視できれば確実になる。

「では、車を確認させて下さい。その後ガソリンを補充して、あとは休んでいてもらえますか」

「ここで待ちますか？」

「午前三時近くになったら、被害者の自宅まで移動してもらいます」

そこで演技をするつもりだな、と私は思った。犯人は、ずっと愛花の自宅を監視しているかもしれない。受け渡し用の車が到着し、中に現金の入ったバッグを運びこむ——そういう風にしておいた方が、犯人も疑わない。犯人が近くで監視していれば、だが。

私は仲岡と数人の刑事にくっついて、下へ降りた。署の駐車場に止めたシルバーのレクサスに刑事たちが入りこみ、仲岡からあれこれ説明を受けるのを外で見守る。検分の結果、同行する刑事を一人から二人に増やすことがすぐに決まった。仲岡のレクサスは七人乗りで、シートは三列。二人が身を隠すスペースは十分ある、との判断だった。これは、特捜の作戦変更が正しいだろう。犯人も焦っている。身代金受け渡しの前に仲岡のレクサスを調べたりはしないはずだ。

おそらく今後、事態はこういう風に動く。

犯人は、午前三時に愛花の自宅に連絡を入れ、最初の「チェックポイント」を指定する。そこには犯人グループの一人が待ち構えていて、仲岡が指示通りに車を走らせたかどうかを確認するはずだ。仲岡が命令に従っていることが分かれば、もう一ヵ所「チェックポイント」を指定してくるかもしれない。仲岡が完全に指示に従っていると分かった段階で、いよいよ本当の受け渡し場所の指示に入る――それぐらいは慎重にやるのではないか。

しかし、「受け渡し」ではないと私は推測していた。犯人にとって一番安全に身代金を奪取する方法は、首都高を使うやり方だ。仲岡に首都高を走らせ、適当なところで停車させて下に身代金を投げ落とさせる。警察は複数地点を警戒することはできないから、共犯者が下で待機していれば、上手く金を奪って逃げられる――そう目論むのが普通だ。都心部で道路が「二重構造」になっている東京だからこそ、可能なやり方である。

　仲岡が刑事たちに車内の様子を説明し、ドライブレコーダーなどの設置を行っている間に、私は玉置と話をした。首都高の上からバッグを落とす――その想像を話すと、玉置は疲れた様子でうなずいた。

「もちろん、そういうのは想定している」

「どうするんですか？　レクサスをそのまま追跡したら、犯人にばれますよ」

「バイクを十台、車を五台用意している」

「そんなに？」私は目を剝いた。

「交通機動隊にも協力を依頼したんだ。覆面パトカーの他は、私物のバイクだけを用意してある」

　なるほど……覆面パトカーは、分かる人が見ればパトカーだと分かるが、白バイは一目瞭然だ。白バイがぞろぞろ並んで走っていると、犯人もすぐに気づいてしまうだろう。

「あまりない作戦ですね」

「誘拐に関しては、様々な状況を想定して、シミュレーションをしていた。それを実行に移すだけだ」

「分かりました」さすが特殊班と言うべきか。

「それで、だな」

玉置が私の背中を押して、レクサスから少し引き離した。普通の声で話していても、車内にいる仲岡には絶対に聞こえない距離だ。

「彼は大丈夫なのか？」本気で心配している様子だった。

「大丈夫というのは、どういう意味ですか？」

「信頼できるのか？」

「父親としての義務をしっかり果たそうとしていますよ」

「そうか……」玉置が、薄く髭の浮いた顎を撫でる。

「何か問題でも？」

「彼がこの誘拐事件の犯人——共犯者だという可能性はないか？」玉置が低い声でつぶやくように言った。

私は一瞬、玉置の言葉を頭の中で反芻した。父親はヒーロー。ヒーローになるために誘拐を画策する——もしかしたら愛花は、仲岡の用意した部屋に監禁されているかもしれない。以前想像した光景が、また頭に浮かんできた。

「ゼロとは言いませんが、限りなくゼロに近いと思います」私は一応否定した。「娘の前でいいところを見せたい、父親として認めてもらいたいという気持ちは人一倍強いですけど、自分でこの誘拐を計画したとしたら、あまりにも無謀だ。リスクが大き過ぎる。一人では絶対無理で、誰かを使っているはずですが、今のところそういう気配はありません」

「そうか……あんたらは、ずっと仲岡さんに張りついていたんだよな」

「最初の頃は、そうでした」誰かが横にいても、連絡を取る方法などいくらでもあるのだが。「心配なら、電話やメールの記録を確認する方がいいと思います」

「いざとなったら——そういう可能性もあると思って用意しておくよ」

「玉置さん、あまりあれこれ考え過ぎない方がいいかと思います」私は警告した。まずは犯人に身代金を渡し、愛花を無事に奪還するのが先だ。

「分かってる——おっと、金を入れるバッグが必要だな」

「トランクはまずいですね」犯人は「バッグ二つ」を指示していた。それにあのトランクは頑丈ではあるが、首都高の高さから投げ落としたら、さすがに壊れてしまうのではないか。現金が風に舞い、行方不明になってしまう様を想像すると、背筋が寒くなる。柔らかいバッグの方がむしろ安全なはずだ。

「支援課は、三人で対応します。二人が自宅に、俺がここにいます」

「くれぐれも——」念押しするような口調で言ったものの、玉置が言葉を呑んだ。

彼が「余計なことをするなよ」と釘を刺そうとしたのはすぐに分かった。言わずもがなだと判断して引っこめたのだろう。

残念ながらと言うべきか、余計なことをしようにも、私たちにできることは何もない。プロが乗り出して、ぎりぎりの勝負をしているのだ。余計な一言が計画を狂わせる可能性もある――そんなことは、私にも十分分かっていた。

仲岡には、当直室の一角が提供された。仲岡は寝ないで大丈夫だと言い張ったが、少しでも休んでおいた方がいい。本番での緊張感は、彼の想像を超えたものになるだろう。いざという時に集中力が切れたら、目も当てられない。

十二時過ぎ、私も一緒に当直室に引っこんだ。スマートフォンのアラームを午前一時半にセットする。仲岡は横になって毛布を引っ被ると、先ほどまでの興奮した様子が嘘のように、すぐに軽い寝息を立て始めた。意外に神経が図太いので驚く。現場に行かない私でさえ、目が冴えてしまって寝つけなかったのに……私の方が、仲岡よりもよほど神経質なのかもしれない。

それでも、短時間はうとうとしたようだ。アラームの小さな音に反応して、はっと目を見開く。口の中が乾き、軽い頭痛がして不快だった。これなら、寝ずにいた方が

「いや、いい」

ましだった。

仲岡は元気に起き出してきた。

「眠れましたか？」暗闇の中、私は小声で訊ねた。

「少しは。でも、元気ですよ」

「中途半端な睡眠ですが――」

「大丈夫です。私には大事な仕事がありますから」

「コーヒーを用意します」

「助かります」

二人揃って特捜本部に戻る。普段ならさすがに人っ子一人いない時間帯だが、今日は深夜の作戦行動に備えて人が溢れているし、実際には、ここにいる以外の人も多く関わっている。誘拐事件の捜査で交通機動隊まで出動するのは、やはり異例だろう。

「犯人は、どうして現金にこだわるんでしょうね」淹れたばかりの熱いコーヒーをすすりながら、仲岡が疑念を発する。「今だったら、電子マネーとかビットコインとか、いろいろ手はあるでしょう」

さすがに元詐欺師は発想が違う、と私は皮肉に考えた。もしかしたら今も、何か危ないことをしているのでは――十年前に比べれば、詐欺のバリエーションは圧倒的に増えた。一番多いのは、ＩＴを悪用した詐欺だろう。これだけ喧伝されているのに、詐欺メールに引っかかる人が後を絶たないのは、メールが一般の人に広く普及している証拠でもある。

「足がつきやすいからでしょう」私は嫌な想像を頭から追い払って答えた。

「なるほど」

「いかに電子マネーが普及しても、まだ現金の方がいろいろ便利ですからね。問題は場所を取ることぐらいです」

「まったく……」

仲岡が押し黙る。何が言いたいのか、私にはよく分からなかった。

「犯人が憎いですか」思わず訊ねてしまう。

「当たり前じゃないですか」仲岡が語気を強めた。「絶対に許せない」

「必ず逮捕しますよ」

「その前に、とにかく愛花を助け出さないと。何よりも愛花第一です」

完全にヒーロー気分に浸っている。仲岡がやるのは、犯人に身代金を引き渡すことで、愛花を直接救出することではないのだが……まあ、変に緊張して指示を聞き逃したり、失敗したりするよりは、気持ちが高揚している方がましだろう。妙にテンションが上がって暴走されても困るのだが。

午前二時、私たちは所轄を出発した。愛花のマンションまでは車で十分ほどなのだが、犯人が律儀に午前三時という約束を守る保証はない。私は、「引き継ぎのために」という理由で強引に車に乗りこんだ。その後は実際、所轄に戻るつもりでいる。捜査の最前線である特捜本部にいる方が、情報も入ってくるはずだから。

マンションの前にレクサスが停まると、すぐに梓が出て来た。午前二時過ぎという時間なのにまだ元気一杯、いつでも現場に飛び出して行けそうである。彼女の仕事はあくまで、「万が一」に備えてここで待機することなのだが。

梓が仲岡に挨拶した。仲岡は指示があるまで、車の中で待機することになっている。仲岡本人は、朱美や橘に挨拶したいと言ったのだが、余計なトラブルを防ぐために、その申し出は却下された。

梓は家の鍵を預かっていて、自分でオートロックを解除した。私は彼女と一緒に、マンションのロビーに入った。午前二時過ぎ、住人の出入りがあるわけでもなく、冷たく静まり返っている。

「仲岡さんは取り敢えず落ち着いている。少しテンションが上がっているが、それはしょうがないだろう」私は説明した。

「変なことはしないでしょうね」梓が疑わしげに言った。

「愛花ちゃんの安全が第一で自重するはずだし、車の中には刑事が二人隠れている。いざという時には彼らが抑えてくれるだろう」

「余計な心配はしない方がいいですよね」梓が自分に言い聞かせるように言った。

「ああ。あれこれ心配してると疲れるだけだぞ」私は彼女にうなずきかけた。「寝てないんだろう?」

「村野さんこそ」

「少しだけうとうとしたよ」私は大袈裟に両肩を回した。「それで十分だ。とにかくもう少し——気合いを抜かないでいこう」

「ええ」

「芦田さんは?」

「何とか頑張ってます」梓が寂しげな笑みを浮かべた。「それと、課長が本部で待機しています」

「ああ……だろうな」さすがに、私たちだけには任せておけないということか。本部にいても何ができるわけではないが、一応「課長も待機している」というアリバイは大事だ。

「村野さん、どうやって渋谷西署に戻るんですか?」

「何とかするよ」そう言いながら、詰めが甘かったと悔いた。足がない。歩いて帰れない距離ではないが、この時間まで動き続けて、右膝にはダメージが蓄積されている。今も、車を降りてロビーに入るまで、少し足を引きずっていることを自覚していた。

　とはいえ、現場には余っている覆面パトカーもないので、歩いて行くしかない。午前三時までには何とか所轄に戻らないと——そう思って早足を意識したが、そうすると足並みが乱れていることをどうしても意識してしまう。この状態で長い距離を歩いていると、そのうち無事な左足にも痛みが出てくることは、経験上分かっていた。

　幸いなことに、空車のタクシーが通りかかった。迷わず手を上げて停め、さっさと乗りこむ。行き先を告げると、シートに深く身を埋め、目を閉じた。ほんの数分のドライブだろうが、体は休めておきたい。

　実際、一瞬で寝てしまったようだ。運転手に声をかけられ、はっと目を覚ます。目の前が渋谷西署……いつもと変わらぬ、静かな夜の警察署だった。しかし道路に降り立って庁舎を見上げると、一階と三階にだけは煌々と灯りが灯っているのが分かる。今ここで、仲間たちが一人の少女の命を救うために必死になっているのだと考えると、私は胸が潰れるような思いを味わった。自分はその輪の中にいない。支援課の仕事の重大性は誰よりも私がよく知っているが、それでも大きな事件が起きて、それに携わった時の高揚感は未だに忘れられないのだった。

　取り敢えず、特捜の一角に一人で陣取る。とても誰かと話ができるような雰囲気ではなかったが、今は捜査の最前線に身を浸しておくだけで満足しなければならない。

驚いたことに、捜査一課長まで顔を出していた。この事件が、発生から六日目――いや、日付が変わって既に一週間だ――にして山場を迎えたからだろう。一課長は、各地の特捜を回って捜査員を督励するのが大きな仕事だが、いざという時には自分も現場で直接指揮を執る。いまがまさにその時、一番緊迫する瞬間が近づいている。

しかし、一課長は淡々としていた。まるで昼間、普通に捜査一課の自席に座っているような感じで、報告を受け、短く指示を飛ばしている。私は今の一課長のことはまったく知らないのだが、かなり胆力のある人なのは間違いないようだ。もちろん、そういう人物でないと、一課長に選ばれることはないだろうが。

玉置が脇を通り過ぎる。ちらりと私を見ただけで、言葉もかけてこない。当たり前か……自分が部外者だということは分かっているが、一抹の寂しさがある。

午前三時――犯人が指定してきた時間になった。私はスマートフォンの時計を凝視していたが、誰かが「架電！」と声を張り上げたので、慌てて立ち上がった。橘家の電話とつないでいるのだろう、会話がそのまま特捜本部に流れ始めた。

「山手通りを北上して、中野長者橋（ちょうじゃばし）のインターチェンジから首都高に入れ。その後次の指示を出す。今の話を繰り返せ」

朱美が、震える声で命令を繰り返した。かすれて聞き取りにくい声だったが、犯人側はそれで納得したようだった。

「車を運転している人間の携帯の番号を言え」

「え？」朱美は混乱してしまったようだ。その後、電話の背後でボソボソとした会話が続いたが、ほどなく朱美は、「０８０」から始まる電話番号を告げた。

「必要な時はその電話へ連絡する」

犯人がそれだけ言うと、いきなり電話は切れてしまった。朱美が「もしもし！」と叫ぶ声が虚しく響く。

「よし、これからが本番だ！」一課長が立ち上がり、気合いを入れる。「全力で頼むぞ！」

おお、という声が上がり、特捜本部はにわかにざわつき始めた。現場に散った刑事たちは、既に事前に割り振られた役割に従って動き始めているだろう。特捜に残る刑事たちは、いわば連絡役、調整役なのだが、やはり興奮は伝染する。

その中で私は一人腕組みをし、黙って喧騒の中に身を置いていた。やることがない、口も出せない辛さ……しかしここは、見守るしかないのだ。

ひたすら「待ち」だと自分に言い聞かせた時、スマートフォンが鳴った。梓。

「今、電話がかかってきました」

「こっちでもリアルタイムで聞いてた。朱美さんたちの様子はどうだ？」

「朱美さんはパニック状態で泣いています。橘さんも、リビングルームの中を行ったり来たりしています」

「無理に落ち着かせようとしないでくれ。家を飛び出すようなことがあるとまずいけど、それ以外だったら、自由にさせておいた方がいい」

「ストレス解消ですね」

「そういうこと。上手くやってくれよ」彼女には余計な言葉だと思ったが、つい声をかけてしまった。梓の方では、気にする様子もなかったが。

「A1です。車、出ます」

雑音のひどい無線が入った。今回は、作戦行動に参加する刑事全員にナンバーが振られている。車内に入った刑事――二列目のシートがA1、三列目がA2――からの報告だった。

「了解。何かあったら報告を」無線に向かって玉置が言った。拳で目を擦り、すぐに立ち上がる。「短時間での勝負になる。集中力を切らさずやってくれ」

私はスマートフォンのストップウォッチを起動させ、時間を測り始めた。十分を少し過ぎた後で、二度目の無線連絡が入る。

「A1、犯人から架電あり。中央環状線を西池袋で出ろとの指示です。間もなく中野長者橋のインターチェンジに入ります」

部屋の前にあるホワイトボードに、首都高の大きな路線図が貼りつけられていた。

一人の若い刑事が、無線の連絡を聞いて、赤いマグネットを池袋付近に貼りつけた。

この辺は、どうにも時代遅れというか……本部の交通部には、都内の主な道路を移動する車をリアルタイムで映し出せるシステムがあったはずだが、所轄では使えない。

犯人の目的はこちらを混乱させることではないか、と私は読んだ。首都高に乗ってすぐ出るルートに、何らかの意味があるとは思えない。

「追跡部隊、B1は現在位置を報告」玉置が無線に向かって指示した。B1は、仲岡の車のすぐ後ろでバイクを走らせている刑事である。

「マル対の背後三十メートルで、一台車を挟んで追跡中。間に入っている車のナンバーは……」

そのナンバーはすぐに照会される。しかし事件には無関係だろう。犯人が仲岡を直接追跡しているとは思えない。そんなことをすれば、自ら危険に飛びこむようなものである。

「追跡部隊の現在位置を全て確認！」

玉置が指示を飛ばす。傍らに控えた若い刑事がパソコンを操作し、「全員、予定の位置をキープしています」と報告した。

「B6からB8までの車両を首都高に入らせろ。距離を置いてマル対を追跡」

「了解」

別の刑事が、無線に向かって指示を飛ばした。追跡班の数字の順番に続々と復命が入る。私は椅子に浅く腰かけたまま、画面上で時を刻むストップウォッチを凝視し続けた。特捜本部を洗う熱気が私のところにも押し寄せてきたようで、額に汗が滲んでくる。しかし、ハンドルを握っている仲岡の緊張は、こんなものではないだろう。

ほどなく、A1から報告が入った。玉置が「確認」と言い返した直後、報告が続く。「A1から本部――犯人から携帯に架電あり。山手通りを北上、北池袋から首都高五号線に入り、南池袋PAの屋内に現金を置いてすぐに車を出せ、と言っています」

勝った、と私は確信した。確か、南池袋パーキングエリアは、ごく狭い。本線から入った別の車線に、駐車場と自動販売機のコーナーが並んでいるような造りではなかっただろうか。犯人がそこで待機しているなら、すぐに捕捉できるだろう。間抜けな犯人だ、と私は少しだけ胸を撫で下ろした。

「各車、少しスピードを落として追跡を継続。犯人側に動く余裕を与えろ」玉置が指示した。確実に犯人を押さえるために、現金を摑んだところを逮捕しろ、という意味だ。当然、追跡している刑事たちは、この指示の真意をすぐに把握しただろう。

おそらく、猶予は十分ほど。これから十分――遅くとも十五分以内には決着がつくだろうと私は予想した。犯人グループが何人いるか分からないが、一人でも捕まえれば、芋づる式に全員を逮捕して愛花を保護できる。

「A1から本部、パーキングエリアに到着」

「仲岡さん一人で出るように。ただし、十分注意。犯人が何か危険な手に出るようだったら、構わず仲岡さんを保護しろ」

現場の刑事に判断が任されたわけか……私は鼓動が高鳴るのを感じた。自分でやるわけでもないのに、まるで現場にいるような感覚に襲われる。

それからしばらく、連絡はなかった。ストップウォッチの針は何事もないように進んでいるが、まるで時間が引き伸ばされたような感じだった。

「A1から本部、緊急!」悲鳴に近い声が響く。「マル対が、犯人のものと思われる車にはねられました! 犯人の車は身代金を奪って逃走中!」

私は思わず、椅子を蹴飛ばして立ち上がった。

3

私はすぐに、騒然とする刑事たちの輪の中に入った。仲岡がはねられた——しかも犯人の車に。こうなると、支援課として介入せざるを得ない。仲岡はこの瞬間、「被害者」にもなったのだ。

「玉置さん」

「何だ！」玉置が吠えた。

「仲岡さんの搬送先が決まったら、すぐに教えて下さい。こちらでフォローします」

「分かってる！」玉置が無線に向かって怒鳴った。「A1、犯人の車のナンバーは？」

「プレートは前後とも隠されていました」

一瞬天を仰いだ後、玉置はすぐに方針を定めた。しかし自分でそれに納得していないのは明らかだった。

「A1は直ちに仲岡さんを救助。B6からB8は、当該車両の追跡を開始しろ。パトランプとサイレンを使って構わん。B1、B2は首都高の飯田橋出口まで急行。直ちに検問を開始しろ」

あくまで人命最優先だ。犯人逮捕を急ぐなら、一番近くにいる「A1、A2」の二人に、仲岡の車を使って追跡させればいい。だが、そんなことをしたら、後で絶対に問題になるだろう。仲岡は、今まさに死にかけているかもしれないのだ。

「A1から本部、当該車両は白い日産ノート。繰り返す、前後のナンバープレートは隠されている」

「A1、了解。各人、白い日産ノート、後部ナンバーを隠した車を追跡せよ」

それまでずっと立ったままだった玉置が、ようやく腰を下ろした。私は一度特捜本部を抜け出て、廊下から梓に電話をかけた。

「家族にすぐに言う必要はないが、身代金が奪われた。犯人は逃走中だ」

「マジですか……」それだけ言って梓が絶句する。

「首都高の南池袋パーキングエリアに金を置く指示だった。その後の経緯が分からないが、直後に仲岡さんが犯人の車にはねられたらしい」

「無事なんですか？」

「それも分からない。状況が分かり次第、すぐにまた連絡する」

「了解です」

「今のところは、家族には言わないでくれ」私は指示を繰り返した。

まずは仲岡の怪我の確認だ。「A1」から入ってきた情報では、意識はあるものの朦朧（もうろう）とした状態で、明らかに重傷。救急車を要請したが、到着が遅れているようだ。

結局、「搬送開始」の一報が入ったのは、「はねられた」という情報が入って十分近く経ってからだった。その間、犯人の車を追跡している他の刑事たちからは、現在位置の報告が次々に入ってくる。しかし「犯人を捕捉した」という情報はない。

犯人が逃走した後、実際に追跡が始まるまでのタイムラグはどれぐらいだっただろう。仲岡の車を追跡していた刑事たちは、少し離れて走るようにと指示されていたのだが、首都高での話である。離れたと言っても、三十秒から一分程度の遅れだったのではないだろうか。

私は立ったまま、スマートフォンで首都高の路線図を確認した。玉置が言っていた通り、首都高五号線の上りで、南池袋ＰＡの先で最初に降りられるのは、飯田橋のインターチェンジだ。犯人は、当然そこから逃げた——いや、今も首都高を走っているかもしれない。首都高は複雑に入り組んでいて、様々な高速道路に接続している。東京から東西南北、どこへでも逃げられるわけだ。考えろ、と私は自分に強いた。自分が犯人だったらどうする?

パターンは二つ。Ａ：すぐに首都高を降りて、追跡が難しい都内の一般道に紛れこむ。車を乗り捨てて徒歩やタクシーで逃げてもいい。Ｂ：高速を使ってできるだけ早く県境を越える——どちらもあり得る作戦だ。パターンＡの場合、深夜とはいえ、一般道路を走る車、あるいは徒歩で逃げる人間を探し出すのは難しい。一方、県境を越えてしまえば、警察としては捜索の網を一気に広げざるを得なくなり、その手配をする分、犯人に時間的余裕を与えてしまう。日本の警察は、複数の県にまたがる事件の捜査に弱い。

私は待機の姿勢を保ったままだった。仲岡が搬送された病院にすぐに行かなくては……彼は今や「犯罪被害者」でもある。今のところ、犯人の一番近くに行ったのは仲岡である。どんな重傷でも、意識さえあれば、特捜は話を聴きたがるだろう。場合によっては、こちらで守らなければならない。

しかし、仲岡の搬送先の情報はなかなか入ってこなかった。待つ間に、断続的に現場の状況が報告される。

自動販売機コーナーの防犯カメラの映像は、すぐに確保できた。それで確認すると、仲岡は車を降りて、自動販売機コーナーの入り口に身代金の入ったバッグ二つを置き、すぐに車へ戻ろうとした。そのタイミングで、身代金を持った人間が自販機コーナーから出て来たのを確認し、追跡し始めた。しかし犯人の動きが一歩早く、車に飛びこんで急発進させ、仲岡をはねた。

はねられた瞬間も映像に残っていたが、観た限り、犯人は偶発的にはねたわけではなく、仲岡に対する殺意をもって突っこんできた感じがする。

しかしこれだけでは、実際に現場で何が起きたかはよく分からない。防犯カメラの詳細な映像分析に期待した方がいいだろう。調べてみると、南池袋PAは、私の記憶にあった通り、自販機のある小さな建物を挟んで、左右に細長く駐車場が並んでいる造りだった。ネットでは、自販機コーナーの写真はほとんど見つからなかったが、外観から判断した限り、やはりそれほど広い場所ではなさそうだ。ということは……あまり人がいない時間だったとはいえ、犯人がこの自販機コーナーに潜んでいたとは考えにくい。そのすぐ脇に停めた車の中で待機していたと考えるのが自然だろう。

仲岡はJR御茶ノ水駅に近い大学病院に搬送されたが、容態はまだ不明。搬送中に意識を失い、話ができなくなった——その情報を聞いて、私はにわかに不安になった。事故の直後は元気でも、後になって急に症状が悪化する人もいる。特に頭を打った場合、直後は普通に話せていても、しばらくしてから意識を失うこともあるのだ。そのまま容態が急変して死亡、ということもあり得る。

このまま黙って動いてもよかったが、私は一応筋を通すことにした。玉置に「病院へ向かう」と告げると、彼は黙ってうなずいたが、私が特捜本部を出た瞬間に、今の話を忘れてしまうかもしれない。それでも構わない。一応「言った」事実が大事なのだから。

しかし、ここからどうやって病院へ行くか……覆面パトカーを借りるわけにはいかないし、午前四時というのは、一日で最も流しのタクシーが摑まらない時間帯である。しかし今夜の私には、まだツキがあった。署を出た途端、甲州街道を、空車のタクシーが二台、続けて走ってきたのだ。思い切り右手を突き上げ、先を走るタクシーを停めて乗りこむ。梓か芦田に連絡しなくてはいけないのだが、スマートフォンのバッテリーがもう心許ない。バッグからモバイルバッテリーを取り出して接続した後、梓に電話をかけた。

「仲岡さんの搬送先の病院が分かった」

「ちょっと待って下さい」

梓の声は硬い。リビングルームにいるのだろうと私は想像した。家族の前では話すな、という私の指示をきちんと守っているのだろう。しばらくすると、彼女の声が普通に戻った。

「今、外に出ちゃいました」

「そこ、内廊下だろう？　でかい声で話しているとまずいんじゃないか？」

「何とか大丈夫だと思います」梓は声を低く抑えていた。「それで……どういう状況なんですか？　特捜から全然連絡が入らないので、ご家族が心配しているんですよ」

しまった――これは盲点だった。愛花の家では特捜の刑事が待機しているが、身代金を乗せた車の動きを全て把握しているわけではない。本部から一々連絡も入らないだろう。

「そこにいる特捜の刑事には、情報は入っていないんだな？」私は念押しした。

「置き去りみたいです」

「分かった。ご家族には、特捜から説明させるようにする」

「私が言った方が早いと思いますけど……」梓が遠慮がちに提案した。

「他の部署の面子（メンツ）を潰すことはないよ。どのみち……」

警察は失敗したんだから。

私は言葉を失っていた。身代金を奪われ、仲岡は重傷を負い、愛花は帰って来ない。捜査一課長が辞表を書かねばならないレベルの大失敗なのだ。それでも、特捜には家族への説明責任がある。支援課が第一報を入れるのは筋違いだ。初報が入った後で家族をフォローするのが私たちの仕事である。

「俺の方から連絡しておく」

「仲岡さんは大丈夫なんでしょうか」

「バイタルは安定しているけど、病院に運びこまれた時には意識がなかったそうだ。予断は許さない」

「分かりました。特捜から連絡が入ったら、すぐにご家族と話します。他に今、私が知っておいた方がいいことはありますか？」

「ない」私は断言せざるを得なかった。それが極めて情けない。

病院に着くと、仲岡につき添っていた若い刑事、衣川が処置室の前でうろうろしていた。

「どうだ」

私を見ると、ほっとした表情を浮かべる。一人きりでここにいるのが不安だったのだろう。

「まだ分からないんです。処置の途中で」

「意識はなかったんだな？」

「俺とは話せませんでした」

「とにかく、座れよ」

私が言っても、衣川はベンチに腰を下ろそうとしなかった。立ったまま、左右に体を揺らし続ける。

「仲岡さん、どういう状態だったんだ？　意識がないのはともかく、他の怪我は……」

「死んでいたかもしれません」

「どういうことだ？」

「はねられて、五メートルぐらい飛んだんですよ」

「ああ……」

「首都高ですから。フェンスから下に落ちていたかもしれない」

私は無言でうなずいたが、心臓が喉から飛び出しそうだった。稀にだが、首都高から下の道路に転落する事故があり、大抵は最悪の結果に終わる。

「映像を見た限り、狙ってはねたようなんだけど、実際はどうなんだ？」

「俺にもそう見えました。殺意を持って突っこんできた感じです」

「向こうは、仲岡さんだと分かっていてやったんだろうか？」

「それは分かりませんけど、少なくとも、妨害しにきた人間だという意識はあったでしょうね。避けたり停まったりする気配はなくて、真っ直ぐ突っこんできた感じです。そのまま逃げて……」

「車は、日産のノートだと聞いているけど」都内ではいくらでも走っている車だ。

「それは間違いないですけど、ナンバーは前後とも隠されていました」

「車は、どこから発進した？」

「現場はこういう具合です」衣川が手帳を取り出し、見取り図を書いた。手を動かしているうちに落ち着いたようで、ボールペンの線はしっかりしている。「側道みたいなPAなんです。真ん中に自動販売機のコーナーがあって、その両側が駐車場……ノートは、駐車場の右側、一番近い位置に停車していたはずです」

「防犯カメラの映像を観たけど、車が停車しているところは映っていなかった」

「私もはっきりとは見ていません」

「そこは分析を待つしかないわけか」私はふと、彼のワイシャツの胸のところが膨らんでいるのに気づいた。煙草。「ここは俺が見てるから、ちょっと煙草でも吸ってこいよ」

「いや、しかし……」

「大丈夫だ。少しリラックスしないと、この先持たないぞ」

「そうですか……じゃあ、すみません」

よほどニコチンに飢えていたのだろう、衣川はほとんど走るようにして、処置室から離れていった。

それにしても遅い。処置室にいるということは、手術までは必要ない容態ということだろうが、それでも不安だった。この中で繰り広げられている戦いには、私たちは一切関与できない。

十分ほどして、衣川が戻って来た。右手にスマートフォンを持って、少し慌てた様子だった。

「どうした」

「特捜から、状況を知らせろと言ってきたんです。まだ終わらないんですね」処置中のランプを見て、衣川がほっとした表情を浮かべる。

「ああ」おそらく彼は「まだ処置中」と嘘の報告をしたのだろう。それほど重要な問題ではない——五分、十分の違いで事件が解決するかどうかが決まるわけではないが、後ろめたい気分になっているのは理解できる。

次の瞬間、処置室のドアが開いて仲岡が出て来た。ストレッチャーに乗せられた状態で、口元には酸素マスク。意識があるようには見えなかった。

「仲岡さん！」声を張り上げて衣川がストレッチャーに近づく。私は彼の後から近寄ったが、近くで仲岡を見た瞬間、少なくとも今夜は話を聴くのは不可能だと悟った。顔面は蒼白で、目はきつく閉じられている。この先意識が戻るかどうかも分からない感じだった。

「無理するな」私は後ろから衣川の肩に手をかけた。

振り向いた衣川が「しかし……」と抗議したが、私は首を横に振って黙らせた。無理して万が一のことがあったら、今後の展開が滅茶苦茶になる。

ストレッチャーを見送った後、処置室から出てきた医師に話を聴く。四十歳ぐらい、小柄だが頼りになりそうな感じの男だった。

「全身を強打しています」医師がまず断じた。「右足と右腕は骨折……右足の方は手術が必要かと思いますが、明日、専門医が改めて診察します」

「意識は戻るんですか？」衣川が勢いこんで訊ねる。「すぐに話を聴きたいんです」

「それは待って下さい。今、薬で眠らせています」

「頭は大丈夫なんですか」衣川が質問を続ける。

「頭蓋骨にヒビが入ってます。ＭＲＩの検査では、一応脳には異常がないですが、しばらくは安静が必要です」

「どれぐらいですか」衣川が食い下がった。

「少なくとも朝になるまでは待って下さい。薬は数時間で切れますが、実際に話ができるかどうかは、本人の具合によります。脳震盪もありますから、しばらくは苦しいと思いますよ」

「しかし——」

「とにかく待とう」私は割って入った。「焦っても仕方がない」

衣川が私を睨みつけたが、譲るわけにはいかない。犯人に一番近いところにいた仲岡から話を聴くのは当然として、やはりタイミングはあるのだ。無理に事情聴取して、仲岡の容態が悪化したら本末転倒である。

「病院なんだから、騒ぐな」

実際には、衣川は騒いではいなかったのだが、この一言は何故か効いた。ぐっと拳を固めて口をつぐむ。そのまま壁でも殴りつけるかと思ったが、実際には医師に向かって一礼し、静かにベンチに腰を下ろした。

医師が去って衣川と二人きりになると、私は突然、猛烈な眠気を感じた。徹夜は確定だし、そのまま昼の仕事に突入することになるだろう。待合室に行って、ブラックの缶コーヒーを二本買いこみ、一本を衣川に渡す。

「ほら」

「あ、どうも」衣川が惚けた口調で言った。

「これじゃ眠気覚ましにならないかもしれないけど、飲んでおけよ」

「いただきます」

タブを開けて、衣川がコーヒーを飲んだ。ああ、と息を漏らし、缶コーヒーを持ったまま、がくんと首を垂らす。私は少し離れて座り、ちびちびとコーヒーを飲んだ。

「参りました」衣川が弱音を漏らした。

「気にするな」

「気にしますよ。こんな失敗、生まれて初めてだ」

「誰だって失敗ぐらいするさ。だいたい、これが人生最大の失敗だと思ってたら、大間違いだぜ」

「これ以上のことがまだあるって言うんですか？」

「この仕事を続けている限りは……どれだけ努力しても、どうしようもないことがある。最悪だと思っていても、必ずそれより悪いことが起きるんだ」

「でも、今回以上の失敗があるとは思えませんよ。身代金は奪われる、犯人には逃げられる、しかも怪我人が出た――」

「特捜から何か連絡はないか？」私は彼の愚痴を断ち切った。

衣川がスマートフォンを取り出し、ちらりと画面を見る。

「ないですね。見捨てられたかな？」

「下らない自己卑下はやめろよ。ここで仲岡さんの容態を確認するのが、君の仕事なんだから」

もう少し慰めておこうかと思った瞬間、バッグの中で私のスマートフォンが鳴った。画面を確認すると、桑田だった。まずいな……今、一番話したくない相手だ。ねちねち皮肉をぶつけられるとか想像しただけでうんざりする。

取り敢えず立ち上がり、待合室まで行ったが、その時点で電話は切れてしまった。かけ直さないと何を言われるか分からないので、すぐにコールバックする。

「どういうことなんだ」桑田がいきなり、苛立ちを生でぶつけてきた。

「課長もご存じの通りです」

「それじゃ分からん！」

「身代金は奪われ、犯人は逃走中で、仲岡さんは犯人の車にはねられて負傷しました。人質は戻っていません――ちなみに俺は今、病院にいます」

「仲岡さんの容態は？」

「命に別状はありませんが、今は薬で眠っています。事情聴取はしばらく――少なくとも朝までは不可能ですね」

「分かった。それで、どうしてお前がそこにいるんだ？」

言い訳するのも面倒で、私は「勝手に動きました。すみません」とすぐに謝った。

「しょうがねえな……」弱り切った口調。桑田も、私をどう動かしていいか分かっていない様子だった。

「どうしますか？」

「病院にいるなら、そのままそこで待機して仲岡さんの面倒を見るんだ」

「分かりました」

説教、終了。まあ、桑田もこの状況では他に指示の出しようがないだろう。事態は急激に展開しており、支援課総出で対処しなければ間に合わないぐらいになっている。

こういう時――事態が複雑に動いている時は、とかく他のことが気になりがちだ。自分だけが本筋から外れて取り残されているのではと気になり、やたらあちこちに電話をかけまくっているうちに、自分本来の仕事を見失ってしまう。私がやることは一つ、仲岡の回復を待って、特捜の事情聴取を見守ることだ。

とにかく、何でもかんでも自分でどうにかしようと思わないこと――それは警察の仕事の基本中の基本だ。しかし自分で意識していても、外的要因でそれが守れないこともある。突然、衣川が血相を変えて待合室に飛びこんできたのだ。

「ああ、あの、ここをお願いしていいですか？」

「何事だ？」私はわざとゆっくり立ち上がった。衣川は慌て過ぎだ。

「愛花ちゃんが家に戻って来たんです!」

4

情報が錯綜したが、梓の簡潔な説明で、私は何とか状況を把握できた。

「つまり、普通に帰って来たと」

「ええ。愛花ちゃんが自分でインタフォンを鳴らしたんです」

「家まではどうやって戻って来たんだ?」

「近くまで車で来たと言ってます。ただ、目隠しをされていたので、どこから来たかは分からない……監禁場所は不明ですね」

「今、どうしてるんだ?」

「寝ました。すごく疲れている様子で」

「怪我は?」

「見た限りではないです。ただし、起きたらすぐに病院で精密検査をします」

「そうだな」私は一人うなずいた。「服は? どんな服装だった?」

「いなくなった日と同じです」

誘拐されて、一週間も同じ服装でいたらストレスも溜まるだろう。愛花に同情する一方、犯人の動きをどう考えるべきか、私は混乱していた。

「どう思う？　身代金を奪ったから、犯人が人質を帰した――そういうことなのか？」

「そうとしか考えられません。でも、こういうの、極めてレアケースですよね」

「そうだな。さすがに川西のデータベースにも入っていないんじゃないか？」私は皮肉を滲ませて言った。

「でしょうね。本当に、こんな失敗は珍しいですよね」

一概に警察の失敗とは言えない、と私は今では結論を出していた。衣川から聞いた話が本当なら、責任の一端は仲岡にある。仲岡が余計なことをしなければ、今頃はとうに犯人を逮捕できていたかもしれないのだ。

私は、待合室の壁の時計を見上げた。午前五時。身代金を奪って二時間も経たないうちに愛花を解放したのだから、犯人の動きは早い。この状況を考えると、犯人グループは多人数ではないだろうか。金を奪った人間、愛花を監禁・監視し、さらに家まで送り届けた人間――最低三人はいるはずだと私は読んだ。それは、警察にとっては有利な状況になるかもしれない。犯人が多ければ多いほど、仲間割れが起きやすくなるし、情報が漏れ出す可能性も高くなる。

「それと、報道協定が解除になります」

「ということは、これからが支援課の仕事の本番だぞ」私は指摘した。「解除になれば、マスコミの連中は一斉に取材に入る。自宅へも押しかけるはずだ。家族の希望もあるけど、取材に応じたいとは言わないはずだから、徹底して守るんだ」

「声明だけ出してもらいますか？」

「それがいいだろうな。何もしないで黙ったままだと、マスコミの連中は引かない。せめてペーパーで声明だけでも出しておけば、第一波は引くだろう」

「村野さん、そこは一人なんですか？」

「特捜の刑事はいるけど、被害者支援という意味では、彼は当てにできないな」

「応援、出しますか？」

「うちにはそこまで人はいないだろう。取り敢えず、病院と協力して何とかするよ」

報道協定中とあって、仲岡が身代金の受け渡しを担当するという異例の事態――普通の捜査なら隠したい事実だ――になっていることも、マスコミには伝わっているはずだ。仲岡は十年前の詐欺事件の犯人であり、マスコミが興味を持ちそうな存在である。面白おかしく書き立てようとする記者もいるはずだ。

まずいのは、この時間にマスコミの連中が押しかけてしまうことだ。事務方の人間がいないから、病院側としても対応しようがない。私は電話を切ると、ナースステーションに足を運んで、当直の看護師に相談した。状況を把握したベテランの看護師が、すぐに事務長に話を通してくれた。午前六時ぐらいには病院へ来られそうだというので、それまでの対応策を指示する。

「午前六時に事務長が来てから、正式に対応を相談します。それまでは、『担当者が不在』という理由で、取材は全て断って下さい」

「大丈夫でしょうか」ベテランの看護師でさえ、この状況は不安なようだった。

「押し切っていただくしかないです」私は言葉を強めた。

私は外へ出て、病院の周りを一周してみた。まだマスコミの連中の姿はない。時間の問題だが、少しだけ猶予はあるだろう。そう考えると、唐突に空腹を覚えた。今日はこの先どうなるか分からないから、何か腹に入れておきたい。

JRの駅の方へ歩き始める。御茶ノ水は学生の街だから、この時間でも食事ができる店はあるだろう。最悪、コンビニの握り飯で済ませてもいい。

牛丼屋があった。最近はご無沙汰しているが、ここは一つ、がっつり食べてエネルギーを補給しておくのもいいだろう。がらんとした店に入るとすぐに、牛丼の並盛に生卵、白菜の漬物を頼んだ。

牛丼の真ん中に小さなくぼみを作り、徹底的にかき混ぜた卵をそこへ流しこむ。全体をざっと混ぜた上に、七味唐辛子と紅生姜(べにしょうが)を大量に加え、さらに白菜の漬物も全部載せてから、さらによく混ぜる。上品な食べ方ではないが、牛丼は食べる人が自由にカスタマイズできるのがいいところだ。甘辛い牛肉と玉ねぎの味に、唐辛子と紅生姜の刺激がいいスパイスになり、白菜の漬物で歯応えにも変化が出る。たまにはこういう朝飯も悪くない。あっという間に食べ終えてお茶で口を洗い、すぐに店を出る。病院を空けていたわずかな時間で何かが起きているとは思えなかったが、用心に越したことはない。取り敢えず、午前中は牛丼のエネルギーで動けるだろう。

懸念は現実になった。

病院に戻ると、建物の前にテレビの中継車が二台、黒塗りのハイヤーが三台停まっている。マスコミの連中が、早くもここを嗅ぎつけてやって来たわけか。マスコミの本社は都心部にあるから、この病院へも近い。そして渋谷西署、それに橘のマンションは、当然病院前よりもはるかに大騒ぎになっているだろう。

夜間出入り口に回ると、そこには既に記者たちが待ち構えていた。カメラマンやテレビのクルーも……私は顔を伏せたまま、彼らの脇を通り過ぎて病院の中へ入った。警察官だと気づかれなかったのでほっとして、ナースステーションに顔を出す。事務長はまだ出勤していないと告げられたので、廊下のベンチで待つことにした。そこへ衣川がやって来た。

「どうだい？　意識は戻ったか？」

「まだです」

「マスコミの連中が、もうここに押しかけてる」

「マジですか」衣川が顔をしかめた。

「出入りの時には気をつけろよ。質問攻めに合うぞ」

「ヒラ刑事の顔なんか、連中は知りませんよ」衣川が自嘲的に笑った。

「この時間帯に、普通にスーツを着た人間が出入りしていたら、刑事だと思われるよ」

……とにかく、病院側としてどう対応するか、事務方と相談するから」

「それは、支援課に任せていいんですか?」

「もちろん……君は、病室の前で張っておいた方がいいぞ。マスコミの連中は、どういう手を使って入りこんで来るか分からないから、ガードしないと」

「今の記者さんたちに、そんな根性はないでしょう」衣川が皮肉な笑みを浮かべた。

「まあ、でも、何かあるとまずいですよね」

「常に備えよ、だな」

衣川が去るのと入れ替わりに、事務長の脇坂(わきさか)がやって来た。私が名乗ると、ほっとしたような表情を浮かべる。警察がいれば、病院側は何もする必要がないと安心しているのかもしれない。私たちはナースステーションで、打ち合わせ用のテーブルを挟んで向き合った。

「こういうこと、過去に経験がないわけじゃないですよね」私は切り出した。「有名人が急病で運びこまれたり、重大事件の関係者が入院したこともあるでしょう？　ここは大きな病院なんですから」

「それはありますよ。毎回、マスコミのしつこさには困らされます」

「今回は、特に複雑な事件ですから、報道も過熱すると思います」

「あまり嬉しい話じゃないですね」脇坂が、渋い表情を浮かべる。

「会見しましょう」私は切り出した。

「病院側が会見する義務はないでしょう」

「会見しないと、マスコミの連中はいつまでもここに張りついてますよ。それだと、通常業務にも差し障りが出るんじゃないですか？」

「それはまあ、そうですね」脇坂が渋々認める。

「正式な会見でなくても構いません。夜間出入り口の方に記者が集まっていますから、そこで立ち話をするだけでいいんです。容態についてはできるだけ正確に話していただくとして、仲岡さん個人の情報は徹底して隠して下さい。『知らない』と言えばいいんです。病院側には、それを話す義務はありませんし、そもそも把握してもいないでしょう」

「誘拐された女の子の父親としか聞いていません」

「両親は離婚しているんです。今回は、父親が身代金の運搬役を買って出たんです」
「それは確かに、マスコミが好きそうな話ですね」脇坂がうなずく。
「今の話は、私からは聞かなかったことにして下さい。下手に突っこまれないため
に、脇坂さんは被害者の個人情報について何も知らない、ということにしましょう。
それで、会見の件は、警視庁から各社に情報を流します」
「できるんですか？」
「恒常的に警察を取材している新聞やテレビには、すぐに連絡が取れます」
「雑誌なんかは？　むしろそちらの方が心配なんですが」
「個別で対応していただくしかないですが、そこは何とか乗り切って下さい。いずれ
にせよ、『知らない』『分からない』で押し通せばいいんです。『個人情報は明かせな
い』でも構いません。病院の仕事は怪我人を治すことで、その情報をマスコミに流す
ことじゃないんですから」
「分かりました」脇坂が膝を叩いて立ち上がった。「担当の医師から、状態について
確認します」
「では私は、警視庁の広報と打ち合わせます」私は腕時計に視線を落とした。ちょう
ど六時を過ぎたところ。「会見は何時からにしますか？」
「七時——七時半でどうでしょう？　ある程度時間の余裕があった方がいいですよ

ね？」

「妥当です。七時半にしましょう」

私はすぐに、広報課に連絡を入れた。広報課は二十四時間体制で、当直もいる。電話をかけると、すぐに応答があった。手短に事情を説明し、各社に連絡を回すように頼んだ。

「こちらからも人を出しますよ」

「大丈夫なんですか？」

「どうせそういう現場に行くのは、経験の浅い警察（サツ）回りの若い連中ですから。広報から一人行けば、十分抑えられます」

大した自信だ、と私は驚いた。しかし警視庁広報課は、常日頃から「日本最強の広報機関」を自任している。その実力をきっちり見せてもらう、いい機会だろう。

「主催はあくまで病院側ということで……仕方なく会見に応じるという体ですよ」私は釘を刺した。

「分かってますよ」課員が笑いながら応じた。「こういう会見は、最近はよくあります。うちが同席して――実質的に仕切ることもままありますから。慣れてます」

これでマスコミ対策はＯＫ。しかし、彼らも大変だろうなと少しだけ同情した。誘拐事件が発生し、報道協定が結ばれると、警視庁記者クラブに詰める記者は、禁足令を食って、解決まではずっと記者クラブに泊まりこみだ。帰宅もできず、誰にも話ができず、ストレスは溜まる一方だろう。普通は二日か三日で決着がつくものだが、今回は異例の一週間である。一週間ずっと、狭い記者室で同じ人間と顔を合わせ続けていたら、ストレスが爆発してしまうのではないだろうか。あるいはどこかで——三日が過ぎた辺りで、通常業務に戻した可能性もあるが、そうすると今度は「いざ」という時に走り出せない。

まあ、私があれこれ心配しても仕方がないのだが。

七時二十分、広報課の若い課員が到着し、私たちは脇坂を交えて簡単に打ち合わせをした。肝要なのは、とにかく余計な話をしないこと。「分からない」「知らない」で通しても、マスコミ側には病院を批判する権利はない——その話を聞いて、脇坂は少し元気になったようだった。

「では、行きましょう」広報課員が先導して歩き出した。振り返ると「私が先に出て、様子を確認します。OKの合図を出しますから、そのタイミングで脇坂さんは外へ出て話してもらえますか」と指示を飛ばす。

「分かりました」また緊張が戻ってきたようで、脇坂が硬い口調で答える。

「では、先に出ます」

脇坂の懸念は外れ、会見は無難に終わった。脇坂が、仲岡の症状について丁寧に説明したのが効いたのだろう。記者たちは当然、仲岡の個人的な事情について聞きたがったが、脇坂は事前の打ち合わせ通りに、「分からない」の一点張りで押し通した。「答えられない」と言わなかったのは正解だったかもしれない。「分からない」のなら突っこみようがないが、「答えられない」だとマスコミの追及は簡単には終わらないだろう。

脇坂は最後に「他の入院患者さんや通院の患者さんに迷惑がかかりますので、今後、病院での取材は控えて下さい」とつけ加えるのを忘れなかった。

会見を終えて夜間出入り口から中に戻って来た脇坂が、ようやく安堵の表情を浮かべた。

「百点でしたね」私も笑みを浮かべて出迎えた。

「いや、私なら百二十点つけます」広報課員が持ち上げる。「今後も、何かマスコミに悩まされることがあったら、広報課に直接連絡して下さい。いつでも相談に乗ります」

「助かります」

これで朝の大騒ぎは一段落した。後の問題は仲岡の怪我の具合である。病室に赴くと、衣川が足を組んで廊下のベンチに腰かけ、うつらうつらしていた。私の足音に気づいたのか、びくりと体を震わせて顔を上げる。

「すみません……」

「疲れてるな」

「久々に徹夜ですよ」衣川が両手で顔を擦る。

「飯でも食って来いよ。この辺、二十四時間空いてる店が結構あるぞ」

「でも、ここが持ち場ですから」

「緊張しっぱなしだと、バテるぞ。エネルギー補給もしないと。三十分だけ交代しよう。だいたい、仲岡さんは簡単には目を覚さないだろう」

「じゃあ……いいですか？」

「俺はもう食べたんだ」

「何だ、素早いですね」

「食える時には食っておく。それが——」刑事の基本、と言おうとして私は言葉を呑みこんだ。私はもう、刑事ではないのだ。「警察官の基本だから」

「ですね。じゃあ、すみません」

「駅の方へ行けよ。向こうの方が店が多い」

「了解です」

急に元気を取り戻したようで、衣川が跳ねるような勢いで廊下を走り出した。小学生か、と苦笑しながら、私は先ほどまで衣川が座っていたベンチに腰を下ろした。しかしすぐに立ち上がり、「面会謝絶」の札がかかった病室のドアを細く開けてみる。室内の照明は落とされ、電子機器の光だけが冷たく輝いていた。中へ足を踏み入れて、仲岡の顔を直接見たいという欲求と、私は必死に戦った。

そっとドアを閉め、ベンチに戻る。モバイルバッテリーのおかげで充電が七十パーセントまで回復したスマートフォンを取り出し、ニュースサイトをチェックする。どこもトップで、誘拐事件の人質解放を扱っていた。

特捜からの情報が断片的に入ってくるだけなので、配信されたニュースを見た方が、すっきりと分かる。


東京都内で、10歳の女児が誘拐される事件があり、22日午前5時過ぎ、この女児は無事に解放されて自宅に戻った。その前、午前3時過ぎに犯人は身代金の受け渡しを指定し、首都高南池袋パーキングエリアに現金を置かせた。この際、現金の運搬を担当していた女児の父親（45）が犯人の車にはねられ、重傷を負い、犯人は逃走した。警視庁では渋谷西署に特捜本部を設置し、身代金目的誘拐等の容疑で犯人の行方を追っている。
＊東日新聞では、被害者の安全を考慮し、誘拐事件に関する報道を控えてきました。

なるほど、報道協定が解除された時には、こういう奇妙な感じの記事が載るわけだ。私は納得して記事を読み進めたが、内容は知っていることばかりだった。しかし、愛花の名前は出ていても、仲岡の名前は伏せられていることが気になる。警察が名前を出さなかったのか、マスコミの方で自粛したのか、事情は分からない。しかし、この後事件を報じる週刊誌などは、容赦しないだろう。十年前に詐欺事件で逮捕された父親、それに売れている子役が被害者となれば、雑誌的には書く材料には事欠かない。

実際、スポーツ紙では既に、愛花が子役であることを前面に押し出した記事にしていた。「子役としてテレビ等で活躍する橘愛花ちゃん（10）が誘拐される事件があり」と書き始めている。世間的には、これで衝撃は一気に広がるだろう。この誘拐は、愛花が無事に帰って来てからが本番だ、と私は気を引き締めた。そう言えば、橘家はどうなっているだろう。非常階段から外廊下に出て、芦田に電話をかける。いつの間にか雨が降り始めており、気温もぐっと下がっていた。

「家の周りは大騒ぎだ」第一声で芦田が言った。

「取り囲まれてる感じですか？」

「ああ。マスコミの連中も、さすがに昔みたいには強引に来ないが……警視庁クラブの幹事社が、橘さんに会見を求めている」

「それは無理でしょう」私は顔をしかめながら、病院が会見に応じたことを説明した。

「会見は、病院だからできるんだよな。取り敢えず、家族に声明を出してもらうのは決まった」

「それがいいですね。とにかく、少しは餌を投げてやらないと、連中は引き下がりませんから」

「そうだな。とにかく、こっちは任せろ」

「芦田さんは大丈夫なんですか？」

「大丈夫なわけないだろう。もう、ヘロヘロだよ」

「安藤は？」

「一応元気にしてるけど、あいつも限界だ。目の下に隈（くま）ができてる」

「交代は？」

「松木と川西が来ることになってる。二人が来たら交代するよ。お前はどうする？」

「何か、忘れられたみたいです」自分で言っておきながら、笑ってしまった。「ま、適当に判断します。今は動きはないですから、休んでいるみたいなものですよ」

「無理するなよ。お前も若くないんだから……すぐに交代を送るように調整する」

「支援係は手一杯ですよ」

「こういう時だから、他の係にも手を貸してもらうよ。しばらくは、支援課総出で対応だな」

電話を切って中に戻ると、ちょうど衣川が戻って来たところだった。腕時計を見ると、ここを出てから二十分も経っていない。

「早かったな」

「すぐそこに立ち食い蕎麦屋があったんですよ」

「ちゃんと食べられたか？」

「天玉蕎麦でチャージ完了です」衣川がニヤリと笑う。急に元気を取り戻したようだった。「異常ないですか？」

「ああ」

しかしすぐに、異常が起きた。看護師が二人、早足で病室に向かって来たのだ。後ろからは先程の医師も厳しい表情でついて来る。症状が悪化したのかと肝を冷やし、私は思わず「先生！」と叫んだ。

「大丈夫です」

それだけ言って、医師は病室のドアをぴしりと閉めてしまった。この状態だと、ドアを開けて確認するのも気が引ける。

「何ですかね」衣川が不安そうに言った。

「大丈夫と言ってるんだから、信じるしかないな」

五分ほどして、ドアがゆっくりと開く。顔を見せた医師が、穏やかな表情で「五分ぐらいなら話せますよ」と言った。

「意識が戻ったんですか？」

「ナースコールがありました。ただ、あまり意識ははっきりしていないし、痛みもあるようなので、無理はしないで下さい」

衣川がスマートフォンを取り出し、先に病室に入った。今度はカーテンが開けられており、朝の光が病室に入りこんでいる。ベッドに横たわった仲岡は薄目を開けていた。

「仲岡さん」私は先に呼びかけた。「愛花ちゃんは無事です。解放されて、無事に家に帰って来ました」

「ああ……」理解できたかどうか、仲岡が息を漏らすように声を出した。

衣川がちらりと私を見て抗議の視線を送ってから、椅子を引いて座った。仲岡の口元にスマートフォンを持っていき、矢継ぎ早に質問を始める。一言も逃さないように録音しているのだろう。若い刑事なので経験的にどうかと思ったが、質問に過不足はない。ひたすら「犯人につながる手がかり」について聴き続けた。

犯人の顔に見覚えは——ない。

犯人は何人いたか——車の中にいたのはたぶん一人。

男か、女か——男。四十歳ぐらい。他にいたかどうかは分からない。

向こうは間違ってはねたのではなく、狙って車で突っこんできた感じだった。狙われる覚えはあるか——ない。

要領を得ないというわけではなかったが、これでは何の手がかりにもならない。防犯カメラの映像をきちんと調べた方が、よほど早く犯人にアプローチできるのではないだろうか。

「五分経ちましたよ」医師が警告を飛ばす。同時に、衣川の質問も尽きたようだった。

質問は、相手が何か答えてこそ、つながるものだ。一つの質問に対して一つの答え、しかもほとんど単語のみの返事——これでは質問もあっという間に尽きてしまう。

医師の忠告に従い、事情聴取を切り上げて病室を切る。私は医師に、今後の見通しを訊ねた。

「回復は早いようです。午前中にもう一度検査して、足の手術が必要かどうかの判断をします。手術になると、またしばらく話ができなくなりますね」

「できれば手術は避けて下さい」私は自分の右足を指さした。

「あなたも？」

「事故で。今でも完全に回復してません」

「それは運が悪い。よほど腕の悪い医者に当たったんでしょう。今は、人工関節の技術も進んでいるから、最悪、膝の関節を完全置換してもよかったんですよ」

「ということは、担当医師を医療過誤で訴えられますか？」

「今から？　時間の無駄ですよ」

別に、本当に訴えようとしているわけではないのだが。人工関節を入れる、という話は事故の直後から出ていた。しかし年齢的なことなどを考えると、再建手術をして、その後リハビリで筋肉を強化した方がいい、という結論に至ったのだ。私自身、膝に異物が入ると想像しただけで耐えきれず、「どんなに辛いリハビリでも耐える」と宣言してしまった。

リハビリは、甘いものではなかった。

「警察は、しばらくはここへ張りつくことになります。事情聴取できるタイミングを逃したくないので……その後は状況に応じて対応を変えます」

「ま、他の患者さんに迷惑をかけないようにお願いしますよ」

「もちろんです」

比較的物分かりのいい医師でよかった。時には「自分が許可するまで絶対に事情聴取禁止」と頑なになる医師もいるのだ。患者本人の意識がはっきりしていて、話す気があるにもかかわらず……その辺、私たち支援課と捜査を担当する部署との関係に似ていなくもない。

外階段へ出て電話をかけていた衣川が戻って来た。

「あまり参考にならなかったですね」表情は渋い。

「まだ意識がはっきりしてない感じだな。もう少し時間が経てば、実のある話ができるかもしれない」

「ですね。それで、俺はこれで交代します。間もなく交代要員が来ますから」

「そろそろ体力の限界だよな」

「そうですね」衣川が疲れた笑みを浮かべる。天玉蕎麦でエネルギーをチャージしたつもりだろうが、徹夜の疲れまでは取れないだろう。「村野さんはどうするんですか？」

「自己判断で動くよ。支援課は、捜査一課ほど人材豊富じゃないからな」

「大変ですねえ」

私としては肩をすくめるしかなかった。事態がこれからどう動いていくか、まったく想像もできない。

5

昼前、私は本部に引き上げた。完全徹夜だったが、意外に元気――まだ気が張っているのを意識する。課長の桑田の方が、よほど疲れている感じだった。

桑田に病院での状況を報告して、私は自席に戻った。全員が出払っている。橘家には優里と川西。徹夜を強いられた梓と芦田は、どこかで休んでいるはずだ。都内に住んでいる梓は自宅へ戻ったかもしれないが、芦田はどうしたのだろう。これで「上がり」で今日は出てこないなら、千葉の自宅へ戻ったかもしれないが……まあ、男一人が仮眠を取れる場所は、都内にはいくらでもある。

支援係で一人きりになると妙に侘しく、不安になる。しかししばらくは、ここで待機せざるを得ないだろう。誰かが電話番をしないといけないし、それを課長の桑田に任せるわけにはいかない。

もっとも、優里が定時連絡を入れてくるぐらいで、電話もろくにかかってこなかった。橘が家族を代表して声明文を出し、それでマスコミも一応は引いた。ただし家の前ではまだ、多くの記者やカメラマンが張っているという。それはそうだろう。被害者は、売れっ子の子役である。無事に戻って来た姿を撮影したいと考えるのは、マスコミとして自然だろう。

いつの間にか、腕組みしたままうたた寝してしまった。いかん……支援課としての本格的な仕事は始まったばかりだというのに、これでは話にならない。両手で頰を張り、何とか気合いを入れ直す。

川西が部屋に入って来た。どうして？　橘家にいるはずなのに……。

「お前、どうしたんだ」

「ああ、引き上げてきました」川西がさらりと言った。

「何で」私は思わず目を見開いた。

「いや、特にやることもないようだったから」

「松木一人を残してきたのか」

「松木さん一人で十分じゃないですか。松木さんも了解してましたよ」

おいおい……本当は、尻尾を巻いて逃げてきたんじゃないだろうな？　いや、それはないか。それだったら、おめおめと本部に戻って来るはずがない。川西が文句や泣き言を言い続け、優里がうんざりして「本部へ戻っていい」と匙を投げたのではないだろうか。

そう考えると、つい皮肉を言いたくなる。

「誘拐事件で人質が殺される確率は十二パーセント、と言ってたよな」

「十二パーセント以下、です」川西がさらりと訂正した。

「身代金奪取に成功したケースは一つもない、そうだな？」

「今日までは」

「で？　お前が大好きな確率の話だと、この件はどうなるんだ？　お前はどう処理する？」

「さあ」川西が肩をすくめる。「例外ってことじゃないですか。何にでも例外はありますから」

「身代金は奪われた。犯人はその直後に人質を解放した。これは、確率的にはゼロに近いことじゃないか？」

「統計的にはそうなりますね」

「だったら、そういう統計を取ること自体に意味があるのか？」

「統計は統計ですよ」川西がまた肩をすくめる。

「お前にとっては、数字をこねくり回すことが面白いだけじゃないのか」

「ですね」

私自身、そういうのは嫌いではない。野球好きの中には、やけに数字にこだわる人間がいて、私もその一人なのだ。特に大リーグの場合、一世紀を軽く超える歴史があるから、あらゆる記録、数字が大量に残っている。見たこともない過去の選手と現在の選手を数字で比較することができるのも、野球の醍醐味と言えるだろう。しかも最近は、スコアブック以外の数字までがデータとして使われるようになっている。ステレオカメラやレーダーを駆使した「スタットキャスト」の導入で、ボールの動きや打球速度など、野球にかかわるあらゆる動きが数値化されるようになり、楽しみ方も大きく変わった。

しかしこれは、「ナショナルパスタイム（国民的娯楽）」と言われる野球での話であり、人命を左右する捜査を、全て数字に落としこむのは不可能だ。

「そもそも君は、何で数字が好きなんだ？」

「統計学にちょっと触って、それにコンピューターをいじる時もデータベースは極めて重要ですから、自然に、ですかね。そもそも子どもの頃から、数字をこねくり回すのは好きでした」

自分のことならペラペラとよく喋る男だ、と呆れる。彼のように数字に強い人間が必要な職場はあるだろう。警察も例外ではない。しかし、そればかりというのは――私たちが相手にするのは生身の人間である。「大まかな」動きは統計的に予想できるかもしれないが、統計をはみ出た例外の部分こそが「犯罪」になるのだ。

「とにかく、それだけにこだわらないことだ。だいたい今回の被害者支援、どういう風にリストに綴じこむ？」

「それはやっぱり、例外、じゃないですかね」川西がさらりと言った。「今まではどうだ？　大まかにジャンル分けしたら、例外ばかりになる。逆に細かく規定していけばいくほど、ジャンルが無数に増えてしまう——それが被害者支援なんだよ。そもそも、事件の種類で分けるのも無理がある。例えば女性に対する暴行事件だって、手口も被害者の反応も、俺たちが取るべき対策も、一つ一つ違うんだから」

納得したのかどうか、川西が黙りこんでしまった。まあ、そう簡単にはこちらの言うことを受け入れないだろう。数字を愛する人は、しばしばたった一つの原則にすがりがちだ。すなわち「数字は裏切らない」。それはそうだろう。しかし私たちが相手にしているのは人間であり、その行動はあまりにも不確定過ぎる。それを無理に数字に落としこんでも、得られるものはない。

「お前、元気だよな？　昨夜も普通に寝たんだろう？」

「ええ、まあ」

「じゃあ、ここの留守番を頼む」

「どこへ行くんですか？」川西が不審げな目つきで私を見た。

「休憩だ。俺は徹夜だったから」

もちろん、休憩するつもりはない。行き先は橘の家だ。これからどう転がっていくか分からないとはいえ、家族の顔を——特に愛花の顔を見ておくのは大事だ。

しかし私は、家に着くまでに散々愛花の顔を見ることになった。どのニュースサイトも、愛花の顔写真を大々的に掲載している。ある意味「公人」だから仕方ないのだが、今後の愛花の人生を考えると暗い気分になる。誘拐されてほぼ一週間、どこにどんな風に監禁されていたかはまだ分からないが、その経験が十歳の少女の将来に暗い影を落としてしまうのは間違いない。ネット上では、その期間に何があったのか、あれこれ詮索する声が上がり始めており、万が一彼女がそういうのを見ることがあったら、さらに深く傷つくだろう。

何度か優里に電話を入れたが、返事がない。メールにも反応がなかった。連絡が取れないほど揉めているのではと不安になり、初台の駅を降りてから、ほとんどジョギングするようなスピードで愛花の家に向かった。

コメントを出したにもかかわらず、家の前にはまだテレビの中継車や黒塗りのハイヤーが停まっている。いい加減にしろ——私は頭に血が昇るのを感じながら、後で広報に相談すべし、と頭の中にメモした。この連中を排除するには、広報の力が必要だ。

リビングルームが、臨時の取調室になっていた。予想と違って人は少ない。愛花はきちんとソファに座り、女性刑事が床に膝をつけ、目線を低くして話を聴いていた。愛花は普段着――ジーンズにトレーナーという地味な格好なのだが、それでもどこか輝くようなオーラが感じられる。子役というより「小さな女優」という感じだ。疲れているようでいかにも眠そうだったが、問いかけにははきはきと答えている。私はそれに、かすかな違和感を覚えた。事情聴取を受けているというより、インタビューのようではないか。

立ったままその様子を見守っていた優里が、私に目配せした。先に立って廊下に出た彼女の跡を追う。ドアを閉めると、優里はそっと息を吐いた。

「昨夜、大変だったんでしょう？」

「まあね」

「徹夜？」

「さっき、二十分ぐらいうたた寝したよ。愛花ちゃんはどうだ？」私はリビングルームの方に顎をしゃくった。

「ちゃんとしてるわ。ちゃんとし過ぎてて、ちょっとまずいなと思うぐらい」

「なるほど……」優里も私と同じ印象を抱いていたようだ。

「昼頃に病院で検査を受けたけど、取り敢えず体の方は大丈夫みたい。疲れていて風邪気味だけど、それだけ」優里が首を横に振った。暴行された形跡はないということか。

「しっかりした子だよな。でも、こちらも手配はしよう」

「その件なら、午前中に、本池先生と話したわよ」

「ああ」本池玲子は支援センターに勤めるベテランの臨床心理士である。「何か言ってたか？」

「特殊なケースになるかもしれないから、注意深くやりたいって」

特殊なケース——ここにも例外がある、と私は川西の顔を思い浮かべた。

「少し様子を見ないといけないけど、本池先生なら上手くやってくれるだろう」

「そうかな。私は、相当難しいと思うけど」優里が表情を暗くした。

「どうして？」

「本音を上手く摑めるかどうか。抑圧、ね」

「確かに、演技している感じがするな」

「それが自己防衛のためなのか、赤ん坊の頃から身に染みついた女優としての本能なのか分からないけど、あまりいい傾向じゃないわね。こういう時は、どこかで崩れて本音が出ることが多いけど、相手は子どもだから。本当に崩れてしまうかもしれない」

「そうだな」私は顎を撫でた。髭を剃ってこなかったのは大失敗だった。「今回は、担当の刑事は女性なんだな。取り調べは上手くいってるのか？」

「一課の特殊班にいる伊東彩香」

「知らない名前だな」

「機動捜査隊から上がって来たばかりなのよ。今、特殊班に女性は彼女しかいないから、大役を任されたみたい」

「大丈夫なのかね」私は首を捻った。「経験のない若手を、こういう大事な仕事に抜擢して」

「誰だって最初は初心者でしょう。何でもやってみないと。それにこういう時は、男性より女性の方がいいのよ。プラス材料を言えば、岩倉さんの弟子なんだって」

「ガンさんの？」岩倉がいる南大田署で鍛えられたのだろうか。

「なかなかちゃんとしてるわよ。少なくとも私が見ている限り、上手く話を引き出している」

「本音かどうかは分からないけど」

「そう厳しく言わないで」優里が顔をしかめた。

「ここはしばらく一人で大丈夫か？　安藤も芦田さんも、まだ使い物にならない」

「二人はどこにいるの？」

「安藤は自宅で休んでいるはずだ。芦田さんは行方不明だけど、自宅へ帰るだけ時間の無駄だから、スーパー銭湯かどこかで寝てると思う。芦田さんはダメージが大きそうだけど、安藤はそろそろ復活するんじゃないかな。そうしたら交代させるよ」

「愛花ちゃんに対する事情聴取は、そんなに長く引っ張れないわよ。夕方までには終わるから、それまでは私が様子を見ておくわ。それより、仲岡さんは大丈夫なの？」

「命に別状はない。まだ意識がはっきりしなくて、満足に話もできない状況だけど、いずれはちゃんと事情聴取できるようになると思う」

「だったら、事件の解決も近いわね」優里の顔に、ようやく笑みが戻った。しかしやはり硬い——満面の笑みとまではいかなかった。

彼女はやはり、愛花のことを心配しているのだ。幼い頃に事件に巻きこまれた人は、長じても精神的に安定しない傾向に陥る。嫌な記憶がきっかけになって、精神的な病気を発症したり、社会に適応できずに自分も犯罪に手を染めてしまう人もいる。フォローアップが大事なのだが、愛花が健気に、強く振る舞っているのがむしろ心配だ。事実関係はきちんと話しているだろうが、気持ち——本音を打ち明けているとは思えない。どれだけ怖かったか、嫌な思いをしたか、思い出すだけでも苦しくなるだろう。言葉にすると、悪夢はさらに鮮明になる。

ドアが開いたので、私たちは口を閉ざした。事情聴取担当の彩香が出て来る。改めて見ると小柄で、少し頼りなく感じられるぐらいだった。しかし表情は引き締まっていて、やる気を漂わせている。

「うちの村野くん」優里が紹介してくれた。

「ああ……お噂はかねがね」彩香が曖昧な笑みを浮かべる。

私は両手を上げ、ギブアップの意思表示をした。「今日は何もしてないから」と言うと、彩香の笑みが少しだけ柔らかくなる。

「ガンさんの弟子なんだって？」

「そうです。所轄でいろいろ教えてもらいました」彩香の笑みが本物になった。「ガンさんを知ってるんですか？」

「捜査一課で一緒だったこともある。それより、君の感触ではどんな感じだ？」

「愛花ちゃんは、一生懸命喋ってくれています。拉致された時の状況、監禁場所の様子、最後に解放された時のこと。よく覚えてますよ」

「監禁場所や犯人について、何か手がかりはないのか？」

「何ヵ所か移動させられています。最後の監禁場所は、都心のオフィスビルの小さな部屋だと思うんですけど、手がかりがまったくないんです。窓はなし。ドアには常に鍵がかかっていて、部屋にあるのはベッドだけ……トイレとシャワーはあって、タオルは渡されたからシャワーは使えたんですけど、服がずっと同じなので辛かったと言ってます。おしゃまな子なんですよ」

「大変だよな」私はうなずいた。「見張り役は？」

「基本はずっと一人でいたようです。食事を持って来る時だけ、人が入って来た——食事はだいたい、コンビニの弁当とかだったようですね」

今話を聴いた限りでは、監禁場所の手がかりにはつながりそうにない。コンビニの弁当なら、全国どこでも同じようなものだろう。

「しかし、よく一人で耐えられたな」

「それが一番辛かったって言ってます。テレビもないし、スマートフォンも取り上げられたので」

その辺、犯人はぬかりがなかったようだ。スマートフォンの電源が入っていて、GPSがオンになっていれば、当人の居場所をある程度は特定できる。特捜でも、まず真っ先にそれをチェックしたはずだ。犯人は分かっていてスマートフォンを奪い取り、電源を切るか破棄するかしたのだろう。

「結局、暇潰しでずっと教科書を読んでいたそうです」

「ものすごくタフね」優里が半ば呆れたように言った。「大人だったら、かえっておかしくなっちゃったかもしれない」

「ですね。あの子、大人よりも大人っぽい感じがありますよ。赤ん坊の頃から芸能界で仕事をしていたら、あんな風になるんでしょうか」

「支援課の研究材料になるな」私は合いの手を入れた。

「それと……犯人グループには女性がいると思います」

「間違いないのか？」私は声を低くした。

「最初だけ——拉致された時に、女性がいたはずだと言っています。ずっと目隠しをされていたんですけど、女性の声が聞こえたと」

「年齢は？」

「そんなに若くない……母親よりも年上じゃないかっていう話ですけど、これだけでは特定できないですね」

「なるほど……愛花ちゃんには長期のフォローが必要だ。そのために、今後もできるだけ詳細に状況を教えて欲しい」

「分かりました」彩香が真顔でうなずく。

人質が解放された——全面的には事件は解決していないが——日の被害者宅は騒がしい。とにかく人の出入りが多くて、何かと落ち着かないのだ。愛花の顔も見たし、声も聞いたから、私はこれで引き揚げようとしたのだが、家を出ようとすると、ちょうど戻って来た橘に摑まってしまった。

「ちょっといいですか」

そう言われたら断れない。私は優里にうなずきかけておいてから、橘の書斎に入った。二人とも昨日と同じポジションに落ち着くと、橘がウィスキーをグラスに注いだ。指一本分にも満たないが、それを一気に呑み干すのを見て、心配になってくる。こんな呑み方をして、弱っている心臓に悪くないのだろうか。

「愛花の事務所の社長に会って来ました」

「表にいたマスコミの連中は、大丈夫でしたか？」

「駐車場に入ってしまえば——駐車場が地下にあるメリットはこれですね。しかし、いつまでも張り込まれていたらたまらない。何とかなりませんか」

「マスコミは、愛花ちゃんの写真を撮りたいんだと思います」

「冗談じゃない」橘が憤然と言った。「愛花は被害者ですよ？　しかもまだ小学生、十歳だ。マスコミの目に晒されるなんて、たまったものじゃない」

いろいろ難しい問題だ。愛花はこの後、映画のクランクインを控えている。そうなると、撮影現場にマスコミを招くこともあるだろうし、完成すれば記者会見や舞台挨拶もある。そういう時に、事件にノータッチというわけにはいかないのではないだろうか。その疑念を口にすると、橘は「今まさにその件を相談してきたんです」と打ち明けた。

「事務所としては、どういう方針なんですか？」

「しばらくは——落ち着くまでは、マスコミの取材には一切応じません。まだ何が起きるか分かりませんから、学校へも送り迎えで対応します。その後、映画に向けて徐々に露出を増やしますが、その際は事務所の意向通りに取材してくれるマスコミに頼むことになるでしょうね」

御用マスコミ、というやつか。そもそも芸能マスコミは、基本的に取材対象の言いなりというイメージがあるのだが。

「それでも、愛花ちゃんの立ち直りが一番大事です」

「分かってますよ」むっとした口調で言って、橘が煙草に火を点ける。

「支援センターで、優秀な臨床心理士を紹介します。きちんとアドバイスを受けて下さい」

「何から何まで……ところで、仲岡はどうですか」煙草の煙を透かして、橘が私を見た。

「重傷だということはお聞きかと思いますが」

「無事なんですよね？」

「命に別状はありません」

「そうですか」橘が複雑な表情を浮かべた。橘にとって、仲岡はどう評価していいか分からない存在になってしまったのだろう。身代金は奪われ、犯人は逃げた。しかし仲岡は、身を挺して犯人の車の前に飛び出し、停めようとした形跡がある。それに身代金も仲岡が用意したわけだから、橘家は一切ダメージを受けていない。いわば「恩人」でもあるのだが、それでも橘が仲岡に対して依然として嫌悪感を抱いているのは明らかだった。

「ちょっと、嫌な気分がしましたよ」橘が小声で認めた。

「やはり、娘さんを不幸にした人が――」

「いや、それもありますけど、身代金の話がね」橘が顔をしかめる。「あの男も最近は羽振りがいいようだけど、飲食店の経営では、金を浮かすのは難しいんですよね。仕入れて出しての繰り返しで、金は常に流れていて、手元にはあまり残らない。五千万円を突然用意できたことに、違和感があります」

「本人は、必死でかき集めたと言ってましたよ」

「あれは……詐欺事件で、自分の懐に入れた金じゃないのかな」

橘が唐突に言った。私は反射的に「それはないだろう」と思ったが、すぐに考え直した。あの詐欺事件では、立件された分の被害額は五億円だったが、実際の被害はその倍、十億円にも達するとも言われた。しかしそれはあくまで机上の計算で、実際にどれぐらいになるかは分からなかった。警察が証拠として押収できた金額は一千万円だけで、残りは消えてしまったのだ。

大規模な詐欺事件では、被害者が団結して民事訴訟を起こし、騙し取られた金、それに賠償金を求める裁判を起こすのが普通だが、どういうわけかあの事件では、被害者同士が協力し合おうとしなかった。多数の高齢者が被害に遭った重大な詐欺事件として、弁護士も精力的に動いたのだが、人が集まらなかった。経済的にひどく困窮している被害者が多くなかったことも原因の一つだろう。老後の資金をそっくり注ぎこみ、明日の生活にも困るような人が被害者になれば、一円でも多く取り戻すために裁判に参加するだろうが、仲岡たちは、金に余裕のある高齢者ばかりを狙ったようだ。そもそも金がない人間は、投資に関心を示したりしない。そして金持ちを探すのはそれほど難しくないのだ。世の中には様々な名簿が出回っており、載っているだけで金持ちだとわかるようなものもある。住んでいる地域、マンションならグレードなどを見ただけで、詐欺師は相手の懐具合を見抜く。

「だとしても、金の出どころは——特に現金だと、追跡は難しいですよね」

「だからこそ、何だか釈然としないんですよ。そういう金で娘を助けてもらったとしたら、こっちも気分はよくない」

「犯人を捕まえれば、回収できます。五千万円もの金を、簡単に使ったり隠したりはできないですから」

しかし仲岡たちは、詐欺事件で儲けた金を上手く隠してしまったわけだ——自分の言葉の嘘が嫌になる。

「確かあの事件では、自殺した人もいたんですよね」

「そう、ですね」

「しかも事件が発生して何年も経ってから――それぐらい、被害者にダメージが残った事件なんですよ」

その時ふと、私の頭の中で何かがつながった。詐欺。自殺者――どこかで見た記憶がある。

「確かに自殺者が出ました。しかし、何年も経ってからというのは……」喋っていても、記憶は鮮明にならない。

「私はたまたま週刊誌で読んだんですよ。ひどい話だったから、覚えていたんです」

橘が説明した。

「いつ頃ですか？」

「六年――七年前だったかな。どの週刊誌だったかまでは覚えてないけど」

私も、その週刊誌を読んでいたかもしれない。それがどうして頭に引っかかっているのだろう。普段なら、週刊誌の記事など読んだ側から忘れてしまうのだが――すぐに思い出した。自殺した人の名前。

鹿島だ。

6

最近は、アーカイブの検索サービスを提供している週刊誌も多く、私は主要な週刊誌の過去記事を検索して、すぐに当該の記事を見つけ出した。五年前の「東日ウィークリー」。この自殺は、詐欺事件の裁判で最後まで否認していた被告に対して一審判決が出た時期だった。そのタイミングでなければ、わざわざ自殺を記事にはしなかっただろう。

鹿島義泰（よしやす）。確かに「鹿島」なのだが、これがあの「鹿島」の家族かどうかは分からない。年齢で判断すれば、長男の双子の弟のようだったが、記事を読んだだけでは確証は得られなかった。

現場は板橋区——義泰はその数年前に結婚し、当時は妻と生まれたばかりの子どもと、この街で暮らしていたようだ。

問題は動機である。記事によると、義泰が義理の両親に未公開株購入を勧めた結果、一千万円を騙し取られた。それがきっかけで、結婚して二年足らずの妻との諍い（いさか）が絶えなくなり、結局妻は生まれたばかりの子どもを連れて実家に帰ってしまったという。義泰が自殺したのはそれから数ヵ月後の十二月三十一日——大晦日。詐欺事件の判決直後で、訪ねて来た実の兄が、応答がないのを心配して警察に連絡し、首吊り自殺している遺体が発見されたのだった。

　火災で亡くなった鹿島陽子の息子が自殺したのは間違いない。家族がバラバラになったのはその自殺のためだと分かっていたが、まさか詐欺事件に巻きこまれたのが原因で自殺したとは。いや、焦るな。まずはこの人物が本当に陽子の息子なのか、確認しなければならない。

　こういう時は、電話一本では済まない。私は所轄の刑事課に電話を入れ、五年前にも勤務していた人間がいないか、確認した。幸い刑事課には一人、今年の年末で退職だというベテラン刑事が勤めているのが分かった。事情を話すと、自殺のことは覚えていたが、詳細は分からないという。私がすぐに向かうと言うと、それまでに資料を探しておく、と言ってくれた。どうやら暇を持て余しているらしい。

　所轄は、都営三田線の本蓮沼駅と志村坂上駅のほぼ中間、中山道沿いにある。私は手前の本蓮沼駅で降りて、歩いて行くことにした。歩けば目も覚める――ついでに途中で見つけた喫茶店に入り、カレーライスで遅めの昼食を済ませた。飲み物はアイスコーヒーにして、滞在時間十分で店を出る。

　所轄の三階にある刑事課に入ると、初老の刑事、宗方が出迎えてくれた。最近は六十歳でも若い人が多いのだが、宗方はすっかり疲れて萎んだ様子――髪はほぼ白くなり、顔に皺も目立った。何より、体全体から発するエネルギーが感じられない。

「支援課の人がお出ましとは、珍しいね」宗方は自分の隣の椅子を勧めてくれた。昼間なので、ほとんどの刑事は署を出払っている。

「所轄でお話しするような機会は、ない方がいいですよね。イコール、事件があるということですから」

「今回も何か事件で？」

「いや、そういうわけじゃないんです。先日扱った事故に関連していることで、ちょっと気になったことがありまして」私は火災の概要を説明した。

「なるほどね。資料といっても、ちゃんとした調書はもう処分済だ。警察的には問題のない自殺案件だったからね」

「書類は、溜まる一方ですからね」うなずいて認めながら、私は不安になった。調書が見つからなければ、宗方の記憶に頼らざるを得ないが、それが当てになるかどうか、分からない。

宗方は、引き出しから古い手帳を取り出し、「こいつは五年前に使ってたやつだ」と言った。

「残してあるんですか？」

「警察官になってから使った手帳は、全部残してあるよ」

「それはすごい」

「単なる貧乏性で、捨てられないだけなんだけどね」宗方が苦笑する。「今まで役に立ったこともないし——まあ、今回は少しは役に立つかな」

宗方が手帳をパラパラと開き、すぐに当該のページを見つけ出す。細かい字でびっしりと埋まっていたが、必要な情報にすぐ行き当たったのは、彼なりの整理術を確立しているからだろう。

「知りたいのは、家族関係なんです。通報者はお兄さんと聞きましたが」

「お兄さん……そうそう、双子だったんだね。孝泰さん——鹿島孝泰さんだ」

当たりだ。私は確信したが、念のために字解きを頼んだ。

「孝行の孝に、安泰の泰。どうだい？」

「間違いないですね。私が探していた人物です。どういう状況だったか、教えてもらえますか？」

「双子だけど、二人とも当時もう結婚して実家を出ていた。ただ、この義泰さんという人は詐欺事件に引っかかって、義理の親に迷惑をかけた挙句に家庭崩壊したわけだよ。嫁さんは子どもを連れて実家に帰って、以来一人暮らしだった。仕事も休みがちで、会社でも問題になっていたらしい。実家との連絡も途絶えるようになって、心配になった兄貴の孝泰さんが家を訪ねて、様子がおかしいのに気づいて一一〇番通報したのさ」

「臭いですか？」独特の死臭で孤独死などが発覚することも多い。

「そういうこと。それで、俺は臨場したんだ。首吊り自殺で死んでから日数も経っていたから、あまり気持ちのいいものじゃなかったね」

「お兄さん──孝泰さんの反応はどうでしたか？」

「茫然(ぼうぜん)としてた。ただ、ある程度は予想してたみたいだね。詐欺の件で相当悩んでいるのは知っていたわけで……義泰さんという人も、悪気があって騙されたわけじゃないんだけどね」

奇妙な言い分だと思った。騙される人に悪意があるわけがないだろう。あくまで犯罪被害者だ。

「奥さん思いの人でね。義泰さんが惚(ほ)れこんで惚れこんで、何とか結婚してもらったそうなんだ。結婚してからも尽くす日々で、義理の両親のご機嫌も取っていた。老後資金の足しにとこの話を勧めて、結果的には詐欺の被害に遭ったわけさ」

「洒落にならないですね」

「高齢者が騙される詐欺では、珍しいケースだろうね。まあ、騙された人の背後には、より多くの被害者がいるということだよ。そういうことは、あんたたち支援課の方がよく知っているかもしれないが」

「そうでもないですよ――詐欺事件の被害者を担当することは、まずありませんから。被害者の方も、我々より弁護士に相談したいんじゃないですか？」

「そりゃそうだよな」宗方が軽く笑った。「俺たちじゃあ、金のことを相談されてもどうにもならんしな。しかしあの時は、母親の方が可哀想だった」

「鹿島陽子さん、ですね」

「ええと」さらにページをめくり、手帳を見下ろしたまま、宗方が「そうだね」と認めた。

「陽子さんか……俺も長いこと刑事をやってたけど、あれだけひどく泣き叫ぶ人を見る機会はなかったよ。結婚して家を出た息子だから、ある程度は距離ができているはずだけど、やっぱり息子のことになるときついだろうね。自殺なんてされたら、親はどうして頑張って育てたのか、分からなくなる」

「――ですよね」

「まあ、結果的にあの時は、うちの初期支援員が上手く対応して、あんたたちに応援をもらうことはなかったんだけどね。自殺ぐらいで、一々支援課にヘルプを頼んでいたら、あんたたちも困るだろう」

「いや、いつでも大丈夫ですよ」そこで我々がどうやって被害者家族に接するかを、所轄の人間に直接見てもらいたい。

「とにかく、大変な悲しみようだったけど、何とか落ち着いてくれた。遺体は、実家の方で荼毘に附したんじゃないかな」

「奥さんは？」

「葬式には出たはずだ――いや、間違いなく出たな。俺も会ってる。しかし出ただけだ……そう、思い出したけど、奥さん、一言も言わないでその場にいるだけだった。いろいろ思うこともあったんだろうね」

「でしょうね。今までどうしていたかまでは、分かりませんよね？」

「さすがにそこまではフォローしていない。それで？　今回火災で亡くなったのが、義泰さんのお母さんなんだね？」

「ええ。どうも、息子さんが自殺して以来――その前からかもしれませんが、宗教の道に入って、家族とは別居したんです」

「それも詐欺事件の影響みたいなものじゃないか」宗方が顔をしかめる。「未だに影響が残っていると考えると、怖いね。金の問題はいつまでも続くもんだな」

「私もそう思います」

「で、何が気になってるんだ？」

「いや、具体的に何が問題ということはないんですが……鹿島陽子さん――義泰さんの母親は、隠遁したような生活を送っていました。家族も完全にバラバラになっていたんですが、陽子さんが亡くなったのがきっかけで、また家族として向き合うようになってきた感じなんです」

「何が問題なんだ？　いい話じゃないか」宗方が不思議そうな表情を浮かべる。「そもそも、そこまでは警察が手を出すような問題じゃないと思うが」

「そうなんですよね」私は自分を納得させるようにうなずいた。「ただ、何か気になるんですよ。それが何だかは分かりませんけど」

「まあまあ」宗方が立ち上がる。「お茶でも淹れるよ。あんたがいきなり話し始めるもんだから、おもてなしするのも忘れていた」

「どうぞ、お構いなく」

しかし宗方は、お茶を淹れてくれた。出がらしで、古びた湯吞みで出てきたお茶は、いかにも昔ながらの刑事課の飲み物という感じがする。支援課ではそれぞれが勝手に飲み物を調達してくる——梓など、時々クリームたっぷりの甘ったるいコーヒーを持って部屋に入ってくるのだが、私はいつも違和感を覚える。

「こういうお茶、久しぶりですよ」かすかにお茶の香りがするお湯という感じだったが、それが妙に懐かしい。

「悪いね、出がらしで」

「こういうのが好きなんです」

「あんたも古いタイプだねえ」

宗方の言い方に、思わず苦笑してしまった。まあ、年齢の割にオッサン臭いとは、昔からよく言われていたのだが。

「宗方さん、この署はもう長いんですよね」

「六年目かな」

「所轄で六年は長いですよね」

「ここで終わりにするつもりで希望を出したんだよ」宗方の表情が少しだけ緩んだ。「だいたい、五十を過ぎたら、本部の戦力としてはあまり期待されないからな」

「そんなこともないでしょう」

「通勤が面倒臭くなってね」宗方がニヤリと笑う。「十年前に近くに家を買ったんで、ここへ異動する気になったんだ。毎日、歩いて出勤できるから、ストレスが減ったよ。日本のサラリーマンは、通勤でエネルギーを使い果たしちゃうんじゃないかね」

「ごもっともです」私の場合は特にそうだ。満員電車の中で押されてバランスを崩すと、膝に余計な負担がかかってぎくりと痛みが走ることがある。その度に、時折車内放送で流れる「体調の悪いお客様——」という台詞を思い出すのだ。膝の痛みで救急車を呼ばれ、電車が遅れでもしたら、公務員としてまことに申し訳ない。

「しかし、あの自殺は、結構嫌な想い出だね」

「でしょうね。実は、大本になった詐欺事件、俺も捜査してたんですよ」

「何だ、そうなの」宗方が目を見開く。「だったら、あんたにとっては因縁の事件というわけだ」

「所轄で、手伝いをしてただけですけどね。すぐに本部に異動になったから、最後までつき合わなかったんです。その時逮捕された一人が、今回の誘拐事件に絡んでいた仲岡さんですよ」

「ああ、ニュースでそんな風に書いてあったな」

朝の段階では、そこまで書いている記事はなかった。時間が経って次第に状況が明らかになってきて、マスコミも続報を書いてきたわけか……しかしこれは、人権侵害になりかねない。仲岡は有罪判決を受けたものの、既に執行猶予は終わっている。真っ当に更生している一般人なのだから、過去の犯罪をあれこれ詮索するのは筋違いだ。ただし、アクセス稼ぎに汲々とするネットメディアは、そんなことを気にせず書いてくるだろう。ああいう連中は、週刊誌の中吊りを作るのと同じ感覚——見出しで釣って、クリックさせればそれで勝ちなのだ。内容などどうでもいいと思っているに違いない。

「仲岡さんか……そう言えばあのお母さん、仲岡さんのことを知ってたな」

「え?」話が急に動き出して、私は思わず聞き返した。「知ってたって、詐欺に絡んでですか?」

「そう、今思い出した。お母さん、半狂乱で泣きながら、『仲岡だけは許さない』って何度も言ってたんだ。その時は誰だか分からなかったけど、後で家族に——長男に聞いたら、詐欺事件の犯人だって分かったんだ。あの時はもう、裁判が終わって、執行猶予判決が確定してたんじゃないかな」

「そうですね」仲岡は捜査に協力的であり、分離公判となった裁判でも事実関係は一切争わず、控訴もせずに、いち早く刑が確定していた。有罪か無罪かで争うよりも、とにかく執行猶予判決を獲得して、一刻も早く社会復帰したいという意識が透けて見えた。

「息子さん——その義理の両親を騙した相手については、名前も分かってたんだね」

「仲岡は確か、裁判が始まる前に、弁護士を通じて被害者に謝罪の手紙を出しています」捜査一課に異動してから知ったことで、これも私に言わせれば卑怯な手段だ。

「それは俺も聞いてる。作戦だな、と思ったよ。あれだけ大がかりな詐欺をした人間が、一転して急に反省するのは、かえって不自然だろう?」

「ええ」

「俺は一つの家族が崩壊した瞬間に、出会ったんだよな。ああいう経験は、長く刑事をやっていても、なかなかできないね」

「でしょうね」

宗方が、私の目をじっと覗きこんだ。急に居心地が悪くなったが、彼が何を言いたいかは想像できる。ほどなく宗方は、私が想像していた通りのことを言った。

「あんた、何か閃いてるね？」

「閃きかどうかは分かりませんが」

「じゃあ、何かを疑ってる」

「さあ」私は言葉を濁した。確かに疑っているのだが、それが何の疑いなのか、自分でもよく分からないのだった。


本部に戻り、所轄時代の先輩で現在捜査二課にいる井口を訪ねた。私より一歳年上で、知能犯捜査のエキスパートである。そしてあの詐欺事件では、所轄側の主力だった。その時の仕事ぶりを認められて、捜査が一段落した後に、本部の捜査二課に引っ張り上げられている。その後はずっと二課で活躍し、何件もの大型詐欺事件を手がけてきた。振り込め詐欺などの特殊詐欺が増え続ける今、とにかく休む暇がないとよくぼやいている。

「どうした、珍しいな」

「たまには先輩の顔を見に来てもいいでしょう」

「俺はお前の顔を見ても、別に嬉しくない」

井口が憎まれ口を叩いた。昔から皮肉っぽい男なのだが、年齢を重ねて、その傾向に拍車がかかったようだった。小柄でほっそりした頼りない外見の割に喧嘩っ早いところもあって、よく先輩や上司にも平気で突っかかっていた。

「仲岡のことだろう」

「ええ」勘の良さに驚きながら私は認めた。

「あの野郎、お調子者かと思ってたら、とんだベストファーザー賞じゃねえか」

「その言い方、何か変ですよ」

「うるせえな」井口が真顔で怒りを表明した。「とにかく、娘のために金を出して命を張るなんてのは、なかなかできるものじゃねえぞ」

「分かりますけど、本当に更生してるんですかね」

「何が言いたい？」

「彼は更生しているつもりでも、昔の事件を今でも恨みに思っている人もいるんじゃないですか？」

私は五年前の出来事を説明し始めたが、井口は途中で遮った。

「その話なら知ってる。仲岡は、一部の人には確かに非常に評判が悪かった。あの男、自分が勧誘して損害が出た人間には、金も出してるんだぜ？」

「賠償金ということですか？」これは初耳だった。

「賠償金というか、元々巻き上げた金の一部を返したようなものだ。相当な金を自分のところに残してたんじゃないかな。確証はないけどね」

「仲岡は、あの事件ではほとんど儲けられなかったんじゃないですか？」

「どうかな」井口が皮肉に唇を歪める。「あの事件で連中が集めた金は、立件できただけで五億円になる。そのうち、我々が捜査の証拠として押収したのは一千万円ぐらいだ。残りの金はどこかへ消えたか――」

「連中がどこかへ隠してしまった」

「その通り。うちとしては手を尽くしたんだが、結局金は見つけられなかった。仲岡は、そうやって隠した金の一部を被害者の弁済に使ったんじゃないかと、俺は読んでいる。それはまあ、悪い話じゃないとは思うよ。少しでも返金しようという意識はあったんだから」

「しかし、被害者からすると、冗談じゃないという感じかもしれませんよ。自分たちが騙されて巻き上げられた金よりも、ずっと少ない金額が返ってきただけ――そんなのは、誠意とは思わないでしょう」

「そうなんだよ。要するに、仲岡は結局真面目じゃないと思っている人は少なくなかった。裁判でのしおらしい態度も、演技にしか見えなかったしな」

「今でも仲岡を憎んでいる人がいると思いますか？」

「それはどうかな」井口が顎に拳を当てて首を傾げた。「事件の発覚から十年も経ってるんだぜ？　さすがに人間の恨みは、そんなに長くは持たないよ。特に金のことだと——金は所詮金だから」

「でも、それが原因で身内の人間を失っているとしたら？」

「俺は心理学者じゃないから何とも言えないが、そこまで大変だと、あり得ない話じゃないかな」

「それが心配なんですよ」

「何だったら、当時の仲岡の弁護士に会ってみたらどうだ？　被害者に金を渡したり、手紙を出したりしたのは、その弁護士を通じてだから」

「紹介してもらえますか？」私はかすかに身を乗り出した。

「紹介はしない」井口がにやりと笑った。「あの先生は、警察とは特に仲がいいわけじゃない。ま、正直言えば、俺とは馬が合わなかった」

井口と気の合う弁護士がいるとも思えなかったが……何も言わずにおいた。弁護士の名前だけを教えてもらう。

これは明日以降の仕事と決めた。いくら何でも働き過ぎ——支援課本来の仕事もある。それに、何か怪しいと思っても、一晩ゆっくり考えるのは大事だ。時間が冷静さを取り戻させてくれることもある。

第四部　悪の循環

1

徹夜した後の常で、翌朝はかえって早く目覚めてしまったのだが、取り敢えず頭はすっきりしていた。

ずっとバタバタしていたので、冷蔵庫の中は空っぽだった。仕方なく家を出て、駅の近くにあるチェーンのカフェに飛びこみ、分厚いトーストとゆで卵のモーニングセットを頼む。食べながらスマートフォンでニュースサイトをチェックし、新聞各紙の誘拐報道を確認した。取り敢えず、私の知らない事実は出ていない。

それにしても不可解なのは、犯人の狙いと動きだ。一週間も愛花を監禁しておいて、身代金が手に入った途端に解放したのは何故だろう。犯人にとってはあまりにも危険なやり方だ。私が犯人だったら、人質は絶対に帰さない。一週間も監禁していたら、人質も自分がどこにいたか、犯人が何者なのか、気づく可能性があるからだ。どんな犯罪でも、長引けば長引くほど証拠が残りやすくなる。

一つだけ、昨日の段階では私が知らない事実があった。愛花の監禁場所は少なくとも三ヵ所あったらしい。最初、そして二番目は狭いアパートかどこかだったようだがいずれもすぐに移動し、オフィスビルのような場所が三つ目の監禁場所になった。

これもよく分からない動きだ。どこにいるか分からなくするために移動したのかもしれないが、リスクも大きい。愛花は何らかの方法で眠らされていることも多かったのだが――残留薬物が検出されていた――それでもいつ目覚めるかまではコントロールできない。犯人に医療関係者でもいない限り、睡眠薬などで確実に、安全に眠らせておくことは難しいはずだ。

しかし特捜は、犯人の行方を完全に見失っていた。昨日遅く――午後九時過ぎになって、身代金の奪取に使われたと見られる日産ノートが、千代田区内のコイン式駐車場に放置されているのが見つかっていた。南池袋PAの防犯カメラに映っていた車の特徴と一致したが、どうやら犯人はあらかじめ用意しておいた別の車に乗り換え、Nシステムなどによる監視網をかいくぐって逃走に成功したようだ。発見場所から推定すると、犯人は飯田橋で首都高を降りてからすぐに、車を乗り換えたようだった。ちなみにノートは盗難車だった。

何を考えているか分からない犯人だが、用意は周到だったと言っていい。いずれにせよ、新聞記事で読んだ限りでは、特捜は犯人に一歩も近づいていない。

もちろん、報道協定が解除された後は、特捜はマスコミに捜査状況を詳しく発表しなくなるのだが、マスコミの連中も、公式発表や会見だけで記事を書いているわけではないのだ。あれこれ伝手を使い、普段から通じている警察官に極秘に情報をもらって、捜査の動きに迫っていく。

「結局、まんまとしてやられたわけか」一人きりの喫茶店の中で思わずつぶやいてしまい、自分に嫌気がさした。何も、わざわざ声に出さなくてもよかった。

早めに出勤し、弁護士へ連絡する準備をする。事務所は内幸町。歩いても行ける場所だった。

今日は梓が愛花につき添うことになっており、本部へは出勤しない。朝の打ち合わせを終えると――状況が複雑なので九時近くまでかかった――私は、まだ疲れが抜けていない様子の芦田に今後の動きを相談した。

「鹿島家に、もう少し食いつきたいんですが」

「鹿島さんの方は、もう決着がついたじゃないか」

「少し気になっていることがあるんですよ」全ては説明しないことにした。私の推理は、あまりにも突飛過ぎる。詳しく話すのは、もう少し状況がはっきりしてからにしたかった。

「しかし、橘さんの方はまだ手がかかる――むしろこれからが本番だぞ」

「でも今日は、安藤がずっとつき添う予定ですよね？　あいつに任せておけば大丈夫ですよ」

「それはそうだが、お前、最近我がままが過ぎるんじゃないか？」

「しょうがないでしょう。どうせ課長には嫌われてますしね」私は課長室の方を見ながら、自嘲気味に言った。

「嫌われてるかどうかはともかく、こういう時なんだから、少し自重しろよ」

「近くにいます。何かあったら走って帰れる場所ですから」

芦田が私の右足を疑わしげに見たが、それを無視して支援課を出る。誰にも聞かれたくないので、廊下から弁護士事務所に電話を入れた。問題の弁護士、竹原は、朝は外で依頼人と面談があり、事務所への出勤は十時半になる予定だった。取り敢えずその時間に事務所に伺うと強引にアポを入れ、電話を切った。

さて、時間に余裕はある。私は雑務をこなしながら十時になるのを待ち、本部を出た。日比谷公園の中を突っ切るショートカットのコースで行けば、事務所のある内幸町まで、私の足でも二十分はかからないだろう。

とはいえ、今日は朝から雨だ。湿気が高いと膝が痛むこともあり、どうしても早足では歩けない。通り過ぎる何台ものタクシーを無視するのは辛かったが、この短い距離でタクシーに乗るのも申し訳ない。結局、約束の時間ぎりぎりに事務所に滑りこんだ。

弁護士の竹原は、既に戻っていた。部屋へ通されると電話中——機密を要する電話ではないようで、私が顔を見せると、右手を差し伸べて椅子に座るよう促した。

「はい、ええ、大丈夫ですよ。では、明日の朝九時にお伺いしましょう」

電話を切り、自分はデスクにつく。私が座った椅子は、彼のデスクに相対して置かれており、折り畳み式の簡素なものだった。依頼人が、人生の節目になるような相談をする場所としては、少し寂しい。

名刺を交換すると、竹原がしげしげと私の名刺を確認した。

「支援課ですか」

「ええ」

「支援課の人がうちに来るのは珍しいですね」

「いろいろやっていますので」

無害な会話を交わしながら、私は竹原という弁護士を素早く観察した。五十歳ぐらい、ほっそりした体型で、薄い茶色のツイードのスーツに深い緑色のネクタイを合わせている。ポケットチーフはネクタイと同色。かなりの洒落者のようだ。彫りの深い顔立ちで、髭は濃い。令和に流行るような顔ではないが、昭和だったら女性から追いかけ回されて大変だっただろう。

「それで……」デスクに視線を落とす。先ほど私が職員に話した内容が、メモで残されているのだろう。「仲岡さんのことですね？」

「そうなんです。誘拐事件のことはご存じですか？」

「チェックしてますよ」竹原が認めた。「刑事弁護士ですからね。いつどんな事件が飛んでくるか、分からない」

「だったら、仲岡さんが身代金を出して、その運搬役を買って出たこともご存じですね」

「しかも犯人の車にはねられたことも――まあ、彼ならそれぐらいのことはするでしょうね」

「と言いますと？」

「会えない娘を溺愛していた――溺愛したくてたまらなかったんでしょうね。会えないからこそ、思いは募るものです」

「それは分かりますが……」

「愛花ちゃん、可愛いでしょう」

「ええ」昨日初めて生で見た愛花のことを思い出す。「少女」というより「小さい女性」という感じで、将来は「可愛い」ではなく「美しく」なるタイプだ。

「仲岡さん、愛花ちゃんが生まれた時は、もうデレデレだったらしいですね。三十代半ばで初めてできた自分の子だということもあったのかな」

「分かります」

「それが、自分の責任とはいえ、離婚して離れざるを得なくなった。彼にとって、あの事件後の最優先事項が何だったか、分かりますか？　愛花ちゃんと何とか関係を保つことですよ」

「しかし、逮捕されて、しかも離婚してしまったんだから、そう簡単にはいかなかったでしょう」

「そのうえ実刑判決を受ければ、本当に愛花ちゃんと離れ離れになってしまう――彼にとっては、少なくとも娑婆で同じ空気を吸っていることが大事だったんです。たとえ会えなくてもね」

「おかげで、警察はだいぶ楽をさせてもらいましたよ」私はつい皮肉を吐いた。「彼が仲間を売ったために、事件は早期解決しました。彼も情状酌量を勝ち取って、裁判は執行猶予判決で終わった――ウィン‐ウィンですね」

「この状況で、そういう皮肉はいらないのでは？」

「そういう知恵をつけたのは先生ですか？」忠告を無視して私は訊ねた。

「私はアドバイスしただけで、方針を決めたのは彼です。いずれにせよ、十年も前のことなので、よく覚えていないな」

本当に？　刑事事件専門の弁護士だからこそ、担当した事件の中でも「重い」ものについては詳しく覚えているのではないだろうか。そして、仲岡たちの事件は、彼のキャリアの中でもかなり重要な部類に入るのは間違いない。何しろ逮捕者十人、被害者百人以上、被害総額は五億円……こういう裁判で犯人を弁護しても、メリットがあるとは思えない。民事訴訟で被害者側の代理人になれば、それこそ正義の味方を名乗れるのだが。

「ああいう詐欺師を弁護するのは、いい気分じゃないでしょう」

「まあね」竹原が認めた。「しかしあなた、そんな話をしにここへ来たんじゃないでしょう？」

「ええ」脱線してしまったと反省しながら私はうなずいた。「仲岡さんと、被害者の関係について知りたいんです」

「と言うと？」

「仲岡さんは、被害者の一部に金を返し、謝罪の手紙も書きました。それで、全ての被害者は納得したんですか？」

「微妙な話ですね」竹原が腕時計を外す。長期戦を覚悟したような感じだった。「騙し取った金額に対して、返した金額があまりにも少なかった。謝罪文には、連絡先としてこの事務所の電話番号を書きましたが、連絡は一度もありませんでした」

「納得したんですかね？」

「あるいは、弁護士に話しても何にもならないと思ったか」自嘲気味に竹原が言った。「とにかく、問い合わせも抗議も一件もありませんでした」

「その中に、鹿島さんという人はいましたか？　鹿島義泰さん」

竹原の目の端がぴくりと動いたが、一瞬後には平静な表情に戻り「個別の名前はお教えできません」とピシャリと拒否した。

「ずいぶん昔に終わった事件ですが」

「それでも、です」竹原は頑なだった。

「本人が亡くなっても、ですか？」

「え？」

竹原の顔に、一瞬疑念が過った。もう少し駆け引きを続けてもいいが、私はここでネタを全部出すことにした。

「仲岡さんが金を返して謝罪文を送った相手の一人に、鹿島義泰さんという人はいませんでしたか？」私は質問を繰り返した。

「どうかな。相手は何人もいましたからね」竹原の視線がデスクに落ちた。

「その人は亡くなりました。自殺です」

竹原がぐっと唇を嚙み締める。話していいかどうか迷っている。あるいは本当に何も知らないのかもしれないが。

「竹原先生――」

「その件は知らなかった」ノートパソコンを開き、キーボードに素早く指を走らせる。顔を上げると、「しかし、あなたが嘘をついていないという証拠はない」と疑念を表明した。

「嘘をついて、私に何かメリットがあると思いますか？」私は胸を張った。それから正直に、自分の考えを説明する。

「それは、どうなんだろうか」竹原が首を捻る。「少し想像が飛び過ぎるのでは？」

「そうかもしれません。しかし、こういう事態のせいで犠牲になる人がいるとしたら……警察官としては許せません。絶対に真相は解明するつもりです」自分が、ではないかもしれないが。

「鹿島さんは対象だった」

竹原が認めた。私は黙ってうなずき、先を促した。竹原がパソコンに視線を戻して続ける。

「鹿島義泰さんの場合、彼が直接の被害者ではなかった」

「被害者は義理のご両親ですね」

「一千万円、投資していた」

「仲岡さんは、いくら返したんですか」

「五十万」

ほぼ泣き寝入りではないか。これでは、いくら誠意ある言葉で飾った謝罪文をもらっても、許せるものではないだろう。

「先生は、直接接触はしていないんですね？」

「ええ」

「だから、何が起きていたかもご存じない？」

今度は無言でうなずく。私は、義泰がこの件で妻の家族と揉め、結局離婚した後に自殺してしまったことを説明した。竹原の眉間の皺が、どんどん深くなる。

「しかもその後、鹿島さんの実家も実質的に崩壊しています。息子さんが自殺したことで、母親が新興宗教に走り、それを疎ましく思った父親との関係に亀裂が入って、夫婦は別居しました。その母親は先週、自宅の火災で亡くなっています」

「そんなことが……知らなかった」

「ニュースにはなりましたが、ベタ記事でした」事件性のない火災で一人死亡の場合、この程度の扱いだろう。「何か関係あると思いませんか？」

「想像で物は言えません。私は刑事じゃないんですよ」

「刑事事件専門の弁護士さんは、刑事と同じような発想をすると思ってました」

「それはあなたの勝手な思い込みだ」竹原が反発した。

「そうですか……失礼しました。仲岡さんは今、何を考えているんでしょうね」

「怪我の具合は？」

「命に別状はないですが、重傷です。いずれにせよ、いろいろ思うことはあるでしょうね。私は一つ、疑問に思っていることがあります。彼が犯人の車にはねられた時のことですが」

竹原は何も言わなかった。否定したものの、彼はやはり刑事的な発想を持っているのでは、と私は想像した。

「彼は、無理に車に突っこんでいきました。そんなことをしても無駄――逆効果だということは分かっていたはずです。生身の人間が車を止められるはずがないし、不測の事態が起きれば、愛花ちゃんの身が危なくなる。いくら頭に血が昇っていても、それぐらいのことは判断できるはずです。それを消し去るぐらいの事情があったんだと、私は想像しています」

竹原は依然として何も言わない。しかし表情を見る限り、私の言い分を真剣に検討しているのは明らかだった。

「仲岡さんは、誘拐事件の犯人を知っていたと思います」

竹原がはっと顔を上げた。これまでにも増して真剣な表情で、もう少しでうなずきそうな気配があった。

「だからこそ、慌てて車に飛びついて止めようとしたんじゃないでしょうか。それ以外に、あの無謀な行動の動機は理解し難い」

「本人に直接確認してみては？」

「まだきちんと事情聴取できる状態ではありませんし、そもそも私には捜査する権限もありません。あくまで被害者支援課の人間ですからね」

「だとすると、あなたがやっていることは単なるお節介というか……自分の興味のままに首を突っこんでいるだけですか」

「正直、それもあります」私は認めた。「支援課としてどういう方向で仕事をするか、難しいところなんです」

「それはあくまで警察の事情でしょう」

「事件の筋道が見えないと、どこを見て仕事をしていいか、分からないんです」私は素直に認めた。「あくまで自分の仕事のために、首を突っこんでいるんですよ」

「しかし私としては、これ以上協力できることはない」

「あります」私は即座に反論した。「あの事件の共犯者——逮捕された他の九人の現在の居場所、連絡先を知りたいんです」

「私は知りませんよ。仲岡さん以外の弁護は担当していなかったし」

「弁護士同士の横のつながりがあるでしょう。一緒に裁判を受けていた被告もいるわけですし、あの裁判にかかわっていた弁護士に当たって、現在の状況を割り出してもらうのは――」

「私には、そういうことをする義務はないでしょう」竹原は後ろ向きだった。

「お願いします」私は頭を下げた。「かつて弁護した人が、死にそうな目に遭ったんですよ？　変な話ですが、先生も今回の誘拐事件には縁があると言ってもいいんじゃないですか」

「それは強弁だ」竹原の顔が強張る。

「先生、子どもが誘拐されたんですよ」私は引かなかった。「しかも愛花ちゃんは有名人です。無事に戻って来ましたが、問題はこれからなんです。芸能マスコミもネットも、大喜びしそうなニュースじゃないですか。私たちは、愛花ちゃんとその家族をマスコミの攻勢から守らなくてはいけない。そのためには、一刻も早く真相を知る必要があるんです」

深々と頭を下げる。竹原が、真剣な表情でパソコンの画面を覗きこんだ。ほどなく、デスクの端に置いてあるプリンターが、音を立てて紙を吐き出し始める。竹原が無言で、そちらに向けて顎をしゃくった。私は立ち上がって一礼し、紙を持って部屋を後にした。

いくつかの名前には見覚えがある。顔が浮かんだ人間もいた。

お前ら、また戻って来たのか——悪の世界に。

2

こういう時は、一気に調べを進めた方がいい。しかし自分一人でやらねばならないので、どうしても時間がかかりそうだった。

私は夕方近くまで動き回り、怪しい人間を何人かリストアップした。所在不明の人間、最近普段と違う動きをしていた人間——いくつかの情報を入手した後、私はしばし立ち止まって考えることにした。

午後四時。薄く夕闇が迫る街を歩きながら、私は座って考えられる場所を探した。東京では、どの街にもチェーンのカフェや古い喫茶店があるものだが、たまたまこの近辺にはまったく見当たらなかった。仕方なく缶コーヒーを買って、ビルの谷間にある小さな公園に入る。公園といっても、下は全面アスファルト。人工的に作られたせせらぎが細い敷地の中央を走り、緑と言えば木が一本あるだけだった。それでも何となく、旅人が立ち寄る砂漠のオアシスを連想させる。

オフィス街のポケットパークなので、昼食後に一休みする人も多いだろう。しかし、帰宅ラッシュが始まる前のこの時間には、公園に入って来る人はほとんどいなかった。都会の真ん中、ビルの谷間にある公園なのに、外部から切り離された異空間のような気がしてくる。

缶コーヒーは熱く、素手で持てないほどだった。コンクリート製のベンチに置き、しばし外気で冷ますことにする。

私は最悪の状況を想定していた。もっとも、この想定が当たっているかどうか確認するためには、多くの人間が極めて速やかに、しかも正確に動く必要がある。押すボタンを一つ間違えただけで、全てが一気に崩れてしまいそうだった。

コーヒーを一口……手で持てないほど熱いせいもあって、少しだけ意識が鮮明になり、冷静に考える余裕ができた。

陽子の通夜で家族が漏らした一言が、今になって大きな意味を持っていたと感じられる。あれは、思わず本音を言ってしまったのだろう。気になるのは、あの家族が本当に元通りになったかどうかだ。五人家族が今は三人……一度崩壊したものを組み立て直しても、決して元通りにはならないだろう。あの三人は、結局は今後もバラバラに生きていくはずだ。

今日は水曜日……通夜が日曜日で、一昨日は葬儀が行われたはずだ。普段は東京に住んでいない長男と次男――今は三男だと分かっている――は、まだ東京にいるだろ

う と推測する。最終的には鹿島本人と話さねばならないが、その前にきちんと外堀を埋めておきたかった。通夜を前に、鹿島はそれまでと百八十度変わってしおらしい態度になったが、あれが本当だったのか、私は分からなくなっていた。まず、三男の正樹と話してみよう。彼は最初から比較的冷静で、家族の中では唯一、まともに話せる感じだった。

スマートフォンを取り出し、登録しておいた正樹の電話番号を呼び出した。まだ東京にいてくれと祈りながら、呼び出し音に集中する。三回鳴った後で正樹が出た。

「鹿島です」

「警視庁の村野です」

「ああ……どうも、色々とお世話になりまして」

極めて丁寧な口調。話し相手に彼を選んだのは正解だったと、私は自分の判断を自分で褒めた。

「お忙しいところすみません。フォローアップでお電話しているんですが、その後はいかがですか」

「フォローアップって……」正樹が苦笑した。「何だか営業マンみたいですね」

「人と人との関係で仕事をしているという意味では、刑事も営業マンと同じようなものかもしれません。まだ東京にいらっしゃるんですか?」

「ええ。いろいろ事務的な用事もあって、役所や保険会社を回ってるんです。今日も一日、外回りで潰れました」

「それは大変でしたね」人は、生きているだけで、あちこちに関係ができるものだ。死んだ場合はその清算だけでも大変な手間がかかる。家族でも事情を知らないことがあるもので、後々問題になる場合も少なくないのだ。

「今日は、これから母のマンションの方へ行くんです」

「何かあるんですか？」部屋は全焼しており、回収できるものがあるとは思えなかった。

「昼間、マンションの大家さんと話したんですけど、隣近所の人にまだ挨拶してなかったんですよ。火元ですから、お詫びしないとまずいでしょう？　そういうの、人に言われないと気づかないものですね」

あの火事は、陽子の責任とは言えないのだが。漏電の可能性が高い——責任は建物の持ち主、あるいは管理会社に帰すべきだ。今後問題になるかもしれないが、私が余計な知恵をつける必要はない。

「これからマンションに行かれるんですか？」

「ええ。菓子折りを用意して行きます。夜の方が、人は摑まりますよね」

「それを、あなた一人でやっているんですか？」

「会社の方は大丈夫なんですか？」転勤族の兄と違って、正樹は福岡市に本社のあるＩＴ系の企業に勤めている。調べたところ、それほど大きな会社ではなかった。いつまでも休んでいて大丈夫なのかと心配になる。

「何とかなります。私は独身ですから、家族に迷惑をかけることもないですし。一応、親の忌引き休みは五日間なんですけど、週末はカウントしない決まりなんです。それに、有給も溜まってますから」

「有給はなかなか消化できないですよね」

会話が気楽に流れていく。私としては本題に入る前の軽いジャブのつもりだったので、ここまではまず成功と言っていい。この分なら、際どい話になっても彼はきちんと応じてくれそうだ。

「マンションの挨拶回りの前に、ちょっとお会いできませんか？」私は切り出した。

「何かあるんですか？」途端に、正樹が用心するような口調になった。

「最初に申し上げた通り、フォローアップです。実際に相手の顔を見てお話しすると、精神状態も分かるものなんですよ」

「そうなんですか？」

「経験上、自信があります」

結局正樹は、面会を了解してくれた。マンションの近くにカフェがあったのを思い出し、そこで一時間後に落ち合うことにする。状況によっては夕飯を一緒にしてもいい。美味いものを食べて腹が膨れれば、人間はつい本音を漏らしがちだ。彼からどんな本音を引き出したいのか、私自身も分かっていなかったが。

約束の午後五時ちょうどに、正樹は店に入って来た。きちんとスーツを着て、暗い紺色のネクタイをしめている。移動途中の営業マンという感じがしたのは、両手に巨大な紙袋を持っているからかもしれない。かなり重いのか、額には汗が滲んでいた。紙袋を床に下ろしてほっと息をつくと、デイパックも下ろそうとして動きを止めた。

「ちょっと煙草を吸ってきていいですか？」この喫茶店も店内は禁煙で、外に目立たないように灰皿が置いてあるだけだった。

「どうぞ」

「すみません、五分で」

「焦らなくて大丈夫ですよ」

私は煙草を吸わないが、吸う人がそれでストレスを解消していることは理解できる。ぎすぎすして話ができないぐらいなら、ゆっくり煙を楽しんでもらった方がいい。

「コーヒーを……」

正樹が慌てて尻ポケットから財布を抜こうとしたので、私は両手を上げて止めた。

「大丈夫です。ここは東京都の予算から出します」

「東京都……」

「警視庁は、予算的には東京都の一組織なんです」

「あ、そうなんですね」正樹はかなり疲れているようで、反応が微妙に鈍かった。

「ゆっくりしていて下さい。コーヒーは持ってきますから」

「すみません、荷物は置いていきます」

「どうぞ」

二人分のコーヒーを持って席に座る。スマートフォンの時計を見ていると、彼は三分で戻って来た。顔色が少しよくなっている。椅子に腰かけるなり、額をハンカチで拭った。

「ずいぶん汗をかいてますけど、そんなに荷物が重かったんですか？」

「石鹸です」

「石鹸」何か意外な気がして、私は馬鹿みたいに繰り返してしまった。

「菓子折りじゃなくて石鹸にしたんです。あちこちに聞いてみたんですけど、こういうの、あまり習慣としてないみたいなんですよ」

「確かにそうですね。火事見舞いは、火元の家に対して送るものでしょうし」

「石鹸でいいかどうかは分かりませんけど、これが無難な感じもするんですよ」

「上下左右の部屋には大きな問題はなかったようですから、気持ちということでいいんじゃないですか？」

「ですよね」正樹がほっとしたように表情を緩め、シャツのポケットから煙草を取り出してテーブルに置いた。吸えないので、見ているだけで満足したいのかもしれない。「しかし、東京って、本当に煙草を吸いにくくなりましたよね」

「そうかもしれません。ここ二、三年で急にうるさくなりましたね」

「やっぱり、オリンピックの影響ですかねえ」

「そうでしょうね」

「外国の方が、よほど道路も汚いし、くわえ煙草で歩いている人も多いんですよね。日本はどこを見本にしようとしてるんでしょうね」

「それは、一地方公務員の私には何とも言えませんが……あなたは、大学から福岡でしたよね」私は話題を変えた。

「ええ。なるべく東京から遠く離れたいと思って」正樹が率直に打ち明けた。「英語が話せたら、海外留学でもよかったぐらいです」

私はコーヒーを一口飲んで、本題を切り出すタイミングを狙った。正樹がコーヒーを啜ってカップを置いた瞬間に話し始める。

「家にいたくなかったんですね」

正樹が、急に真顔になった。今まで見せたことのない、暗い本音を感じさせる表情――彼は今まで、愛想のいい仮面を被っていたのだろうかと私は訝った。

「あなた、今二十七歳ですよね」

「ええ」

「十年前、お兄さんの義泰さんが詐欺事件に巻きこまれた時は、まだ高校生だった」

正樹の喉仏が上下する。新しい煙草を取り出して一度口にくわえたものの、気まずそうにそそくさとパッケージに戻してしまった。

「義泰さんは、その後自殺したんですよね。亡くなったというのは、そういう意味だった」

「いったい何を調べているんですか？」正樹が探るように訊ねる。

「何を調べているか、自分でもよく分かっていないんです」私は正直に言って肩をすくめた。「でも、気になってしまったら、調べずにはいられない性分なので」

「そうですか……警察の人は怖いですね」

「そういうつもりはないですが、義泰さんが自殺したことを、あなたは話してくれませんでしたね」

「訊かれてもいないのに、話す必要もないでしょう。昔の話です」正樹が視線を逸らす。

「家族が自殺すると、どうしてもギスギスしますよね。それで、家族がバラバラになってしまったんですか？」

「正直に言うと、家にい辛かったんですよ」正樹が打ち明けた。「特に母親が……もう、普通に生活できる感じじゃなくなってしまって。父も兄も何とかしようとしたんですけど、結局家族の中心って母親なんですよね。その母親が何もできなくなると、家族は崩壊します。東京にいたら、どうしても一緒に住むことになるでしょう？」

「それで九州の会社を選んだ、と」

「逃げたんです」正樹が認めた。「自分勝手だったっていうことは分かっています。でも結果的に、俺にとっては正解だった。その後母親は変な宗教に走って、結局家を出てしまったんだから」

「家族を全部背負うのは無理ですよ」私は助け舟を出した。

「あの頃は、自分なりに必死だったんですよ」正樹が指先をいじる。「でも今考えると、もう少し我慢して、家族を支えておけばよかったなと……」

「陽子さんにとっては、義泰さんが亡くなったのは大変なショックだったんでしょうね」

「それはそうですよ。自殺なんて……」正樹の口調が弱々しくなる。

「結局、陽子さんは詐欺事件に関して、ずっと悩んでいたんでしょうね」

「ええ」

「そのことについて、何か聞いていませんか？」

「私は、別に……」曖昧な言葉が宙に浮いた。

「他に誰か、聞いている人はいたんですか？　お父さんとか、お兄さんとか」

「こんなこと、今更言っていいかどうか分からないんですけど、一ヵ月ぐらい前、母から父に連絡があったそうなんです」

「それは珍しいことですか？」

「そうだと思います」正樹がうなずく。「家を出てから、二人で話すことなんかほとんどなかったようですから。父は『びっくりした』と言ってました」

「用件は？」

「詳しいことは聞いてないですけど、何か意外な話だったみたいです。いくら何でも、電話がかかってきただけで、びっくりすることはないでしょう。そもそも父は、あまり物事に動じない人なんです」

「確かにそうですね」完全別居で、離婚しているも同然だとはいえ、妻が亡くなったことにほとんど関心を示さなかった――動じないというか冷たい人、という印象を私は抱いていた。「何を話したんですかね」

「そこまでは聞いていないんですけど、『母さんがあんなことを考えているとは思わなかった』って言ってました。どういうことか聞いても、答えてくれなかったけど」

「お父さんは今、どうしていますか？」

「会社に出ています」

「え？」

「まあ、そういう人なんですよ」正樹が苦笑した。「あの年代の人って、働くことこそ人生だと思ってますから。だから、六十を過ぎて給料もぐっと減ってるのに、未だに昔と同じように働き続けているんですよ。辛い時は仕事に逃げるみたいな感覚なんじゃないかな。母と別居した前後は、ほとんど家にも帰らなかったようです」

今も、喪に服している感じではないわけか。葬儀とその後にまつわる雑事を息子に押しつけ、自分は平常通りの生活を送ろうとしているのはいかがなものかとも思う。彼は彼なりに、まともな生活を取り戻そうと努力しているのかもしれないが。

「お父さんに会えますかね」

「それは分かりません」

「あなたに仲介してもらった方がいいですかね」

「いやあ……難しいかな」正樹が苦笑した。「昔から、俺の言うことなんか聞く人じゃないですから」

アポを取らずに急襲した方がいい時もある。何かお願いしても、電話だと断られやすいからだ。私は正樹と別れ、すぐに練馬に向かった。既に午後六時過ぎ。普通に働いていれば、帰宅するかどうかという時間で、戻っていなければ待つつもりだった。長男の孝泰は、今日は午後から一時大阪に戻ったというので、家には鹿島しかいないはずだった。しかし、窓に灯りは灯っていない。インタフォンを鳴らしても返事はなかった。待つしかないか……幸い、三十分ほどして鹿島は戻って来た。挨拶しても、一瞬私が誰か分からなかったようだが、名乗ると「ああ」と惚けたような声を出した。こういう変化は、私もよく知るものである。身内が亡くなった直後は平然として、あるいは気丈に振る舞っていても、しばらく時間が経ってからショックに見舞われ、茫然としてしまう人がいる。鹿島はそういうタイプかもしれない。となると、きちんと話ができるかどうか、心配になってくる。

「ちょっとフォローアップに回っています。お話しさせていただいていいですか？」

「いきなりなんですね」少し不安そうに鹿島が言った。

「ええ。わざわざお約束して会うほどのことでもないですから」

「それもまた……」鹿島が途中で言葉を切ったが、何が言いたいかは簡単に想像できた――「困る」だ。

「とにかく、少しお時間をいただけますか？」

「だったらどうぞ」

　ドアの鍵を開け、鹿島が先に家の中に入った。最初にこの家に来た時に通されたリビングルームに入って、私は驚いた。以前はとにかく物が少なく、生活の臭いがほとんど感じられなかったが、今は「乱雑」レベルになっている。ソファの上には何枚もワイシャツが脱ぎ捨てられ、テーブルには半分お茶が入ったペットボトル、食べ終えたカップ麵の容器などが散らかっている。まるで独身男の部屋のようだが、息子たちが汚したのだろうか。だとしても、鹿島は基本綺麗好き、整頓好きの人間のはずで、そのままにしておくとは思えない。普段の生活ペースが、完全に乱れてしまったということか。

　鹿島はさすがに、脱ぎ捨てたワイシャツだけはどこかへ持って行ったが、テーブルの上は片づけようとせず、ソファに座る。私は向かいに腰を下ろした。

「落ち着きましたか」

「まあ、何とか……」

「もう仕事に行かれているそうですね」

「ええ」鹿島がネクタイを緩める。「仕事も溜まっていますし、家に一人でいると気が滅入るので」

「今までも、一人暮らしだったじゃないですか」

「それは同じなんですけど、仮にも長く一緒に暮らした女が亡くなったというのは、やはりショックなんです。自分で想像していたよりもずっとショックは大きかったですよ」

「辛いところですね」最初とずいぶん言い分が違う、と私は内心首を傾げた。まったく関係ないと言っていたのに。「結局家族だった——鹿島さん、通夜の時にそうおっしゃってましたよね」

「そうでしたかね」鹿島が耳をいじった。「何だか、いろいろなことが一気に起きたから、よく覚えてないですね」

「一ヵ月ほど前に、奥さんから連絡があったそうですね」

「誰から聞いたんですか」

鹿島が、急に鋭い声で追及してきた。私が黙っていると、「正樹だな」とぼそりとつぶやく。電話の件を息子に話したことは覚えているようだ。

「奥さんから電話がかかってきたのは久しぶりだったそうですが、どういう話だったんですか？」

「それは、あなたに言う必要はないでしょう」鹿島の表情が強張った。

「これもフォローアップの一環なんですが」

「家族の問題です。警察には関係ない」鹿島は頑なで、最初に会った時の態度を彷彿させた。

「詐欺事件のことじゃないんですか？」

鹿島がぴくりと身を震わせる。当たりだ、と確信したが、私はゆっくりと話を進めた。

「亡くなった次男の義泰さんが、詐欺事件に巻きこまれて、その後自ら命を断たれたことが分かりました。当時、警察も単純に自殺として捜査を終えたんですけど、根っこには深いものがあったんですね」

「ああいう輩は……」鹿島の顔が一気に真っ赤になった。

「許しがたいですか？」私は言葉を続けた。

「クソ野郎ですよ。詐欺をやる連中なんていうのは、真面目に働いている人間全員にとって、敵です」

「同意します」私は右手をさっと挙げた。「だから被害者が――被害者の家族が怒るのも理解できます。結局奥さんが新興宗教に走ったこと、家を出られたことは、義泰さんが亡くなったのが原因だったんですね」

「彼女は彼女で苦しんだんだ。私はそれを受け止められなかった」

「分かります」

「簡単に分かるなんて言わないでくれ！」鹿島が声を張り上げる。

「失礼しました」私は頭を下げた。「私は今まで、多くの被害者家族と向き合ってきました。結果的に言えるのは、やはり人の悲しみは理解できない、ということです。自分が被害者にならない限り、分からないでしょう」

私も愛も、事故の被害者だ。二人とも後遺症で苦しんでいるが、死んだわけではない。何とか仕事にも復帰して、それなりに充実した日々を送っている。いくら他人の悲しみに触れ続けているといっても、「分かる」などと言ってはいけなかった。こんなことは、被害者支援の基本なのに。

この仕事に、統計は通用しない。被害者家族には「例外」しかないのだ。全てのケースが微妙に違い、前例が通用することはほとんどないと言っていい。

「とにかく、この件についてはもう話すことはないです」鹿島が言い切った。「警察の助けを受けることもありません。お引き取り願えますか」

「いえ」私はすぐに否定した。

「どういうことですか？　私が何かしたとでも？」

「あなたは何もしていないでしょう。でも、奥さんはどうですか？　一ヵ月前に電話してきた時、何を話されたんですか？　かなり驚かれたそうですが」

「覚えていない」

「あなたは非常に冷静な人だと思います。簡単に物事に動じない。そんな人が驚くというのは、よほど大変なことがあったからじゃないですか？」

「仮にそうだとして、どうしてあなたにそれを言わないといけないんですか？」

「心配だからです」

鹿島の顔から、すっと緊張が抜け、惚けた表情になった。これまで彼が、いかにピリピリしていたかが分かる。すぐにまた、元の険しい顔が戻ってきた。

「あなたは警察官だ」

「そうです」私はうなずいた。

「警察官は事件を捜査して、犯人を逮捕するのが仕事でしょう」

「一般的には、そうです」私はもう一度うなずいたが、すぐに首を横に振った。「しかし、警察官にもいろいろあります。私の場合、捜査をすることが仕事ではありません。犯罪被害に苦しむ人たちに寄り添うことこそが仕事です。もちろんその途中で、犯人に行き着いたりすることもありますが」

「だから？」

「心配なだけです」私は先ほどの台詞を繰り返した。「あなたは、一人で大きな問題を抱えこんでいませんか？　奥さんから、何か重要なことを打ち明けられていませんでしたか？」

鹿島が黙りこんだ。ゆるく腕を組んで目をつぶり、うなだれている——一見居眠りしているようで、実は必死で考えているのだと分かった。私は両手を膝に置いたまま、彼の反応を待った。こういう時の対応は二種類に分かれる。急かした方がいい場合と、ひたすら待つ場合と。鹿島の場合は後者だろう。彼の腕時計の動きが見える。秒針が一回りしようとした直前、鹿島が「ああ」と短く声を発した。私は顔を上げ、鹿島の目を真っ直ぐ見た。

「こんなことは……言いたくはない」

「何を心配しているんですか？」

「名誉だ」

「名誉？」

「彼女の名誉」

「あなたが喋ると、陽子さんの名誉が穢されるとでも言うんですか？」

鹿島がまた黙りこむ。彼が再びきちんと、筋道立てて話せるようになるまでに、もう少し時間がかかった。しかし、待った価値はあった。

陽子の名誉は穢された。

3

　渋谷西署ですぐに話ができる相手は、副署長の増井ぐらいだ。しかしこの時間――鹿島の話は長引き、既に午後八時になっていた――には署にいるわけもない。明日まで先延ばしにするかとも思ったが、どうしても気になる……今晩彼の耳に入れておけば、特捜は明日の朝からすぐに着手できるはずだ。事態は今でも動いているから、一刻も早く始めた方がいい。そうしないと、犯人に逃げられる恐れが強くなる。いや、既に逃げてしまっているかもしれないが、まず犯人を特定できなければ、話にならない。

　考えた末、渋谷西署に電話を入れて、当直に入っていた刑事課の係長、秦を摑まえた。思えば、誘拐事件に関して、最初に支援課にヘルプの電話を入れてきたのがこの男である。

「ああ、どうも」秦の声は少しだけ明るかった。犯人は逃走中とはいえ、人質が無事に帰って来たのだから、最大の心配事は消えた、というところだろう。

「お疲れ様です。こんな状況なのに、泊まりがあるんですか？」

「刑事たちを自由に動かすためには、俺たちが当直をやらないといけないんだよ。この件が一段落したら、俺はまとめて有給を消化する」

「早くそうなることを祈ってます。ところで、副署長はいないですよね？」

「増井さん？　もちろん。ずっとフル回転で、ようやく通常勤務に戻ったところだから。夜は官舎に帰ってるよ。さすがにまだ、のんびり吞みに行く気にはならないだろう」

「吞むんですか？」

「あの人はウワバミだぜ。鉄の肝臓とも言われてるぐらいだよ。酔い潰れた人間を全員送り届けた後で、また一人で吞みにいくようなタイプだから」

「最近珍しい酒豪ですね」

「そうなんだよ……で？　副署長に何か用事なのか？」

「ええ。ちょっと支援課としてお伝えしておきたいことがありまして」私は軽い嘘をついた。伝えたいのは「支援課」としてではなく私個人としてだ。

「明日じゃまずいのか？　支援課の仕事は、後回しにしても大丈夫だろう」

「そういう訳にもいかない時があるんです。今回は、大きな事件ですからね」

「じゃあ、まず電話してみたらどうだい」

「番号を知らないんですよ」

「俺が一度話をして、あんたから電話があることを予告しておくよ。つながったら番号を教える」

「ありがとうございます。ついでに、官舎の住所を教えてもらえますか？」

「押しかけるつもりか？」秦が不安そうに言った。

「複雑な話なんですよ。話して、会うかどうかは私の方で交渉しますので」

「支援課は強引なんだねえ」

支援課ではなく私が、だが。しかしここは、何と言われても押していくしかない。

教えられた官舎の住所を確認する。渋谷西署から歩いて五分ほど……初台よりも幡ヶ谷の方が近い。一駅先まで乗って、そこから歩こうと決めた。

西武線練馬駅の外で、秦からの電話を待つ間、急に空腹を覚えた。そう言えば、先日駅前の喫茶店で食べたハンバーグは美味かったな、と思い出す。この時間でも店は開いているだろうか……しかし、ゆっくり夕食を食べている時間はない。

秦から電話を受けた後で増井に電話を入れると、眠そうな声で出た。

「何だい、こんな時間に」

「遅くにすみません。これからお会いできませんか？」

「ああ？」

「重大な話があります。誘拐事件の解決につながるかもしれません」

「おいおい」増井が非難するような声を上げた。「あんた、職分を外れて仕事をしてるぞ。勝手に動いてるとまずいだろう」

「ですから、そちらの耳に入れておこうと思ったんです。是非、直接」

「俺の睡眠時間を削ってでも聞くような話なのか？」

「徹夜の価値がありますよ」

「そこまで言うなら……」増井が一歩譲った。

「これからお伺いしていいですか？」

「署で会うかい？」

「いえ、官舎に伺います」

「そう？　まあ、いいけどな」

増井が納得してくれたので、私は「一時間で行きます」と言った。しかしすぐに、電車を乗り継ぐよりもタクシーを使った方が早いはずだと思い直した。環七を走れば、ずっと早く着けるだろう。この時間なら、夕方の渋滞はとうに解消しているはずだ。桑田が領収書を落としてくれるかどうかは分からないが。

「三十分で行けると思います」と訂正する。

「おいおい、何で短縮しているんだ？」

「魔法が使えるんですよ」

電話を切って、駅前ですぐにタクシーを捕まえる。空腹に眠気が相俟(あいま)って、極めて辛い状況だ。しかし、これから一気に捜査が動き出すかもしれないと考えると、興奮が全てを洗い流す。ただ、その先に待っていることを想像すると気が重い。支援課の仕事も、今までにない局面に立たされることになりそうだ。

電話を切ってから三十五分後、私は増井の官舎になっているマンションの前に立っていた。増井は、遅れると怒るタイプだろうか……恐る恐るインタフォンを鳴らすと、特に感情が感じられない声で「どうぞ」と応答があった。

部屋は五階。所轄では、署長の官舎はたいてい署の最上階にあるのだが、副署長の官舎は署の近くでマンションなどを借り上げているパターンが多い。

ドアを開けると、ジャージの上下というラフな格好の増井が顔を見せた。部屋の中から、カレーの香りが漂い出してくる。

「あんた、飯は食ったのか？」増井が唐突に訊ねた。私は急に空腹を覚えた。

「まだですけど……」

「だろうね。顔を見れば分かるよ」

「そうですか？」私は思わず両手で顔を擦った。

「カレーがあるんだ。食うかい？」

「もしかしたら、増井さんのお手製ですか？」

「ああ。これだけは自信があってね」

思わぬところで夕飯にありつくことになった。幸運なのかどうか分からないまま、私は部屋に入った。

十畳ほどのリビングルームを見ただけだが、やけに物が少なく、片づいている。単身赴任の可能性が高い。都内の治安を守る警視庁の警察官の家が、必ず都内にあるわけではないのだ。むしろ、千葉、埼玉、茨城など、片道一時間ぐらいかかる場所に一軒家を構えている人間が多い。それ故、署の近くに住まねばならない署長や副署長の場合は、単身赴任するケースがほとんどだ。

ダイニングテーブルに落ち着くと、増井がカレーを出してくれた。茶色というより黒に近い。顔を近づけてみると香辛料の香りが強い、かなり独自のタイプのようだ。ルーはさほど粘りがない。ライス全体にかかっているのだが、薄く茶色に染まったライスが顔を見せているところもあった。

「いいんですか?」

「もう出しちまったよ。冷めないうちに食ってくれ」

「では、遠慮なく」

人の家で夕飯を食べるのは久しぶりだなと思いながら、私はカレーにスプーンを入れた。一口食べてまず感じたのは苦味だ。辛さよりも苦味の方が優っているかと思いきや、苦味はすっと引いて辛みが口中を支配する。この苦味、どこかで味わったことがあるような……昔、どこかで似た味のハヤシライスを食べたことがあった。

「不思議な味ですね」

「何だ、その感想は」増井が無愛想に訊ねる。

「いや、正直に言えば——でも、美味いですよ。独特です」

「ちょっと失敗したかな」増井が首を捻る。

「失敗なんですか？」カレーなど、失敗できるものだろうか。肉と野菜を適当に煮こんでインスタントのルーを入れれば、まずいカレーを作るのは不可能だ。普通はそこに、様々な調味料を加えて独自の味を出すのだろう。そう言えば愛はカレーを作る時、非常に辛いルーを使い、そこへヨーグルトとリンゴのすり下ろし、蜂蜜を加え、「隠し味」と言ってウスターソースも入れていた。普通に作れば相当辛いはずだが、実際には辛味は上手く抑えられ、味が深くなっていた。

「常に試行錯誤なんだよ。スパイスを自分で調合して作ると、どうしても毎回同じ味にならない。スパイスを同じ分量使っても、スパイス自体のコンディションもあるからな」

「そこまで凝ってるんですか」スパイスのコンディション？

「これが唯一の趣味だからね」増井がさらりと言った。

ここまで料理に凝って、台所を汚したまま片づけないと、奥さんが嫌がる趣味になってしまうが、増井はキッチンも綺麗に片づけているようだ。料理しながら洗い物も済ませる、手際のいいタイプなのかもしれない。

それにしても癖になる味だ。苦味は次第に気にならなくなり、深みと感じられるようになる。辛いが、汗が吹き出るほどではなく、ほどよく胃が温まってくる。具がチキンだけというのも、潔くていい。

結局一度もスプーンを置くことなく、一気に平らげてしまった。

「ご馳走様でした」私は両手を合わせた。

「そんなに腹が減ってたのか？」

「本当に美味かったんですよ。この苦味の秘密、何なんですか？」

「実は、チョコレートだ」

「そういう甘みは感じなかったですけど……」

「カカオ九十五パーセントなんていうチョコレートがあるんだよ。そのままじゃ、苦くてほとんど食べられない。ポリフェノールを摂取するための薬みたいなものだ」

「それをカレーに、ですか」

「とにかく色々入れてみるのが面白いんだ。カレーはどう作ってもカレーの味になるからな」

私は、持ち歩いているペットボトルを取り出して、半分ほど残っていたお茶を飲んで口の中を洗った。

「そいつがあるなら、お茶はいらないな」

「はい」

増井が私の向かいに座った。ごつい両手を組み合わせて、私の目を覗きこむ。

「で？」

「犯人の目処はついているんですか？」

「いや」増井の唇が歪む。

「いろいろ調べて分かってきたんですけど、犯人の狙いは愛花ちゃん——橘家ではなかったと思うんです。金さえ、二の次だった可能性があります」

「ちょっと待て」増井が私の説明を遮った。「金目的じゃなければ、恨みか？　まさか犯人と接触したんじゃないだろうな？」

「まだ誰が犯人かも言えませんよ」私は肩をすくめた。

「だったら、いったい何なんだ？」

「本当に狙われていたのは、仲岡さんだと思うんです」

「何だって？」増井が目を剝く。いつも冷静というか、飄々としているように見える増井のこんな表情は初めて見た。

「非常に複雑な話なんです。仲岡さんが、詐欺事件で有罪判決を受けたことが発端だと思います」

「それが今につながっていると？」

「ええ。仲岡さんは、想像以上に厄介な人でした。ただし彼が、愛花ちゃんを溺愛していたのは間違いない。事件のせいで、生まれたばかりの愛花ちゃんと離れざるを得ず、しかもその後、離婚した。愛花ちゃんがテレビで活躍するようになっても、彼はそれを見ているしかなかった」

「かなり厳しい条件の離婚だったんだな」

「しかし、犯罪者ですからね」私も厳しい言い方をしているな、と意識した。今は仲岡も重傷を負い、病院のベッドに縛りつけられているのだ。肉体的、精神的に十分苦しんでいるのだから、私が追い討ちをかけなくてもいい。

「今のあんたの話だと、犯人は、愛花ちゃんが仲岡さんの娘だと知っていたわけだ」

「それを知っている人は、多くはないはずです。仲岡さんも、周囲に言いふらしていたわけじゃなかった。愛花ちゃんの活動の邪魔になるかもしれませんからね」

「かもしれないじゃなくて、間違いなく邪魔になるよ。売れっ子子役の父親が、実は詐欺事件で有罪判決を受けていた——もう過去の話で、執行猶予も終わっているにしても、そういう話を面白おかしく書くメディアはあるだろうな。仲岡さんは、当然それぐらいのことは分かっていて、距離を置いていたはずだ」

実際、愛花が無事に戻って来てから、その事実を書き立てているメディアもあった。仲岡や橘家が何も話さなくても、どこからか漏れてしまうものだろう。おそらく一番危ないのは警察だが。

「あの二人が親子だと知っていた人は、どれぐらいいるんでしょうね。親族以外の人だと、ごく限られているんじゃないですか？」

「だろうな」増井がうなずく。「例えば……」

「昔の仲間とか」

「詐欺仲間？」

「十年前に、そういう話もしていたと考えていい――していない方が不自然でしょう。それに仲岡さんは、裁判でも娘さんのことを話していました。情状酌量を狙ってのことでしょうが、それを頭にインプットした人間がいたかもしれませんね」

「あんた、仲岡さんをえらく嫌ってたよな」

「裏切り者ですから。自分が助かるために仲間を売った――犯罪者とはいえ、そういう仁義にもとる行為は許されませんよ」

「あんたは、基準が厳し過ぎるんだよ」

私は無言で肩をすくめ、お茶を一口飲んだ。胃の中が妙に暖かい。先程のカレーには、チョコレート以外にも、胃壁を刺激するような特別な香辛料が入っていたのではないだろうか。

「つまり——あんたは話が長いから先を急ぐけど、昔の仲間が、自分を売った男に対して、十年越しで復讐しようとしていた、そういうことか？」

「ええ」

「それが誰かは……」

「誰かは分かりませんが、可能性のある人間の名前は割り出しておきました」

「おいおい」増井が露骨に不安げな表情を浮かべる。「それがやり過ぎだって言うんだよ。こっちの仕事に首を突っこむな」

「自然の流れだとご理解いただければ」

増井が露骨に溜息をついた。

「支援課の課長とかは、このことを知ってるのか？」

「いいえ」

「じゃあ、ますますまずい。あんたが勝手に動いてたら、特捜の中でもいい顔をしない人間はいるだろうし、支援課でも問題になるんじゃないか？」

「私のことを表に出さなければ——ネタ元が誰か分からなければ、何の問題もないでしょう」

「いやいや……」増井が溜息をついた。「俺は、厄介事は嫌いなんだ。むしろ正式な話にした方がいいんじゃないか？　支援課から特捜に対して正式に情報提供、説明してもらう形でさ。異例だけど、その方が問題は起きにくいだろう」

「それをやらない方が、時間の節約になるんですよ。早く犯人を逮捕したくないですか？」

「それはもちろんそうだが……」

私は、背広の内ポケットから、畳んだプリント用紙を取り出した。広げて逆さ向きにし、増井に見せる。

「これが容疑者のリストか」

「丸印をつけた人間は、今のところ連絡が取れません。所在不明の人間もいます。その辺から調べ始めたらどうでしょうか」

「四人か。四人いたら、あれだけの事件を起こせたかな」

「ええ。ただ、ここには頭がいないと思いますね」

「リーダーという意味か？」

「そうです」私は素早くうなずいた。誰がこの件を仕切っていたかは何となく想像がついていたが、迂闊な事は言えない。きちんとした供述を得ないと……。そのためにも、このリストを潰した方がいい。「それと、杉並中央署にも、協力を依頼した方がいいですよ」

「杉並中央署？」

「はい。火事があったんです」私は状況を説明し、推理を披露した。「どれぐらい証拠が残っているかは分かりませんが、現場検証は徹底してやったはずです。そこにあるはずがないものが見つかっているかもしれません。大抵は、事件には関係ないと判断して無視してしまいますけど、何かあれば……」

「ああ、分かった、分かった」増井が立ち上がる。「あんた、時間はあるか？」

「ええ、気楽な独り身ですから。こんな時間に、給料も出ない仕事をやっているぐらいですしね」

「着替える。これから署に行くぞ」

「何ですって？」

「特捜の幹部は、この時間でもまだ居残っている。あんたの口から直接説明してもらった方がいい」そう言って、テーブルに置かれたリストに視線を落とした。「この連中を、明日の朝から調べ直すこともできる。あんたの言う通りで、一刻も早く動いた方がいい。だから──」

その時、インタフォンが鳴った。増井が嫌そうに顔をしかめ、テレビモニターを覗きこむ。

「お客さんですか？」

「冗談じゃない。日本新報の警察回りの若い奴だよ」

「夜回りですか」

「ああ」

「どうするんですか？」

「もちろん、無視だ」増井が顔をしかめる。

「いいんですか？」

「今はそれどころじゃない。裏に駐輪場の出入り口があるから、そこから出ればバレないよ」

「了解です。ご一緒します」

こうして事態は、まったく新しい局面に入った。

しかし私は、疑念を持っていたことを全て話したわけではない。極めて慎重に運ばないと、極めてまずいことになるのだ。

特捜の動きを見ていくしかない。情報を余さず入手し、それをどう使っていくか、しっかり考えないと。

4

翌朝、出勤した途端に桑田から呼ばれた。狭い課長室で二人きり……非常に暗い空気が漂っている。おそらく桑田は、昨日の私の勝手な動きを耳にしたのだろう。さて、今日はどんな皮肉、あるいは叱責が襲ってくるか。

しかし予想に反して、桑田は柔らかい声で切り出した。

「特捜に情報を流したそうだな」

「ええ、まあ……なりゆきで」

「結構だ」

「はい？」思いもよらない言葉に、私は頭から抜けるような声を出してしまった。

「刑事部長から、非公式にお褒めの言葉をいただいている」

「刑事部長？」

一課長なら分からないでもないが、そこを飛び越して刑事部長とは。「支援課は余計なことをするな」と怒られることが多いので、気が抜けてしまった。とはいえ、今回は純粋に手がかりを持ってきただけだから、感謝されるのも理解できないではない。

「まあ、あまり勝手なことをされると困るが、本来の業務以外の部分で評価されるのも、悪いことじゃないな」

「はあ……」

「支援課全体の評価も上がる。うちの仕事は、元々プラスの評価を得にくいから、こういう機会があったらどんどん点数を稼げ」

「別に、点数が欲しくてやってるわけじゃないですよ」

「だったら何だ？」

「自然の流れです」

「自然？」

「いえ、まあ……とにかく、こちらの仕事をしている中で、自然に入ってきた情報なんです。余計なことは一切していません」

「勝手に動かれるのは困るが、人が喜ぶようなことならどんどんやっていい。今回はよくやった」

「お褒めいただいて恐縮です」

一礼して踵(きびす)を返した瞬間、私は自分がにやけているのを自覚した。桑田はいけすかない人間だと思っていたが、実は典型的な公務員タイプに過ぎないようだ。出過ぎた真似(まね)はするな。しかし点数を稼げそうな時は積極的に取り組め——査定が全ての公務員らしい発想である。それが分かっただけでもありがたい。正体が分かればコントロールは可能だ。

「どうした」芦田が怪訝そうな表情で聞いてきた。

「いや……ようやく課長の操縦法が分かってきました」

「お、そいつは俺も是非知りたいね」

「ただじゃ教えませんよ。昼飯一回でどうですか？」

「下の蕎麦ならいつでもいいぞ」

食堂の蕎麦にはいい加減、飽き飽きしているのだが……まあ、いいだろう。こういうのもコミュニケーションだ。

自分で淹れたお茶を飲んで、一息つく。昨夜も結局、十一時近くまで特捜に摑まっていた。説明が長引いたからだが、疲れはない。これで捜査が動き出すと思えば、むしろ気持ちは昂(たかぶ)る。

一方で戸惑いもあった。犯人グループが一人でも逮捕されれば、全容はすぐに明らかになるだろう。その後にやってくることを考えると、薄い頭痛がしてくるようだった。支援課としてどう立ち向かうか、現段階でアイディアは何もない。

電話が鳴った。増井。

「おはようございます」

「ちょっと相談なんだけどな」朝の挨拶も抜きで、増井がいきなり切り出した。

「何ですか？」

「あんた、昨夜、リストの中で知っている人間がいると言ってたな」

「ええ」二人。十年前の詐欺事件の時に、事情聴取したことがある。向こうが私を覚えているかどうかは分からなかったが。

「一人、摑まりそうなんだ」

「もうですか？　早いですね」

「刑事部の能力を舐めたらいかんよ」増井が嘲笑うように言った。

「舐めてませんよ。俺も刑事部の出身ですから」

「おっと、そうだったな。それで、あんたもつき合うか？」

「え？」

「今日の午後に、引きに行く予定だ。あんたも興味があるんじゃないかと思ってね」

「いや、しかし……」興味はあるが、これは明らかに支援課の職分を超えた行為だ。自分の判断でやる分には躊躇しないが、人から言われると腰が引けてしまう。

「おたくの課長から、お褒めの言葉があっただろう」

「ああ――課長は鼻高々でしたよ。刑事部長から、直々に感謝されたとか」

「この事件は、目下警視庁の最優先事件だから、絶対に取り逃せない。だから、あんたの動きに感謝してるのは間違いないんだ。うちの署でも、だぞ」

「そのご褒美として、現場に連れて行ってくれるんですか」つい皮肉を吐いてしまった。

「それもあるが」増井が認める。「俺が言うのもなんだが、あんた、そろそろ復帰したらどうなんだ」

「復帰って何ですか」一瞬どきりとしたが、私は平静を装って訊ねた。

「あんたが経験した事故のことは、俺も知ってる。それが原因で支援課に異動したことも……そして今やあんたは、支援課になくてはならない人物だよな」

何も言わなかったが、それは自覚している。私と優里が、支援課の二本柱になっているのは間違いない。

「それは分かるし、重要なことだけど、あんたは今まで、支援課の仕事をする中で、事件の解決に手を貸してくれたこともあった。捜査員の中には鬱陶しく思っている人間もいるけどな」

「はっきり言いますね」私は苦笑した。

「上はまた、別の見方をしている。あんたを捜査一課に戻そうという声が上がっているそうだ」

私は言葉を失ってしまった。まさか、裏でそんな話が進んでいるとは……自ら手を上げて支援課に異動したとはいえ、私が魂の一部を捜査一課に残してきているのは間違いない。しかし二度とあそこで仕事をすることはあるまいと思っていた。

「まあ、俺が異動を決めるわけじゃないけど、そういう話が具体化してるのは確かなんだ。一応、内々にね。いきなり言われるよりはいいだろう？」

「それは……ありがたいですね。でも、どうしてこんなに気を遣ってくれるんですか？」

「あんたは、俺のカレーを美味いと言って食ってくれたからだよ。ああいうのは、料理人として嬉しい限りでね。それで、現場はどうする？　来るか？」

行こうと決めた。向こうからの申し出だから、桑田が怒ることもあるまい。

急に順風が吹き始めた感じがする。しかし捜査一課への復帰か……また、ややこしい判断を迫られることになるわけだ。

私は警察官である限り、永遠に支援課で仕事をしていくものだと思っていた。被害者のためには捜査一課と喧嘩をするのも当然と思っていた。

そこから離れて、また捜査一課で仕事ができるのだろうか？

増井は好意的に話してくれたが、現場の刑事まで私を歓迎してくれたわけではない。渋谷西署の特捜本部に顔を出すと、途端に複数の冷たい視線が突き刺さってくる。係長の秦に挨拶し、増井から連絡を受けた旨報告しても、彼は黙ってうなずくだけ……さすがにそれだけでは仕事にならないと思ったのか、「三時に現場へ向かう」とぼそりと言った。

「現場、どこですか？」

「奴――相内（あいうち）の勤務先だ」

「相内、仕事してるんですか？」会話が転がり始めたのにほっとしながら、私は質問を続けた。

「桜上水（さくらじょうすい）にある自動車修理工場だ」

愛花の家とそれほど離れていないから、下準備には便利ではないだろうか。例えば下見をするにしても、被害者宅に近い場所に拠点があった方がいい。

「動向を確認して、今日は出勤していることは分かっている。見張りもつけている」

「万全ですね。見張りは何人ですか？」

「二人だ」

「二人か……」私は顎に拳を当てた。

「何か心配事でもあるのか？」秦がようやく私の言葉に興味を示した。

「相内はでかいんですよ」

「でかい？」

「十年前ですが、百八十五センチで百十キロありました」
「何だ、それは。そんな報告は入ってないぞ」秦が目を見開く。「相撲取り（すもうとり）か何か
か？」
「まさに相撲取りなんです」
秦がまじまじと私の顔を見た。「冗談じゃないんだな？」と呆れたように訊ねたの
で、うなずき返して説明する。
「相内は、高校時代に相撲部で活躍していたんです。大学でも続けていたんですが、
両膝を痛めて廃業——廃業という言葉はおかしいかもしれませんけど、相撲をやめ
て、大学も退学してしまいました。その後は知り合いの自動車修理工場で働いていた
んですけど、ギャンブルで借金がかさんで、詐欺に手を出したんです」
「典型的な転落の歴史じゃないか」
「ええ。いろいろとやりにくい相手でした」
とにかく喋らないのだ。実際私は、「ああ」「いや」「うん」ぐらいしか聞いたこと
がない。逮捕後の取り調べは、捜査二課のベテラン刑事が担当したのだが、どうやっ
て供述を取ったのだろう。その頃は、私はもう本部の捜査一課に異動していたので、
具体的にどのように取り調べが行われたのか知らないが、ちょっと覗いておいてもよ
かった。その後の仕事の参考になったかもしれない。

「まずいな」秦が真顔で言った。「そんな奴に暴れられたら、二人じゃ抑えられないだろう」

「いざという時は膝を狙って下さい。怪我は治ったはずですけど、膝は弱点です」

「伝えておく」真面目に言って、秦がスマートフォンを手にした。

秦は本当に「万が一の時は膝を狙え」と指示した。それからしばらく相手の声に耳を傾けていたが、ほどなくもう一度「膝だぞ」と念押しして電話を切り、私に向かって問いかける。

「十年前には体重何キロって言ってたっけ？」

「百十キロ」

「今はもっと増えてるみたいだぞ。刑務所でダイエットしたのに、出てきたらその反動で逆に太ったんじゃないか？」

私は黙ってうなずいた。相内は三年の実刑判決を受け、四年前に出所していた。刑務所で規則正しい生活を強いられると、どんな人間でも平均的な体型に近づくものだ。しかし出所すると、服役中に享受できなかったもの——脂肪分たっぷりのうまい食事や酒を自由に楽しめるようになるので、服役前よりも太ってしまったりする。

「他の連中はどうなってるんですか？」私は立ったまま訊ねた。

「既に所在を確認した人間もいるし、まだ摑めていない人間もいる」

「今のところ、どうなんですか？　何か怪しいことは？」

「本人たちに確認していないから、何とも言えないな。こっちは、あんたの推理を信じただけだ」

おっと、いきなり責任転嫁してきたか。本当に犯人に行き当たれば自分たちの手柄、外れたら私の責任――まあ、いいだろう。中間管理職の思考とはそういうものだ。

「飯でもどうだ？」

「え？」突然の誘いに、私は動揺した。秦とは、親しい仲ではない。この誘拐事件に支援課を引きこんだ人物ではあるが、こんな誘いをしてくるとは。しかし、向こうが友好関係を築きたいというなら、断る理由はない。「もちろん」と言おうとした瞬間、スマートフォンが鳴った。梓。

「ちょっと失礼します」

廊下に出て、急いで電話に応答する。梓の声は切羽詰まっていた。

「愛花ちゃんが病院に運ばれました」

「何だって？」

「家で事情聴取を受けている最中に倒れたんです」

「容態は？」

「分かりません。私も今、病院に向かっています」

「病院はどこだ？」

自宅から車で十分ほどの大学病院だった。まずい……監禁時のストレスが、しばらく経ってから噴出したのかもしれない。

「取り敢えずそこを頼む。俺も行くから」

「大丈夫なんですか？」

腕時計に視線を落とす。十一時半。相内の勤務先に踏みこむまでにはまだ余裕があるし、病院はここから遠くない。

「すぐ行く」

電話を切り、秦に「相内の勤務先には直接向かいます」と告げて、すぐに署を飛び出した。拾ったタクシーに落ち着くと、愛に電話をかけて、本池玲子に連絡を取るように頼む。

「どんな様子なの？」愛は冷静だった。

「まだ分からない。急に倒れたというだけで……今、病院に向かっているから、症状が分かり次第、また連絡する」

「本池先生には、病院に直接行ってもらう？」

「ああ。そこで相談しよう」

「了解」

病院で落ち合った梓は、電話してきた時に比べれば落ち着いていた。私の顔を見ると、バツが悪そうな表情を浮かべて、ひょいと頭を下げる。

「どんな感じだ？」

「過呼吸です。今、薬で寝ています」

「過呼吸なら、君は何度も見てるだろう。対処法も知ってるはずだよな」

「すみません。でも、今回は特にひどかったんです。それに、私が対処しようとする前に、ご家族が救急車を呼んでしまって」

「そうか……本池先生に出動をお願いした。事情聴取もまだ続けなければいけないけど、今後、本池先生のカウンセリングは絶対に必要だな」

「そうですね」

「ちょっと顔を見ておこうか。面会謝絶ってわけじゃないんだろう？」

「ええ」

梓の案内で個室に向かう。できるだけ小さな音でノックし、低い声の返事を受けて病室に入る。母親の朱美が一人でいた。ひどく疲れている——顔色は紙のように白く、髪は後ろで一本にまとめているものの、明らかに傷んでばさばさしているのが分かる。私の顔を見ると、椅子から立ち上がりかけたが、結局座り直してしまった。

「いつもと違うんですね」私は言った。「本当は、そんなに元気な子じゃないんです。大人しいんです」

「疲れてるんですよ」朱美が言った。

「今は寝てます。夜、眠れないんですよ」

「大丈夫ですか？」

私は梓の顔を見た。彼女がうなずく。事情聴取に何度も立ち会って、母親が抱いた違和感を彼女も持ったのだろう。

「それが、帰って来てからずっと無理してるみたいで、見ていて辛いんです」

「無理しなくていいんですよ」私は言った。「事件に巻きこまれたら、大人だって辛いんです。十歳の小学生が気丈に振る舞える方がおかしいんですよ。あり得ない話と言ってもいい」

「毎晩、一緒に寝てるんです。一人で寝られないと言って」

赤ん坊返りか……酷(ひど)い目に遭うと、急に母親に甘え出す子どももいる。おねしょをしたり、赤ん坊のように指をしゃぶり出したりすることも珍しくない。一種の「退行」で、玲子に言わせると、これも自らを守るための自然な行動だという。

愛花は静かに眠っていた。長い髪の毛が枕の上に広がり、小さな顔が黒い水たまりの中に浮いているように見える。十歳とはいえ「美しい」と言っていい整った顔はいつも通りだが、今日は普段と違い、ずっと幼く見える。薬で寝ているということは、夢も見ないはずだが——私も経験で知っている——そのせいで少し落ち着いているのかもしれない。玲子によると、「夢については分かっていることは多くない」そうだが、それでも嫌な夢を見ている時の顔は険しくなり、起きても疲れが残ってしまうのは間違いない。今の愛花は、夢も見ない安楽な眠りを貪っているようだった。

「やっぱり、監禁されている時に相当辛かったんでしょうね」

「怖いんです」朱美が打ち明けた。「何かされても、一人で放置されていても、辛かったと思います。私も考えただけで怖くなります」

「分かります」私はうなずいた。どれほどのストレスが十歳の少女にかかっていたかと思うと、犯人に対する怒りが膨れ上がってくる。「でも、大丈夫です。今、支援センターの心理療法士の先生がこちらに向かっています。専門家の適切な指導が必要な時期に来ていると思いますよ」

「はい……ご迷惑ばかりかけて……」

「いえ、これが我々の仕事ですから。それより、捜査一課の刑事は、迷惑をかけていませんか？」無理な事情聴取で、結果的に愛花の心をひどい状態で揺さぶっていたら？　担当していた彩香という女性刑事は、無理はしないような印象があったが、切羽詰まってきたらどうなるか分からない。

「丁寧に、優しく話を聴いてくれています。ですから、今日倒れた時、刑事さんの方がびっくりしてしまって――申し訳ないことをしました」

「彼女も事情は分かっています。今後はより慎重にやりますから、ご協力願えますか」

「ええ」

「それと……」こんな場所で口にする質問ではないと思ったが、どうしても聞かざるを得なかった。「身代金の受け渡し前に、仲岡さんとは話しましたか？」

「いえ」朱美の表情が急に渋くなった。「私は全然……身代金の受け渡しの前に、父が話しただけです」

「事故の後は、接触できていないんですね」

「だって、入院中でしょう？　それこそ面会謝絶とか」

「そうですね。まだ満足に話もできないようです。でもこの後は、会う必要はないと思います」

「え？」不思議そうな表情を浮かべて、朱美が顔を上げた。「今、まったく逆のことを考えていました」

「そうですか？」

「これをきっかけに、関係を修復するように言われるのかと」

「警察は、そんなことは言いませんよ」私は苦笑した。「とにかく逆です。会わない方がいいです。仲岡さんは、元気になったらまた接触してくるかもしれませんが、必ず断って下さい。愛花ちゃんは——愛花ちゃんも会わない方がいいと思います」

「あの、父と話したんですけど、一応こういう形で事故に遭ったので、挨拶ぐらいはした方がいいかな、と思ってるんです。治療費もうちで出すのが筋じゃないかって父は言ってるんですが……」

「その方が後腐れがないと、お父さんは考えるかもしれませんが、やはり会わない方がいいと思います」私は繰り返し強調した。「いえ、絶対に会わないようにして下さい」

「どうしてそんなに頑なに言われるんですか？」

すべての始まりはあの男だから。時間が経つごとにその疑念は確信に変わり始めたが、それでも今ははっきりとは言えなかった。私は抽象的に告げた。

「トラブルが起きる可能性があるからですよ。我々からも仲岡さんには釘を刺しておきますが、あなたたちは愛花ちゃんのことを一番に考えて下さい」

「もちろんです」

「愛花ちゃんが動揺するようなことは絶対に避ける——それでお願いします。我々も全面的に協力します」

朱美がまじまじと私の顔を見た。明らかに疑っている。いつか、私の疑念は本物だと証明されるだろう。朱美や愛花がそれを知ることもあるはずだ。その時この一家は、どんな反応を示すだろう。結束して厳しい状況に立ち向かうか、それとも崩壊の始まりになるか。

その時はまた、私たちの出番になるかもしれない。

玲子はいつもと同じ、少し柔らかい格好で現れた。薄い黄色のニットに、襟なしのジャケット。下はジーンズである。「スーツ姿で面談すると、相手が緊張することがあるから」というのが彼女の言い分だった。基本的に白衣なども着ない。

待合室で軽く打ち合わせをした。

「あまり扱ってないケースなんだけど、子役って、常に抑圧状態にあるのよ。大人になってもそれは変わらない」

「そうなんですか？」

「まだ物心つかない頃から、常に大人の顔色を窺っているからね。例えば撮影の時って、一人がわがままを言い出したり失敗したりしたら、たくさんの人に迷惑がかかってしまうでしょう？　そういう現場に慣れているから、とにかく大人を喜ばそうとするのよ。本人は気を遣って疲れちゃうんだけど、いつの間にかそれが普通になってしまう」

「仕事の場じゃなくても同じ、ということですか」

「そう。今回みたいに、自分が事情聴取を受けている時も、とにかく相手に迷惑をかけたくない、相手が喜ぶ答えを言わなくちゃって、自分を追いこんでしまうのね。一種の演技みたいなものよ」

「確かに愛花ちゃんは、あまりにも協力的でした」梓が同意した。「普通は——大人でも、質問に対して怒ったり、過剰反応を示すことがあります。でも愛花ちゃんは、いつも笑顔でちゃんと答えるんです」

「分かるわ。ある意味、他人との間に壁を築いている。一度それを壊さないと、いつまでも一人で苦しみを抱えたままで、いつかは心が崩壊してしまうかもしれない」

「何とかなりますか」私は訊ねた。

「何とかするわ」玲子がうなずいた。「私はそのために来たんだから。子どもの専門家にも相談してみるわ」

「お願いします」私は頭を下げた。

「すみませんでした」梓が私に謝る。「村野さん、仕事の途中だったんですよね」

「これも大事な仕事だよ……でも、後は君に任せる」

「はい」

「事情聴取の担当を女性刑事にしたのは正解だけど」玲子が渋い口調で言った。「それにも限界があったわけね。とにかく、後は私に任せて」

玲子が右手を二度振って、追い払う仕草をした。苦笑しながら立ち上がり、私は一礼して病院を出た。これから、体重百十キロ以上の人間と対峙する仕事が待っている。

そうやって気合いを入れたのだが、一瞬で頓挫した。朱美が血相を変えて、待合室を早足で突っ切って近づいて来たのだ。

「何かありましたか?」私は彼女と正面から向き合って訊ねた。「愛花ちゃんに何か?」

「あの、今、目を覚まして……思い出したから話したいことがあるっていうんです」

私は梓と視線を交わした。ここは彼女が聴くべきだ。梓と玲子の女性コンビに任せてしまった方がいいのだが、どうしても気になった。

愛花に余計なプレッシャーを与えないように、病室の外で待機する。中には結局、梓だけが入った。玲子も、自分の出番はもう少し先だと判断したようだった。

長く時間がかかるのではないかと思ったが、梓は五分もしないうちに出て来た。少し戸惑っている。

「どうした?」

「重大な証拠になるかもしれません」

「何が？」

「どこにあるかは分からないんですけど」

5

相内が勤める自動車修理工場は、京王線桜上水駅から歩いて五分ほどの甲州街道沿いにあった。私は一度、工場の入っているビルの前を通り過ぎた。三階建てのビルの一階部分が作業場になっており、中は雑多な機材や工具で埋まっていた。修理中の車が二台。男が三人……そのうち一人は大変な巨漢で、相内だとすぐに分かる。

待機していた刑事、それに自ら現場に出てきた秦と合流する。

「どうだ？」秦が訊ねる。

「確かに、十年前より膨らんでますね」今、三十八歳。背が高いから、ある程度体重があるのは当然だろうが、それにも限度がある。そろそろ本気で減量を考えないと、人生の後半は病気で悩まされることになるだろう。今も、非常に動きが鈍かった。膝を狙うまでもなく、そもそも走って逃げ出せないのではないかと私は楽観的に考えた。

「では、予定通り三時に踏みこむ」秦が宣言した。

「工場の人には通告してあるんですか?」私は確認した。

「いや。踏みこんだ後で話す。情報漏れが怖いからな」

「分かりました」

「それと、あんたはあくまでオブザーバーだからな。絶対に手を出さないでくれよ」

秦が釘を刺した。

「ご心配なく。荒事は苦手ですから」私は肩をすくめた。「取り敢えず、相内には後で挨拶しますよ」

「素直に挨拶するような人間だといいんだが」

出所後の相内の人生は、既にほぼ丸裸にされていた。とはいっても、それほど複雑なものではない。逮捕前に勤めていた自動車修理工場の経営者は、さすがに再雇用を拒否したが、知り合いが経営する工場を紹介した。桜上水の店の経営者は人徳者で、これまでにも何人か、前科者を雇用して面倒を見てきたらしい。世の中にはこういう人もいるものだ。人の善意を信じ、他人にも善意を信じさせたい。そういう人に嫌な思いをさせるのは申し訳ないが、これは全て相内の責任である。

「よし、行くぞ」

秦が、その場にいる全員に声をかけ、同時に無線で「作戦開始」と告げた。工場を挟んで反対側にも、二人の刑事が控えている。工場の裏には出入り口がないので、取り敢えず正面の出入り口を左右から挟みこむ布陣で十分だろう。

二人の刑事が先に歩き出す。私と秦はその後を追った。作業場の手前で立ち止まり、次の動きを待つ。刑事が一人、工場に入って行った。なかなか出て来ない……私は左腕を上げて、腕時計の秒針を見詰めた。

「来たぞ」秦が低く鋭い声で言った。

出てきた。先ほどちらりと見た時も思ったのだが、何だかしょぼくれている。百八十五センチ、百十キロ以上という堂々たる体格で、立っているだけで威圧感を与えそうなものだが、何故か貧相に見える。着ているつなぎに油汚れが目立つのは当然としても、どうにも不潔な感じが否めない。怯えた目つきで周囲を見回していたが、やがて工場に入った刑事を突き飛ばして——大袈裟ではなく、彼は宙を飛んだ——私たちの方へ走って来た。走っているというにはスピードが遅過ぎるのだが、「どすどす」という音が聞こえてきて、その重みがはっきり伝わる。

もう一人の刑事が慌てて両腕を広げ、相内の前に立ちはだかった。彼も小さくはない——百八十センチはありそうだが、相内は正面から体当たりをかまして、刑事を仰向けに倒した。クソ、冗談じゃない……反対側に控えていた二人の刑事が追いかけ始めたが、彼らが追いつく前に、相内は私たちとぶつかることになるだろう。

「秦さん、横から！」私は小声で指示した。

　秦は一瞬不審そうな表情を浮かべたが、すぐに私の言葉の意味を理解したようだった。私と秦は、相内の進路を空けるように、さっと両脇に飛びのいた。相内が私たちの間の隙間を駆け抜けようとする瞬間、申し合わせたように一緒に前に出て、膝に蹴りを食らわせる。二人がかりの蹴りでも、百十キロ以上の突進を止めることはできない——しかし相内は今でも膝が弱いようで、体がぐらつき、道路へ転げそうになった。そこへ、背後から追いついて来た刑事二人が組みつき、一気に前のめりにさせて押し倒す。

「公妨！」秦が、片膝をついたまま叫んだ。すぐに時計を確認して「三時三分、逮捕！」と続ける。

　私はその場にへたりこんでしまった。息が荒い……ダメージを受けたわけではないが、緊張と興奮のせいで、なかなか呼吸が整わない。相内も馬鹿な男だ。素直に任意同行に従っていれば、まだ何か逃げ道はあったかもしれないのに。強引に逃げようとして刑事を突き飛ばしてしまったが故に、公務執行妨害を適用されることになったわけだ。公妨は、警察にとっては便利な罪状で、取り敢えず身柄を確保したい時などによく利用される。相内は自らそこへ飛びこんでしまったわけだ。

　相内を組み伏せた刑事に、もう一人の刑事が加わり、手錠をかけて、三人がかりで強引に立たせる。

「相内和毅、公務執行妨害で逮捕する」秦が正面に立ってもう一度宣言する。淡々とした口ぶりなのが、かえって本気さを感じさせた。

「久しぶりだな」私も彼の前に立った。秦が嫌そうな表情を浮かべるのが分かったが、無視して続ける。「警視庁の村野だ。十年前に何回か話をしてる。覚えてるか？」

「……ああ」

おっと――私はかすかに動揺した。いきなり反応した？　十年前はとにかく無口な男で、会話を成立させるだけでも大変だったのに。服役生活で、多少は社会性を身につけたのだろうか。刑務所生活は、社会と切り離された時間になるのだが。

「じっくり話を聴かせてもらう。誘拐事件についてだ」

途端に相内の顔から血の気が引いた。分かりやすいというか、犯罪者としてはあまりにも脆い。

この男はすぐに落ちる、と確信した。そして相内が落ちれば、そこから数珠つなぎで犯人グループを逮捕していけるだろう。事件の全容解明は時間の問題だ――そう考えても、まったく気持ちは落ち着かない。

「どうして彼に任せるんですか」秦が、増井に食ってかかった。

「いやいや」増井が困ったような表情を浮かべる。所轄の副署長と係長だと、階級で
も二つぐらい差があるのだが、彼がこの部下を苦手にしているのはすぐに分かった。
「いやいや、じゃないですよ、副署長。今回は、あくまでオブザーバーということで
しょう」秦の反論は止まらない。「だいたい、支援課の人間が捜査に入るのは、筋が
通らない。こんなことがあるなら、何でもありだ」
「だったら君、それを直接捜査一課長に言ってくれないか」
「一課長？ 一課長がどうして出てくるんですか」
「まあ、ちょっと……」
増井が秦の背中に手を回して、向こうを向いた。二人の声は聞こえるか聞こえない
かぐらいで、自分のことが話題になっていると思うと、どうにも落ち着かない。
二人が揃って私の方に向き直った。秦は依然として渋い表情を浮かべているが、も
う逆らえないと悟った、諦めのようなものが感じられる。
「じゃあ、頼むよ」増井が少し緊張した口調で言った。
「はあ……はい」一課長直々の御指名ということで、私は自分が追いこまれつつある
のを意識した。これは、捜査一課復帰へのテストなのか？
増井が特捜本部を出て行くと、秦が皮肉っぽく言った。
「お上の言うことには逆らえないけど、あんた、久しぶりの取り調べで大丈夫なの

か？」

「取調室で、容疑者と正面から対決したことはほとんどないですよ。一課にいた頃は、裏づけ捜査で外を走り回るだけでしたから」

「つまり、取り調べ担当として期待されてたわけじゃないんだ」

「ですね」これは認めざるを得ない。

「重要な容疑者なんだぞ。あんたに任せて、本当にいいのか？」

秦が圧力をかけてきた。私が自分から「降りる」と言えば、彼としても安心だろう。辞退したとなったら、一課長に対しても言い訳ができる。「あいつが直前でビビりまして」とか何とか。

「経験は少ないですけど、師匠がいますから」

「師匠？」

「大友さん」

「あいつのやり方は参考にならないだろう」秦が大袈裟に両手を広げた。「大友の前に座ると、容疑者が勝手に喋り出すんだから。あれは超能力じゃないか」

「俺もそうできるように祈ります」

呆れたように、秦がぽかんと口を開けた。彼が心配なのは理解できる。私自身心配なのだ。しかしこれは最良のチャンス——十年前に端を発する事件の全容を、最初に知ることができるかもしれない。

テーブルを挟んで対峙しても、相内の肉体的な迫力は変わらない。目の前に、分厚い壁が立ちはだかっているようなものだった。

「警視庁の村野です」私は改めて挨拶した。まずは丁寧に、そしてごく普通に。「十年前に、あなたとは何回か話しました。覚えていますか?」

「まあ……何となく」

前振りを終えて、私は人定から始めた。住所、年齢、職業——全て分かっているが、取り調べでは本人の口から確認するのが基本だ。相内は、ぼそぼそとした口調ながら、私の質問に全て答えた。「ああ」「いや」「うん」しか語彙がなかったような十年前に比べれば、大変な進歩である。刑務所ではなく、出所後に勤めた自動車修理工場で鍛えられたのではないかと私は想像した。だとすると、面倒見のいいという経営者には申し訳ない。もちろん、こうなったのは全て相内本人の責任なのだが。

「逮捕容疑の公務執行妨害は、任意同行に抵抗して、刑事を突き飛ばした——警察の職務を妨害したということになります」

「はあ」

「体がでかいんだから、ちょっと触っただけでも相手は吹っ飛ぶんですよ」

相内が黙りこんだ。おっと、余計なことは言わない方がいいか——私はひたすら直球を投げ続ける投球プランを立てた。こういう時、変化球を挟んで相手の目を惑わせようとしても逆効果だろう。変化球を投げるのは一回りしてから——相手が直球に慣れて、バットに当たり始めてからでいい。

「今回、あなたに話を聴きたいのは、橘愛花ちゃんの誘拐事件に関してです」

反応なし。しかし、右のこめかみが少しだけ痙攣（けいれん）するように動いたのを、私は見逃さなかった。

「先週、子役の女の子が誘拐される事件が起きました。ほぼ一週間経って、今週になって犯人は身代金を奪い、その後人質の女の子は無事に解放されました。その後、女の子は警察の事情聴取に必死で答えてくれましたが、今日、倒れて病院に運びこまれました。精神的に大きなダメージを受けているのは間違いない。どう思いますか」

「どうって……」相内が太い指で頬を掻いた。

「どう思いますか」私は繰り返した。

「別にどうも……」

「あなたが誘拐したんじゃないですか？」

「はあ？」相内がいきなり甲高い声を上げた。「何で俺が」

「先週の水曜日、どこにいたか、何をやっていたか、説明できますか？」

「スマホがないと分からないな」相内が顔を背ける。彼のスマートフォンは、逮捕時に押収されていた。

「スマートフォンを見てもいいですけど、まず思い出して下さい」いじると、証拠を隠滅する恐れもある。だいたいこの男のスマートフォンは、特捜本部で解析中だ。

「どうですか？　先週の水曜日の午後二時から三時の間、どこにいましたか？」

「仕事ですよ」

低い声で相内が答える。テーブルに置いた両手が細かく震えているのに、私はすぐに気づいた。昔よりもずっと神経質になっているようだ。きつい経験をして、この状況にビビっているのは間違いない。

「あなたの勤務状況については、もう調べています。先週の水曜日は休みでしたね」

「いや……いや、そう、勘違いだった」

「休みでしたね？」私は念押しした。

「そう」

「休みの日に何をやっていたか——午後から夜にかけて何をしていたか、話して下さい」

「寝てたよ」顔を背けたまま相内が答える。

「昼間に？」

「休みの日は大抵寝てる。仕事は疲れるんだよ」

「なるほど。それを証明できる人は？」

「証明って……」相内が一瞬、声を張り上げかけた。しかし何かを我慢するようにぐっと声を抑える。「一人暮らしなんだから、証明してくれる人なんかいるわけないだろ」

「アリバイはない、ということですね」

「ないと思ってるならそれでいいよ」やけっぱちな口調で、相内が言った。「どうせ……」

「どうせ何ですか？」

「同じことの繰り返しになるんだから」

「どういう意味ですか」分かっていて、私は敢えて訊ねた。

「いや、何でもない」この答えも予想通りだった。

十年前の詐欺事件では、メンバー間に「格差」はなかったものの、相内は完全な下っ端だった。コミュニケーション能力に問題があったので、高齢者に電話をかけて勧誘する「本筋」の仕事ができるはずもなく、金を受け取りに行くのが主な役目だった。こういう体のでかい人間が金を取りに来れば、相手は恐怖を覚えて抵抗できなくなる。相内たちのグループは、必ず金を直接取りに行った。銀行の振り込みなどを利用すると証拠が残ってしまうからだが、被害者と顔を合わせていたが故のマイナスを予想していなかったのだろうか。面通しした時点で、「犯人だ」とことごとく指摘されてしまったのだ。相内のように印象深い外観の男は、いつまでも人の記憶に残る。あの時相内は、相当悔しい思いをしたはずだ。金に困って、たまたま誘われた犯罪で下っ端の役割を負わされ、言われるがままに金を回収していただけなのに、実刑判決を食らった。かなり重い判決だったのは、裁判官が「一罰百戒」を狙ったからだろう。

私は、ゆっくりと手帳を開いた。何が書いてあるわけではないが、彼から見えないように立てて、じっと読みこむふりをする。これは昔、大友から教わったテクニックだった。「手帳やノートを小道具に使え」。相手からは何も見えないわけで、刑事が目を通していると、自分を不利に追いこむ情報が書いてあるのではないかと不安になって、つい余計なことを喋ってしまう。

手帳は白紙だが、私は記憶にあることを材料に持ち出した。この話を聞いて、私は改めて警視庁捜査一課の捜査能力に驚かされたものだ。わずか一時間ほどの間に、あっさり証拠を見つけ出すとは……自分が捜査一課に残っていても、これだけきっちり仕事ができていたかどうか、自信がない。

「あなたの部屋を調べました。普段、きちんと掃除をしているんですか？」

「ああ？」

「あまりやってないようですね」皮肉っぽくなってしまったのは自覚していたが、言わずにいられない。「どこに何があるか、自分でも分かっていないんじゃないですか」

「余計なお世話だ」

その時ちょうど、取調室のドアが開き、秦が顔を見せた。何も言わずに右手を伸ばしてくる。ビニールの証拠品袋に入れたハンカチを持っていた。私は立ち上がり、彼に向かって軽く頭を下げてから、袋を受け取った。それをテーブルに置き、「よく見て下さい」と告げる。

相内は一瞬、ハンカチに視線を落とした。ごく普通のタオル地のハンカチで、ピンクと薄い緑という鮮やかな色合いだった。クシャクシャの状態で証拠品袋に入っている。私は、ガッツポーズしたくなるのを懸命に我慢した。

「見覚えはないですか？」

「さあ」

「これがあなたの部屋にありました。あなたのものじゃないですね？　イメージが合わない」いかにも女性が——女の子が好みそうなデザインなのだ。

「知らない」

「あなたのものじゃないんですか？」私は繰り返し確認した。

「知らない」相内も繰り返したが、こめかみに汗が浮かんでいた。一粒の汗が大きくなって、すっと流れ落ちる。汗が流れた跡がくっきりと見えた。

「だったらあなたは、気づかなかったわけだ」

「何を」相内が一瞬凄(すご)んで私を睨む。

「愛花ちゃんが、あなたの部屋に証拠を残したことを」

「ああ?」

「あなたの部屋にあったこのハンカチは、監禁されていた証拠として、愛花ちゃんがわざと残したものです。愛花ちゃんのものだということは、たった今、本人も家族も確認しました」

愛花のしっかりした態度は、演技ではなかった。彼女は本当に怒り、犯人を捕まえて欲しいと切に願っていたのだ。それ故集中し過ぎて緊張が極限状態に達し、過呼吸になってしまったのだろう。

私が病院を去ろうとした間際、愛花が思い出した話というのがこれだった。「部屋にハンカチを置いてきた」「それはたぶん、誘拐された次の日」「他の部屋にも別のものを置いてきた」。

つまり愛花は、監禁された場所に、自分の「足跡」を残してきたのだ。十歳とは思えない知恵だと驚いたが、実は昔出演したドラマで、同じようシチュエーションがあったのだという。愛花の姉が拉致される。監禁場所に彼女のハンカチがたまたま落ちていて、犯人逮捕につながる——姉役を演じた女優は「そんな偶然、ないよね」と馬鹿にしたというが、愛花はこの件を妙によく覚えていたようだ。

本当にこんな事態が起きるとは考えていなかったはずだが。

深い森に入って行く時に、帰り道で迷わないよう、目立つ布を木に巻きつけていくようなものかもしれない。何と冷静で賢い子かと、私も梓も感心した。しかし玲子はむしろ心配していた。大人でも、こんなに冷静には事件を振り返れない。精神的に相当負荷がかかっているのは間違いなく、しばらく入院させて様子を見たいぐらいだ、と。警察の事情聴取など、とんでもない。

その辺は、今後の話し合いになる。しかし当面、愛花のおかげで捜査は大きく進みそうだ。無事に犯人を逮捕できたら、愛花に対する事情聴取は、本当にしばらく休止した方がいいのではないだろうか。今の愛花に一番大事なのは、きちんと休んで体と心の痛みを癒すことだ。私が心配することではないが、映画出演もキャンセルした方がいいかもしれない。

「あなたの部屋に、誘拐された愛花ちゃんのハンカチが落ちていた」私はもう一度説明した。「あなたはそれに気づかなかった。普段からきちんと掃除していないと、見覚えのないものが落ちていても分からないんじゃないですか」

「俺は知らない」

「知らないでしょうね。でも、警察はすぐに見つけました。どういうことですか？」

「知らない！」相内が叫んだ。額にはびっしりと汗をかいている。

証拠のハンカチが汚れてしまいそうな気がして、私は手元に証拠品袋を引き寄せた。相内は、掌で直に額の汗を拭った。

「説明できるなら説明して下さい。待ちます」言い訳を思い浮かべられるならな、と私は皮肉に思った。口下手の相内は、言い訳も苦手なのだ。十年前も、一度認めてしまうと、後は警察からの質問に全て「はい」と答え続けた。

「あなたは、自分の部屋に愛花ちゃんを監禁していた。それが先週の木曜ですね？誘拐犯は、何ヵ所か、愛花ちゃんを移動させていた。そのうちの一つがあなたの部屋だった。違いますか？」

「俺は、言われた通りにやっただけだ！」

落ちた、と私は確認した。相内は相内なりに、必死に計算しているのだろう。自分はあくまで下っ端で、命令を忠実に実行していただけ——本当にそうでも、実刑判決を免れるとは限らない。実際、十年前も同じ主張をしたのに、結局は服役することになったのだ。この男は、結局どこかでまともな人生から足を踏み外してしまったのだろう。人に利用され、踏みつけられたまま終わる人生——怪我で相撲ができなくなったのは不幸とはいえ、世の中には、同じような事情で夢を諦めざるを得なかった人間はたくさんいる。情状酌量の材料にはならないのだ。

「あなたは先週の木曜日、自分の部屋を監禁場所として提供した。そういう風に命令されたからですね？」

「そうだ。言われた通りにやっただけだ」

「監禁場所を移したのは、証拠が残らないようにするためですか？」

「それもあるけど……いや……」

微妙な否定だった。本来は、そういう計画ではなかったのではないだろうか。しかし、思わぬトラブルで誘拐犯たちは混乱した。思わぬトラブルの内容は想像できたが、考えただけで暗くなる。

その件をぶつけるのはもう少し先にしよう。しかし相内の方で、勝手に喋り始めてしまった。

「俺は、ちょっと手を貸しただけなんだ。金は関係ない」

「五千万円を奪ったんですよ？　分け前はいくらだったんですか」

「そんなことは話していない」

「だったら、どうして誘拐なんか計画したんですか」話は核心に入りつつある。

「金の問題じゃないんだ」相内が真剣な調子で打ち明ける。

「何のためですか」

「それは……」一度口を閉ざした相内が、素早く舌を出して唇を舐めた。

「復讐、ですか」

「俺は何も言わない」

私は両手を組み合わせた。相内はまだ目を合わせようとしないが、先ほどまでと違い、はっきり分かるぐらい体を動かしている。上体を揺らし、しきりに瞬きし、何度も肩を上下させる。

「相内さん、喋らないでいるのはあなたの自由です。しかし、あなたの仲間はいずれは話しますよ。十年前を思い出して下さい。最初に話した人は、自分だけ生き延びた——あなたも、最後の人間にならない方がいいんじゃないですか」

「あいつのことは言うな！」相内がいきなり声を張り上げた。「関係ない！」

「いや、関係ある」私は敢えて声を低く抑えた。「それこそ、あなたたちが誘拐を計画した理由だからだ」

相内が突然体の動きを止め、うつむいた。沈黙……取調室の空気がゆっくりと凍りついていく。私は、うなだれた相内の頭頂部を見ながらひたすら待った。

相内がゆっくりと顔を上げる。無表情——しかし、その顔からは間違いなく絶望感が滲み出していた。

「落とした？」秦が驚いたように目を見開いた。「こんなに早く？」

「ええ」

「どうやったんだ」

「誰がやっても、あの男は話したと思います。精神的にそんなに強い人間じゃないですから。十年前とあまり変わっていませんでした」

「いい相手にぶつかったわけか」秦が皮肉を吐いた。「ごっつぁんゴールだな」

「何ですか、それ」

「あんた、サッカーは詳しくないのか」

「野球専門です」

「たまたま足にボールが当たったとかで、何にもしていないのにゴールすることだよ」

「でも基本的に、ごっつぁんゴールなんてないんじゃないですか？」

「ああ？」

「そこに――ボールが来そうなところにいるのは、嗅覚が優れていて、ちゃんと走る努力をしたからでしょう」

「理屈っぽいね、あんた」

「野球好きの人間はこんなものです」私は肩をすくめた。「どうしますか？　一応、調書にも落として、指紋を押させました。内容も問題ありません」

「そうか、ご苦労さん」

「今後も私が調べるんですか？」

「それは俺が決めることじゃない。もっと上の方で決まる話だよ」秦が人差し指を天井に向けた。「あんたとしてはどうしたい？　今後も取り調べをやりたいなら、俺の方で上申してやってもいいぞ」

「少し考えさせてもらっていいですか」正直、私は迷っていた。こんな風に、正式な形で取り調べをするのは久しぶりだった。緊張はしたが——絶対に落とさないといけないというプレッシャーは強かった——相手が落ちた時の、目の前がぱっと開けるような快感は何ものにも代え難い。

しかし……本当に今後も相内の取り調べを担当するとなると、それだけでおそらくは二十日以上が過ぎてしまう。そんなに長く支援課の仕事を離れていられない。この事件に対する支援課の本格的な仕事も、これからなのだ。

「後は専門家にお任せしますよ」

「おいおい、逃げるのか？」

「いや、支援課としてやることがたくさんあるんです。愛花ちゃんの状態もよくないですし、他にもフォローしなければならない人がいますから」

「愛花ちゃんの家族かい？」

「家族……そうかもしれません」

仲岡を愛花の家族と呼べればの話だが。

6

予告通り、私は相内の取り調べから外れた。この件に私を引っ張りこんだ増井は「もう少し頑張ってみたらどうだ」と言ってくれたが——どうやら捜査一課長からしつこく言われているらしい——私は支援課の仕事があるからと断った。

そう、私には本来の仕事がある。しかし、すぐに動く気にはなれない。事実関係は頭の中にあるが、もう少し整理する必要がある。翌朝、支援課でぼんやりとコーヒーを飲みながら、あれこれ思案する。

「どうかした？」優里が声をかけてきた。

「あ？　いや……」

「もう一時間ぐらい固まってるわよ」

「そんなに？」私は壁の時計を見た。午前十時。確かに一時間ぐらいは経ってしまったようだ。

「何か問題でも？」

「いや。仲岡さんとどのタイミングで話すか、考えてたんだ」

「難しいところね」優里には今朝、すっかり事情を話していた。

「確かに難しいけど、あまり先延ばしにはできないんだ。仲岡さんにも事情を知る権利はあるし」

「でもそれは、あの人にとっては、必ずしも嬉しいことじゃないわよね」

「そうなんだよな」私は腕を組んだ。「でも、この件が確認できれば、仲岡さんは完全に被害者だ。つまり、うちがフォローしなければならない人になる」

「それは……そうね」優里がうなずく。

私はふと、川西に目を向けた。つまらなそうな顔で、パソコンの画面に視線を向けている。

「川西」

「何ですか」呼ばれたことすら面倒なようで、川西は顔を上げもしない。

「被害者と加害者の差って何だと思う？」

「何の話ですか」川西がようやく私の顔を見た——嫌そうに。

「加害者が被害者になり、被害者が加害者になる……支援課の仕事をしてると、そう

いう場面によく遭遇するんだ。お前は、そういう状況を、データベースにどう落とし
こむ？　仲岡さんは被害者だと思うか？　加害者だと思うか？」
川西は肩をすくめるだけだった。この男には、まだ支援課の仕事がよく分かってい
ないようだ。今後も理解できるかどうか心許ない。そもそも私自身が理解できている
かどうか、自信はなかった。支援課の仕事は、ぶるぶる震える柔らかいゼリーのよう
なものである。定型があるように見えて、ちょっと揺らしたら形が変わってしまう。
さらに激しく揺れると、原形を止めないまでに崩壊するだろう。
だからといって、骨組みを入れてきちんと固くすべきとは思わない。そうなると、
脇を通り過ぎるもの、かすっていくものに手を出せなくなってしまう。
それは、支援課のあり方ではないような気がする――それすら決まっているわけで
はないのだが。

結局、私が仲岡に会えたのは翌日の金曜日だった。足の手術は回避できたものの
「重傷」の状態が続き、ずっと面会が制限されていたのだ。警察の取り調べも一日一
時間に限定され、金曜日の午後になってようやく、病院から「常時面会可能」と連絡
があった。
事故直後に会った時に比べると、仲岡は多少は元気になっていた。しかしやはり、

通常の状態ではない。聞けば今日は、昼食後、みっちり三時間以上の事情聴取を受けたらしい。寝たままとはいえ、警察が容赦するわけもなく、かなり厳しく話を聴かれたのは間違いない。病室だから逃げ場もなく、とにかく疲れただろう。

そんな時に話すのは申し訳ないのだが、これは仲岡自身も知りたがる話のはずだ、と自分に言い聞かせる。

仲岡はベッドで上体を起こして、ノートパソコンの画面に見入っていた。作業をしているわけではなく、ただ観ているだけ……私に気づくと、軽く会釈をしてパソコンを閉じた。

「お仕事中でしたか？」

「いや、ビデオを観ていたんです。愛花のね」

「ドラマですか？」

「知りません？『下北沢探偵団』」

「愛花ちゃんが小一の時に出たドラマですね」

「観てましたか？」仲岡が嬉しそうに言った。

「いや」私は首を横に振った。「ドラマは観ないんですよ。でも、調べました。愛花ちゃんの出世作の一つですよね」

仲岡の笑みが大きくなる。『パパ友』に続き、七歳で出演したこの連ドラが、愛花の人気を決定づけたと言っていいようだ。誘拐事件が起きた時に愛花のキャリアをざっと調べたのだが、十歳にして出演作やCMは長いリストになっている。「下北沢探偵団」は、文字通り下北沢を舞台にした軽いタッチのミステリで、若い女性に人気の二十代の俳優が、姪っ子の愛花とコンビを組んで、街で起きた小さな事件を解決していくというものだった。警察官としては、「探偵」と聞いただけで鼻白んでしまうのだが、愛花の賢さと可愛らしさが視聴者の心を摑んだ――というのがまとめサイトの説明である。三年前で最終回の視聴率二十パーセントというのは、上々の出来ではないだろうか。実際、その後もスペシャルドラマが二回作られ、去年は映画にまでなった。愛花の映画初出演作だ。

　仲岡がノートパソコンを開き、画面を私の方へ向けた。愛花が泣いている。もちろん演技なのだが、演技とは思えない。大人の俳優でも、これほど自然に涙を流せないだろう。

「可愛いですね――泣き顔でも」

「これなら人気も出ますよね」仲岡がしみじみと言った。

「あなたは画面のこちら側から、娘さんを見守っていた」

「隔靴搔痒とはこういうことでしょうね。自分で蒔いたタネとはいえ、本当に悔しいですよ」

「十年前のあなたは、自分のことしか考えていなかったですね」

私の指摘に、仲岡の顎にぐっと力が入るのが見えた。侮辱……怒るのも当たり前だが、結局そこを攻めないと事件の本筋は分からない。今後、彼とどう接していくかも決められない。

私は丸椅子を引いて、ベッドの脇に腰を下ろした。

「愛花ちゃんを誘拐した人間が逮捕されたのはご存じですね」

「……ええ」仲岡が低い声で答えた。視線をふっと外す。話がまずい方へ向かい始めたのを察したのだろう。

「相内和毅。知ってますよね？」

「知ってます」さらに声が小さくなる。

「あの男が逮捕者の第一号です。もう一人逮捕されましたが、あと一人は逃走中です。どこにいるかはまだ分かっていません。この三人が実行犯――そしてあなたは全員を知っている。というより昔の仲間だ」

「仲間とは言いたくないですけどね」

「自分が裏切った人間を仲間とは呼ぶのは申し訳ない、そういうことですか」

仲岡の頬がぴくぴくと動いた。一瞬目を伏せると、パソコンの上に両手を置く。

「あなたが十年前、詐欺に手を染めたのは、金に困っていたからだ。自分のビジネスを守るために、手っ取り早く金を儲ける手段として選んだのが詐欺だった。その後は、自分だけが実刑を免れるために、仲間を売った。警察的には非常に助かりました。中にいる人がネタ元になってくれたら、これ以上のいい手がかりはありませんからね。取り調べを担当した人に加え、当時の特捜の幹部も、あなたには寛大な処分が相応しいという意見書を検察に送った。それが執行猶予判決につながったのは間違いないでしょう。あなたの狙い通りになったわけです。もちろん、主犯ではないという事情もあったわけですが……あの詐欺グループには『頭』がなかった。一種の群体のような組織でしたから、誰の責任が一番重いか、判断するのは難しかった。だから、最初に口を割り、仲間を売った人間は軽い処分で済ませようと考えるのは、警察としては当然です」

「どうして今になって、昔の話を蒸し返すんですか」仲岡の声が硬くなる。

「それが、今回の誘拐事件につながっているからですよ。当時の仲間が、あなたの大事な娘さんを誘拐した。彼らはきちんと全部供述しました。それが、あなたに対する一種の復讐にもなるからです」

「復讐……」仲岡がぼそりと言った。

「あなたは仲間を売っただけじゃない。詐欺で手に入れた金のほとんどを独り占めにしていた」

「そんなことはない」仲岡が即座に否定した。

「そうですか……訂正します。あなたは、詐欺で手に入れた金のほとんどを手に入れたと、当時の共犯者が供述しています。これは今後、裏を取っていかなければならないことですが、今は後回しにします」

「つまり……昔私と一緒にいた連中が、愛花を誘拐して、私を精神的に苦しめようとした、と？」

「連中は成功したんじゃないですか？」

仲岡が、少し惚けた顔でうなずいた。それから急に、怒りを握り潰すように拳をきつく握る。

「娘さんが誘拐されたのに、朱美さんたちはあなたの介入を拒否した。あなたは、金銭的にも愛花ちゃんを助けられる立場にいたのに、手が出せなかった。家族からは白い目で見られる。愛花ちゃんの身が危ないだけでも大変な苦しみになるのに、それに輪をかけた辛さだったと思います」

「分かってもらえますか」

私はうなずかなかった。ただ彼の顔を凝視する。苦しみは分かるが、それは彼自身が招いたものだ。どうしても全面的には同情できない。

「あなたはよく我慢していたと思います。最初に警察に押しかけて騒いだのはどうかと思いますが、その後はとにかく静かに状況を見守っていた。その我慢強さには敬服します」

「あなたたちが監視していたからでしょう」仲岡が皮肉っぽく言った。

「当時は、監視とは思っていませんでした」私は嘘をついた。「あなたはあくまで被害者の家族ですから、支援課としてはフォローするのが仕事です。それはご理解いただきたいんですが……あなたは最終的に、自分で身代金を出して、その受け渡しまで買って出た。切羽詰まった状況でしたから、朱美さんたちはその提案を受け入れたわけですが、あなたはどうしてそこまで必死になったんですか」

「私は父親ですから。それに、本当にギリギリの状況だったじゃないですか」

「身代金の受け渡しは、確かに誘拐事件において最も重大な、ギリギリの場面です。でも、それだけじゃないでしょう」

「何がですか」

「あなたは、犯人グループから密かに連絡を受けていた。あなたが身代金の受け渡しを担当するように、という命令でしたね？　あなたとしては、従うしかなかった。それに、自分が愛花ちゃんのヒーローになれるかもしれないという希望もあった。しかしそれこそ、犯人グループの狙いだったんです」

「どういう狙いですか」仲岡は冷静になっていた。

「現場であなたに物理的な被害を与えることです。あなたはその罠に、完全にハマってしまった。身代金を奪った犯人を見た瞬間、昔の仲間だと分かったんでしょう？だからこそ、猛スピードで走り始めた車に突っこんだ——その結果、あなたは今大怪我を負ってここに入院している」

しかも、状況はよくない。仲岡に会う前に私は医師に面会して症状を確認したのだが、当初手術を回避して治療する方針だった右脚が、実際にはかなり重い怪我だと分かってきたのだ。おそらく近日中に再建手術をすることになるだろうが、後遺症が残る可能性が高い。つまり仲岡は、私と同じように、一生足を引きずることになるかもしれないのだ。この話を聞いたら、犯人たちは快哉を叫ぶかもしれない。何年か服役して自由を奪われるのと、一生移動の自由が制限されるのと、どちらが辛いだろう。彼らの中では、ここで収支の計算が合った感じかもしれない。

「犯人にすれば、愛花ちゃんはどうでもよかった——傷つけるつもりはまったくなかったんです。ただあなたを苦しめ、金を奪うための材料に過ぎなかった。そういう意味では、彼らは一時的には成功しました」

「本人たちがそう言ってるんですか？」仲岡の顔に、一瞬怒りが過った。

「私が想像しているだけですが、当たっていると思いますよ」

「愛花が無事で、犯人が適切な罰を受ければ、それでいいですよ。彼らも、こんなことで私に復讐したと思って満足しているなら……」仲岡が首を横に振った。呆れた、という態度。「それでいいでしょう。これからまた、前と同じような生活が戻ってくる」

「表面上は」

「どういうことですか？」

「この事件には、もう一枚真相があるんです。私は、あなたにそれを知って欲しくて、時間をもらいました」

「これ以上のことがあるんですか？」仲岡が目を細めた。

「はい。むしろこちらの方が重要――私にとってもショックでした」

「それを私に言いたいと？　嫌がらせですか？」

「私以外の人から聞くのはかえってショックかもしれませんよ。私なら、冷静に、論理的に説明できます」

「どういうことですか」

仲岡がもぞもぞと体を動かした。何かを悟ったのかもしれない……私は一瞬躊躇したが、ここへ来た目的を思い出して、すっと背筋を伸ばした。

「この誘拐事件の計画者――首謀者は、鹿島陽子さんという女性でした。詐欺事件の間接的な被害者といえます」

仲岡は、鹿島陽子を知らなかった。それは当然……彼が金を払い、謝罪文を送ったのは別の相手なのだ。

「鹿島義泰さんを覚えていますか」

「ああ……」

「被害者の一人です。正確には、鹿島義泰さんの義理の両親が被害者ですね。あなたは彼らに多少金を戻し、謝罪文も書いた。しかしそれは、何の助けにもならなかった。鹿島義泰さんは、義理の両親のためにと投資話を勧めたんですが、これが事件化して、鹿島さんは義理の両親、それに奥さんとの関係が悪化しました。結果的に奥さんは生まれたばかりの子どもを連れて実家に帰り、離婚しました。それが原因になって鹿島さんの精神状態は悪化し、会社もやめざるを得なかったんです。そして五年前には、とうとう自殺してしまいました」

「あなたは、私を追いこみにきたんですか？」

「事実を話しているだけです」自分を哀れむような態度はやめてくれ、と私は心の中で叫んだ。実際彼には、そんな権利はない。今は被害者とはいえ、元々は加害者――犯罪者なのだ。彼があんな犯罪に手を染めなければ、今回こういうことも起きなかった。

「鹿島さんの家族――実家の方も、それをきっかけに崩壊しました。息子さんに自殺された母親の陽子さんは新興宗教に走り、家を出ました。それで家族の関係はバラバラになってしまった。陽子さんは一人で暮らしながら、あなたに対する復讐心だけを募らせていたんです」

仲岡の喉仏が上下した。険しい表情を浮かべて私を睨みつけたが、言葉は出てこない。握り締めた手の甲に太い血管が浮かんだ。

「陽子さんは、初孫を失ったんです。亡くしたわけではありませんが、息子さんが自殺したことで、孫に会う機会を永遠に失った。あなたに対する復讐心は募るばかりで、ついには本当に復讐をする決心を固めたんです。孫を失った自分の苦しみをあなたにも味わわせたい――もちろん、誘拐は一人ではできません。それで声をかけたのが、かつてのあなたの仲間たちでした。別種の恨みですが、あなたを恨んでいる人間を仲間にしたんです」

「しかし、どうやって？　接点はないはずだ」

「その辺は、まだ調べが進んでいないので何とも言えません。しかし、何故かは分かるでしょう。あなたは被害者と昔の仲間、双方から恨みを買っていたんです」

「私は……いや」

「何ですか？」

「自分の立場を悪くするようなことは言いたくない」

「共犯者が出獄した時に、金を渡したことですか？」

仲岡がすっと背中を伸ばした。軽く驚いたような表情を浮かべている。どうしてそんなことが分かったんだ、とでも言いたげだった。

「この件に関しては、逮捕した人間から証言が得られています。あなたは、隠していた金の一部を彼らに渡した。しかし、やり方がまずかったですね。山分けにしたならともかく、彼らに渡した金は百万円ずつだ。これでは、服役した時間に対して、まったく割に合いません。彼らはさらに怒りを募らせた。その結果、今でもあなたを憎んでいる被害者と加害者が結びついてしまったんです」

「その人は……鹿島さんは？　逮捕されていないんですか？」

「亡くなりました」

「え？」仲岡がぽかりと口を開けた。「それは、どういう……」

「鹿島さんは、火事で亡くなったんです。誘拐とはまったく関係ない、事故です。愛花ちゃんを誘拐した、まさにその日でした」

「そんなことが……」

「犯人グループは、愛花ちゃんを誘拐した後、まず鹿島さんのマンションに運んで一時監禁していました。その後別の場所へ……その後で火事が起きて、鹿島さんは死亡しました。実は、部屋は完全に燃えてしまったわけではなく、半分ぐらいは焼け残っていたんですが、そこを調べ直したら、奇妙なものが見つかりました」

「何ですか？」

「愛花ちゃんがランドセルにつけていたマスコット――海外のアニメのキャラクターです。それだけが、鹿島さんの部屋で異質の存在でした。愛花ちゃんは、次に監禁された部屋にも自分のハンカチを残しています。本当に、賢い子なんですね。自分がそこにいた証拠を残すために、自分の持ち物を置いていったんだから」

「確かに賢い子だ」仲岡が薄く笑った。「しかも冷静だ。そんな状況で証拠を残そうなんて考えるのは、子どもにはできないですよね」

「大人でも無理でしょう」私はうなずいた。

「しかし、どうしてこんなに長く監禁が続いたんですかね。おかしいでしょう？　普通なら、誘拐なんて一日か二日で解決するものじゃないですか」

「困ってしまったんですよ」

「え？」

「今回の誘拐事件の主導権は、鹿島さんが握っていました。計画を立てたのも鹿島さんです。鹿島さんは金を奪い、あなたを精神的にも苦しめる計画を立てていたようですが、その詳細を他のメンバーには話していなかった。それ故他のメンバーは、どうしていいか分からず、ただ愛花ちゃんを監禁し続けていたんです。最終的には、あなたに連絡を入れて、この件に本格的に巻きこむ計画に変更した。それが成功だったかどうかは何とも言えませんが」

「そんなことで、愛花は一週間近くも……」仲岡が唇を嚙む。「怖かっただろうな。辛かっただろうな」

愛花をそんな状況に追いこんだ原因はあなたにある——言葉が喉元まで上がってきたが、私はそれを抑えこんだ。今、彼を追いこむのは本意ではない。

「鹿島陽子さんは、一ヵ月ほど前に、久しぶりに家族と連絡を取りました。その時に、誘拐の計画を打ち明け、協力してくれないかと相談したんです。ご主人は当然拒否したんですが、そのことが頭に引っかかっていて、最初は遺体の引き取りも拒否していたそうです」

仲岡は何も言わなかった。ただぼんやりと、パソコンの画面を見ている。

「とにかく、事件は間もなく全面解決すると思います。その際、あなたに何らかの責任が生じるかどうか、私にはまだ分かりません。ただ、取り敢えずあなたには、真相を知る権利があると思ったからお話ししました」

「……礼を言うべきなんでしょうか」

「ご自身で判断して下さい。私が何か言うべきではないと思います。それに私は、職務上、事件の本筋には関われない人間なんです。でも一つだけ言わせてもらえば……」一瞬躊躇ってから、私は口を開いた。これから言うことは、支援課の枠を超えた話になる。いや、言ってしまったら、警察官失格になるかもしれないが、それでも言わずにいられない。「今回の誘拐の原因は、要するにあなたです。あなたは結局、自分勝手な人間だ。商売が行き詰まれば詐欺に手を出し、犯行が発覚すれば自分だけが助かるために仲間を売る。しかも、被害者から巻き上げた金を隠し、かつての仲間には一部を分けただけで、基本的に独り占めにした」

「私は、そんなことはしていない」仲岡が否定したが、口調は弱々しかった。

「詐欺事件で稼いだ金は、だいたい戻ってこないんですよね」私は言った。「詐欺をやるような人にとっては、騙し取った金が全てでしょう。それすらなくなってしまったら、何のために苦労したのか分からない。だから必死に、警察や被害者の弁護士が見つけられないように隠しますよね？　あなたにとって幸いだったのは、十年前の事件では被害者の意思がバラバラで、互いに協力し合わなかったことです。集団での民事訴訟も起こされなかったから、あなたたちが自分の資産まで絞り取られることはなかった。結果、それなりの金が残って、あなたはそれを上手く活用した。裁判が終わった後、あなたは新しく商売を始めて、今は完全に軌道に乗っていますが、その金はどこから出たんですか？　あなたのように有罪判決を受けた人間には、銀行も融資してくれないでしょう。つまり――あなたはクソ野郎です」

仲岡の口元が小刻みに痙攣した。両手を握って開いてを繰り返し、小さく息を吐く。痙攣は治まった。今の仲岡は、自分をコントロールする術を完全に身につけているようだ。

「ただし、あなたがクソ野郎だと分かっても、私は被害者支援課の人間としてフォローします。相談事があれば、いつでも話をします。あなたが無事に立ち直るまで、面倒を見ます。膝の具合が思わしくないなら、腕のいい理学療法士を紹介しますよ」

「ああ……あなたも、今でもリハビリを続けているんですね」

「長く続く戦いです」私はうなずいた。「痛みもあります。足が自由に動かせない苛立ちもあります。ある意味、先輩として相談に乗れますよ」

あなたがどんなクソ野郎だとしても。

しかし私は、二度目の「クソ野郎」は言えなかった。支援課の人間としては絶対言ってはいけない言葉である。二度言ったら、私は支援課を辞めざるを得ない。

その場合は、捜査一課という受け皿があるかもしれないが。

7

愛花が解放されてから一週間。私は彼女のフォローからは外れていた。捜査一課の手伝いも中止。頭を強く殴られて、未だにぼうっとしている感じだった。仲岡から連絡はない。現段階では、こちらから仲岡に働きかける予定もなかった。もしかしたら二度と会わないかもしれないし、私の中では彼は永遠に「クソ野郎」のままだろうが、それでも連絡が来る可能性もある、という意識だけは失うわけにはいかない。

支援係のスタッフはほぼ出払っていた。この島にいるのは川西一人。今回、初めて現場に出て、何か学んだのだろうか。暇にあかしてそういう話をしてもよかった——するべきなのだろうが、どうしてもそんな気にならない。

私はそっと支援課を抜け出し、十七階の喫茶室に向かった。コーヒーをもらい、窓際の席に陣取る。秋は深まっているが、まだ街路樹は黄葉していない。最近は夏が長くなる一方で、黄葉もどんどん後ろにずれているのではないだろうか。私が子どもの頃は、十一月になるともう、銀杏（いちょう）並木はすっかり黄色くなっていたような記憶がある。

「村野、いいか」

声をかけられ振り向くと、捜査一課長が立っていた。慌てて立ち上がり、一礼する。警視庁で一番忙しいはずの捜査一課長が、私に何の用だ？　一瞬疑問に思ったが、すぐに「スカウト」だと思い至った。

一課長がカウンターにつくのを待ってから、私は彼の横に座った。

「今回は、いろいろ面倒をかけたな」

「いえ」

「支援課には最初から噛んでもらって、だいぶ助かった。あの状況では、被害者家族がどんな反応を示すか分からない……支援課がよくサポートしてくれた」

「仕事ですから」実際には私は、橘家のフォローにはほとんど加わっていない。

「新しい課長はどうだ？」

「ようやく運転方法が分かりました」

「ほう」

一課長の顔に、小さな笑みが浮かんだ。元々陰で「カミソリ」と呼ばれている人だそうで、大友曰く「関わっただけで怪我しそうなほど怖い人」である。表情自体も厳しい。その男が、かすかにとはいえ笑っているので、私は内心動揺した。いや、これは歓迎すべきことかもしれない。滅多に笑わない人間の笑顔を見られたのだから、吉兆と考えた方がいいのではないか。

「どういう運転方法だ？」

「課長は、他の課や所轄に恩を売れればいいと思っています。そのためなら、多少無理をしてもいいと」

「それは勘違いなんだけどな」一課長が苦笑した。「面倒な仕事を引き受けてくれた人間には感謝する。しかし、課長やその課自体に感謝することはないよ」

「うちの課長の耳には入れないようにお願いします。勝手にそう考えてくれている方が、こちらは仕事がやりやすいので」

一課長が、もう少しで声を上げて笑いそうになった。しかしすぐに表情を引き締め、「今日はそういう話じゃないんだ」と言った。

「ええ」いよいよスカウトの話か。

「取り調べで上手くやってくれたな。君にはそっち方面の才能もあるようだ」

「どうでしょう」私は肩をすくめた。「何とも言えませんね。普段、容疑者と対決する機会はありませんから」

「捜査一課で、キャリアを積み直したらいいじゃないか。君はまだ若い。先は長い。支援課で、外から刑事部の仕事を見る機会が多かったから、今度は捜査一課に新しい風を吹きこんでくれるんじゃないか？」

私が支援課で学んだことの一つが、現場の刑事がいかに被害者に気を遣っていないかということだ。口では「被害者のため」と言うし、それは本音なのだが、捜査一課の刑事にとって「被害者のためになること」は、犯人逮捕である。そのためにはかなり強引に捜査を進め、逆に被害者や被害者家族を苦しめてしまうこともある。支援課における私の仕事の何割かは、刑事たちの暴走を諫めることだった。

「確かに、外から見て、刑事たちのまずい行動に改めて気づいたこともあります。捜査一課に行ったら、そういうことを毎日指摘して、他の刑事に鬱陶しがられるかもしれませんよ」

「厳しいことを言うが、君は甘えていないか？」

「まさか」私はうつむいてつぶやいた。甘えとは何だ？

「君が遭遇した事故のことは知っている。怪我の具合も承知している。しかし、怪我は完治しているんじゃないのか？」

「医者からはそう言われています。しかし痛みはありますし、まだ足を引きずるのも事実ですからね」

「毎日シビアな捜査にかかわるような部署でなければ、膝にダメージがくることもないだろう。君が支援課に行ったのは、仕事よりもクオリティ・オブ・ライフを選んだからじゃないのか？」

「末期癌とかではないので、クオリティ・オブ・ライフという言葉はどうかと思いますが」私はつい反論した。

「失礼……しかし、どうだ？　捜査一課の激務には耐えられないと、勝手に思いこんでいるんじゃないか？」

「否定はできません」

「しかし君は、以前は捜査一課の刑事だった。その後外へ出て、別の経験も積んだ。そういう人材も、捜査一課には必要なんだぞ」

「捜査一課生え抜きの人間の方が、何かと便利なんじゃないですか」

「そういう人間も必要だが、新しい風も欲しい。犯罪の傾向は、どんどん変わっていくんだ。捜査一課一筋三十年の人間では、対応できないことも多くなっている」

「まさか、捜査一課に目をつけられているとは考えてもいませんでした。嫌われているとばかり思っていたのに」

「確かに、嫌っている連中もいる」

一課長があっさり認めたので、私は思わず苦笑してしまった。そこまではっきり言わなくても……。

「実は、大友から推薦があったんだ。大友鉄、知ってるよな？」

「ええ。ある意味、私の師匠です」

「その大友が、そろそろお前を捜査一課に戻すべきじゃないかと進言してきた。あいつは、自分もずっと捜査一課を離れていても無事に復帰できたから、お前にもできると言うんだ。どうだ？　先輩——師匠の顔を立てて捜査一課に戻って来るというのは。俺も、大友の提案はもっともだと思う。お前一人を異動させるだけなら、俺の一存で何とでもなる。年内だとばたつくだろうが、切りのいいタイミングで年明けとか」

これは本格的な勧誘だ。渋谷西署副署長の増井から耳打ちされてはいたが、当の一課長から直接言われると、ずしりと胸に響く。元々私は、捜査一課が合わずに出たわけではない。まともに歩けないで聞き込みや張り込みができずに、仲間に迷惑をかけるわけにはいかない——そして自分も事故の被害者になったが故に、被害者のためだけに動こうと決めて異動したのだ。捜査一課には——個々の刑事に対してはともかく——何の恨みもない。むしろ、日本最強の捜査機関だという確信があり、自分がそこに所属していたことを、今でも誇りに思っている。

「お断りします」

一課長がまじまじと私を見た。険しい表情……雷が落ちるのではと私は覚悟したが、彼がまとった緊迫した空気が唐突に緩む。

「そうか。そう言うだろうと思った」

「すみません」私は頭を下げた。

「支援課の方がいいか」

「支援課でまだやることがあります。それに、被害者のために仕事をするという点では、結局捜査一課も支援課も変わらないんじゃないでしょうか」それは捜査一課の刑事の言い分だ。いつも「それは完全に逆だ」と思っていたのだが、今は何故か自然にその理屈が口を突いて出る。

「そうか。支援課の仕事に、警察官としての誇りと意味を見出したわけだな」

「はい」

「分かった」一課長がうなずく。「無理強いはできない。通常の異動ではないから、一応、お前の意思を確認しようとしただけだ」

「すみません、わざわざお誘いいただいたのに」

「もしもその気になったら、いつでも異動を希望しろ。叶うようにしておく。俺はいずれいなくなるが、次の捜査一課長にも申し送りしておく」

「どうして私をそんなに買ってくれてるんですか？」刑事としての自分が、それほど優秀だとは思っていない。

「今、警視庁の中で一番犯罪被害者の気持ちが分かるのは、お前だからだ。今回の誘拐事件で確信した。そういう人間が、捜査一課に一人はいて欲しい」

「お言葉はありがたいですが……」

一課長が無言でうなずき、私の肩を一つ叩いて席を立った。私は立ち上がり、さっさと踵を返して窓に背を向けた課長の背中に向かって深く一礼する。課長が喫茶室から出たのを見届け、またカウンターに向かって腰を下ろした。コーヒーを一口……少し冷えていたが、妙に美味い。窓の外に目をやると、都心の光景が広がっている。両側に憲政記念公園、正面に国会議事堂――まさに国の中枢を見下ろすポジションだ。

そこを眺めながら飲むコーヒーは、今日はいつもよりも少しだけ甘みが強いような気がしていた。

本書は文庫書下ろしです。
この作品はフィクションであり、実在する
個人や団体などとは一切関係ありません。

|著者|堂場瞬一　1963年茨城県生まれ。2000年、『8年』で第13回小説すばる新人賞を受賞。警察小説、スポーツ小説など多彩なジャンルで意欲的に作品を発表し続けている。著書に「警視庁犯罪被害者支援課」「刑事・鳴沢了」「警視庁失踪課・高城賢吾」「警視庁追跡捜査係」「アナザーフェイス」「刑事の挑戦・一之瀬拓真」「捜査一課・澤村慶司」「ラストライン」などのシリーズ作品のほか、『八月からの手紙』『傷』『誤断』『黄金の時』『Killers』『社長室の冬』『バビロンの秘文字』(上・下)『犬の報酬』『絶望の歌を唄え』『砂の家』『動乱の刑事』『宴の前』『帰還』『凍結捜査』『決断の刻』『ダブル・トライ』など多数がある。

空白の家族（くうはくのかぞく）　警視庁犯罪被害者支援課7（けいしちょうはんざいひがいしゃしえんか）

堂場瞬一（どうばしゅんいち）

講談社文庫

定価はカバーに表示してあります

2020年8月12日第1刷発行

発行者――渡瀬昌彦
発行所――株式会社　講談社
東京都文京区音羽2-12-21　〒112-8001
電話　出版（03）5395-3510
　　　販売（03）5395-5817
　　　業務（03）5395-3615

デザイン―菊地信義
本文データ制作―講談社デジタル製作
印刷―――株式会社KPSプロダクツ
製本―――株式会社国宝社

Printed in Japan

ISBN978-4-06-520546-4

講談社文庫刊行の辞

二十一世紀の到来を目睫に望みながら、われわれはいま、人類史上かつて例を見ない巨大な転換期をむかえようとしている。

世界も、日本も、激動の予兆に対する期待とおののきを内に蔵して、未知の時代に歩み入ろうとしている。このときにあたり、創業の人野間清治の「ナショナル・エデュケイター」への志を現代に甦らせようと意図して、われわれはここに古今の文芸作品はいうまでもなく、ひろく人文・社会・自然の諸科学から東西の名著を網羅する、新しい綜合文庫の発刊を決意した。

激動の転換期はまた断絶の時代である。われわれは戦後二十五年間の出版文化のありかたへの深い反省をこめて、この断絶の時代にあえて人間的な持続を求めようとする。いたずらに浮薄な商業主義のあだ花を追い求めることなく、長期にわたって良書に生命をあたえようとつとめるところにしか、今後の出版文化の真の繁栄はあり得ないと信じるからである。

同時にわれわれはこの綜合文庫の刊行を通じて、人文・社会・自然の諸科学が、結局人間の学にほかならないことを立証しようと願っている。かつて知識とは、「汝自身を知る」ことにつきていた。現代社会の瑣末な情報の氾濫のなかから、力強い知識の源泉を掘り起し、技術文明のただなかに、生きた人間の姿を復活させること。それこそわれわれの切なる希求である。

われわれは権威に盲従せず、俗流に媚びることなく、渾然一体となって日本の「草の根」をかたちづくる若く新しい世代の人々に、心をこめてこの新しい綜合文庫をおくり届けたい。それは知識の泉であるとともに感受性のふるさとであり、もっとも有機的に組織され、社会に開かれた万人のための大学をめざしている。大方の支援と協力を衷心より切望してやまない。

一九七一年七月

野間省一

講談社文庫　目録

2020年6月15日現在